시간의 흔적

이동소
수필집

세종출판사

베란다에 세워둔 소금 한 자루가 어디론가 사라져버렸다. 빈 포대를 황망하게 들여다보는데 사라진 내 시간의 흔적이 아스라이 떠올랐다.

아침 해는 여유롭게 서서히 떠오르지만, 석양에 지는 해는 아쉬움만 뒤로 남긴 채 순식간에 떨어진다. 인생 해거름의 시간도 마찬가지다. 도둑맞은 듯 빠져나간 시간은 곳곳에 흔적만 남기고 소금처럼 사라져버렸다.

일생 나의 버팀목이자 내 수필의 애독자이신 어머니는 이제 자식들 얼굴만 알아볼 뿐, 당신은 이미 대화가 통하지 않는 세계에 가 계신다. 나는 아직도 못해 드린 게 너무도 많은데, 이대로 이승을 떠나실까 두렵기만 하다. 그리고 직장 생활하는 나를 도와 집안 살림을 꾸리며 알뜰히 나를 챙겨주던 남편이 갑자기 2년 전에 쓰러졌다. 언제까지나 나의 든든한 버팀목으로 남아있을 줄 알았던 그가 심장 수술 후 매일 숨 가빠하는 모습이 너무 안타깝고 안쓰럽다. 그리고 몇 달 전엔 13년간 한 가족으로 살던 반려견 삼식이가 홀연히 우리 곁을 떠났다. 자식들의 빈자리를 대신해 늘 우리 곁에서 재롱을 떨며 기쁨을 선사하던 녀석의 부재가 나는 아직도 적응이 안 된다. 내 품에 안겨있던 폭신한 그의 감촉과 따스한 온기가 그대로 남아있으니 말이다.

유한한 생명을 부여받고 태어난 인간은 평생 시간에 멱살 잡혀 동동거리며 살아간다. 그리고 제 차례가 되면 어김없이 사랑하는 이들 곁을 떠나야 한다. 그러니 어차피 정해진 운명이라면, 더 이상 슬퍼하지 말고 즐거이 살아야 하리. 이 세상 소풍이 끝나는 그날까지 매 순간 감사하며 행복 도토리를 주우면서 말이다. 남은 여정, 나와 연緣을 맺은 이들과 후회 없이 사랑하며 남은 시간을 알뜰히 채워가고 싶다.

세상이 어지러운데 한가하게 수필집을 발간하는 것 같아 내심 미안한 마음이다. 하지만 부족한 내 글이 인생 해거름에 외로움을 타는 동료들과 암울한 시기를 보내고 있는 그 누군가에게 작은 위로가 되길 바란다. 아울러 하느님 보시기에 좋은 세상이 빨리 도래하길 기도한다.

부족한 다섯 번째 수필집을 올해 팔순을 맞이하는 나의 든든한 반려자 남편에게 감사의 마음을 담아 헌정하고 싶다.

2025년 7월 여름에 이동순

차례

2부

단사리

3부
신문고

4부

확대경

시간의 흔적

　베란다에 있던 소금 한 자루가 사라져버렸다. 작년 이맘때쯤 일본 후쿠시마 원전 오염수의 방류를 시작한다는 뉴스가 나올 무렵에 비축한 소금이다. 소금이 사라진 빈 포대를 들여다보는데 머릿속이 하얗게 바래는 것 같다. 긴 세월, 몽땅 증발해버린 내 시간이 고스란히 여기에 들어있다.

　석사학위 전공이 생태학이라 나는 환경오염이나 공해에 대해 지나치게 민감한 편이다. 후쿠시마 원전 사고 후엔 여고 동기들이랑 일본에 단체여행을 가서도 초밥이나 해산물에 손을 대지 않았을 정도다. 언젠간 후쿠시마 원전 오염수가 바다로 방출되리란 걸 예상은 했지만, 막상 그 뉴스가 나오자 불안한 생각이 엄습하기 시작했다. 국제원자력기구(IAEA)나 일본 원자력규제위가 발표한 자료엔 방사능 오염수를 다핵종 제거 정화 장치를 거쳐 유해 핵물질을 모두 걸러낸 뒤 방출하기 때문에 안전하다고 했다. 하지만 그 보도만으론 나를 안심시키지 못했다. 과학이란 자체가 인간의 두뇌로 증명할 수 있는 것만을 정리한 이론이지, 언제든 변수가 생길 수 있기 때문이다.

당장 소금부터 비축해야겠다는 생각이 들었다. 이미 인생 막바지에 접어든 우리는 상관없지만, 자식들에겐 안전한 먹거리를 먹이고 싶은 게 부모 마음이다. 소금을 많이도 구매했다. 천일염 굵은 소금부터, 중간 소금, 꽃소금에 이르기까지 무려 60킬로를 배달시켰다. 내가 죽은 후에도 아들네와 딸네가 먹을 것까지 생각해서다. 소금이 워낙 많아 창고 방에 쌓아 넣다가 남은 세 자루는 앞 베란다 벽쪽으로 세워두었다. 한 번씩 지나칠 때면 간수가 빠져 딱딱해져 가는 자루를 발로 툭툭 쳐주곤 했다.

소금을 산 지 어언 1년이 지났다. 그런데 오늘 아침에 무심코 지나다가 보니 천일염 중 하나가 빈 자루였다. 놀란 가슴으로 소금을 세워둔 자리를 살펴보니, 자루 바로 곁에 안방에 걸린 벽걸이 에어컨의 배수 호스가 놓여있다. 호스가 워낙 가늘고 투명하다 보니 소금 자루를 배치하면서 눈에 띄지 않았던 게다. 에어컨에서 나온 물방울이 소리 없이 자루에 스며들어 조금씩 소금을 녹여버린 걸까? 하지만 아직 소금이 사라진 원인은 확실치 않다. 올해는 유달리 긴 장마에다 엄청난 폭우가 내렸으니, 열린 창문 틈으로 비바람이 소금 자루에 들이닥쳤을 가능성도 있다.

소금이 증발해버린 텅 빈 자루를 들여다본다. '천일염'이란 이름을 달고 사라진 시간의 흔적만이 있을 뿐이다. 세월이 흘러 묘지 속의 유골이 삭아서 없어지고, 여기가 '아무개'가 잠들었던 자리라고 알려주는 묘비명처럼 말이다. 문득 빈 자루 속에 정신이 혼몽해져 빈껍데기만 남은 어머니 얼굴이 떠오른다.

요양원에 계시는 어머니가 이상행동을 보이기 시작한 건 7년 전이다. 처음엔 조금씩 건망증 증세를 보이더니, 언젠가부터 과거와 현재를 혼동하며 같은 이야기를 반복하셨다. 얼마 뒤엔 우리 형제들이 갖다드린 먹거리를 누가 가져왔는지 모르겠다고 하셨다. 급기야 혼자 성당에 다녀오시다가 길을 잃어버리고 말았다. 그제야 놀라서 병원에 모시고 가서 정밀검사를 받았더니 '치매 초기'란 진단이 났다. 그렇게 명석하던 우리 어머니가 치매라니 도저히 믿을 수가 없었다.

어머니는 집안에서도 총명하기로 유명하신 분이다. 일제시대엔 소학교에서 대대장을 하시고, 친지들 사이에선 '변호사'란 별명을 가졌을 정도다. 최근까지도 한자로 된 신문도 읽으시고, 일어 회화도 능통하게 하셨다. 무엇보다 어머니는 세상을 살아가면서 맞닥뜨리는 극한 환경에 대처하는 능력이 특출하시다. 시시각각 변하는 위기 상황에서 살아남는 데 필요한 임기응변과 지혜, 거기다가 눈 하나 까닥 않고 철인처럼 적을 제압하는 기백과 뚝심! 그게 바로 혼자 우리 5남매를 거뜬히 키워낸 여장부, 무적함대의 동력이다. 그런 철갑함대가 모진 풍파 속에 기관이 하나씩 녹슬어가더니, 이제 선체를 돌리던 엔진마저 버그가 나서 제대로 작동하지 않는 게다.

코로나 사태가 끝나 요즘엔 자주 어머니를 뵈러 간다. 요양원에서 대면 면회도 하고, 가끔은 모시고 나와 외식이나 커피타임을 함께 즐긴다. 그런데 어머니가 곁에 있어도 나는 늘 외롭다. 얼굴을 마주 보며 이야기하는데, 나 혼자 무대에서 방백傍白을 하는 듯 가슴이 휑하다. 나는 '오늘'을 이야기하고 있는데, 어머니는 세월을 거슬러 '옛날'로 돌아가 계시니 말이다. 나는 지금 우리의 이야기를 하고 있는데, 어머니 눈동자는 아련한 과거로 돌아가 추억의 별이 총총거린다.

아무런 걱정도 없이 늘 행복해하시는 어머니를 보면, 시간을 망각하게 하는 '치매'란 병은 신이 인간에게 내린 마지막 선물이 아닐까 하는 생각이 든다. 전쟁터 같은 세상에서 한평생 새우잠을 잔 인간에게, 다시 아기로 돌아가 천진난만하게 살다가 생生을 마무리하라는 신의 특별한 은총으로 말이다. 이젠 자신을 무장 해제하여 모든 걸 단순하게 사고하며, 아픈 상처는 망각하고 좋은 기억만 가슴에 안고 이승을 떠나라는 조물주의 마지막 배려인 게다. 그런 의미에서 어머니는 이미 '시간'이란 인간 족쇄를 훌훌 벗어버리셨는지도 모를 일이다.

시계를 엎어도 시간은 간다. 정해진 수명을 가지고 창조된 인간은 한평생 시간의 노예로 살아간다. 두뇌가 명석한 인간이 고심 끝에 시계를 만들어 시간을 그 안에 가두는 데 성공했다. 이것은 인간 스스로가 하루를 24시간으로 쪼개고, 사계절을 관장하게 되었다는 의미다. 하지만 결코 흐르는 시간을 멈추게 하거나, 되돌리게 조정할 수는 없었다. 이게 피조물인 인간 능력의 한계이자 비극이다.

일본의 조각가 미야나가 아이코는 보이지 않는 '시간'을 시각적으로 표현하려고 연구하는 작가로 유명하다. 그는 우연히 사랑하던 할머니의 유품 상자를 열었다가 그 속에 넣어둔 나프탈렌 덩이가 사라지고 냄새만 남아있는 걸 보고선 사라진 시간을 발견한다. 그리곤 조금씩 사라져가는 시간을 일그러져가는 여러 나프탈렌 모습으로 형상화하기 시작했다.

이 세상에 물질로 구성된 것은 시간상 잠시 존재할 뿐, 언젠가는 소금이나 나프탈렌처럼 소멸한다. 삼라만상에서 사라지지 않는 유일한 것은 시간이다. 하지만 시간은 잡을 수도 없고, 멈추게 할 수도 없고, 볼 수도 없다. 인간은 고작 자기의 얼굴에 패인 주름이나 하얗게 바랜 머리카락을 들여다보며 시간의 흔적과 자취를 발견하고 아쉬워할 따름이다.

조물주가 인간에게 허락한 '인생'이란 시간은 한정되어 있다. 그러니 하루하루 산다는 건, 나프탈렌이나 소금처럼 조금씩 소멸해가는 과정이다. 긴 세월에 삭고 쭈그러진 거울 속의 내 모습이 서글프기 짝이 없다. 하지만 내가 무심코 흘려보내고 있는 '오늘'이 어제 죽은 이가 그토록 염원하던 '내일'이란 걸 생각하면, 그래도 매 순간 기쁜 마음으로 열심히 살아야 하는 게다.

문門

투명한 유리문 너머 구순 노모의 얼굴엔 희로애락의 감정이 파노라마처럼 교차한다. 당신의 분신, 피붙이들의 살내음을 맡아보고 싶어 얼굴을 유리창에 바짝 붙이신다. 얇디얇은 유리 벽이 철벽처럼 육중하게 느껴진다. 문 하나 사이로 모녀가 각기 다른 세상에 있으니 말이다. 5남매를 키우느라 일생을 전투병처럼 살아온 어머니가 어쩌다가 저 문 안에 갇히신 걸까?

어머니가 부산의 요양병원에 들어가신 지 어언 6개월이다. 가까이 사는 세 딸은 자주 면회를 오지만, 오늘은 어버이날을 맞이하여 멀리서 아들과 막내딸까지 함께 왔다. 말 그대로, 5남매와 노모의 이산가족 상봉이다. 그런데 아직 코로나 사태가 완전히 끝난 게 아니라서 이렇게 유리 벽 너머로 얼굴을 보고 있다.

어릴 적에 내가 본 어머니는 전천후 앞으로 돌진하는 무적함대였다. 아버지가 고혈압으로 병상에 계셨지만, 5남매의 생존과 미래를 등에 진 여가장은 언제나 밝고 당당하셨다. 전혀 불가능해 보이는 철벽 문도, 어머니에겐 시간이 지나면 다 통과하게 될 하나의 여정으로 여겨졌던 것 같다. 그러니 어머니는 현재에 안주하지 않고 끊임없이 새 문을 두드리고 나아가셨다.

독실한 가톨릭신자였던 어머니는 '구하라, 그러면 얻을 것이다.'라는 성경 말씀을 하늘처럼 믿고 따르며, 그걸 몸소 보여준 산증인이시다. 정이 많아 항상 힘든 이웃을 챙기면서도, 목표를 향해선 물불 가리지 않고 돌진하시는 어머니 모습은 우리들의 삶의 멘토였다. 덕분에 흙수저로 태어난 우리 5남매 역시, 세상에 주눅 들지 않고 당당하게 살아가는 배짱과 기개를 키우며 성장할 수 있었다.

문門은 공간과 공간을 연결하는 통로다. 그러니 원하는 목적지로 가기 위해선 반드시 문을 통과해야 한다. 쉽게 열리는 문도 있고, 죽을힘을 다해도 넘기 어려운 문턱도 있다. 즐거운 마음으로 행복하게 넘는 문이 있고, 가슴 저리며 어쩔 수 없이 통과해야 하는 문도 있다. 종교에선 사후死後에도 이승에서 행한 업보에 따라 천국 문과 지옥문이 있다고 한다.

문은 공간과 공간을 구분하는 가리개이자, 바깥 세계를 차단하는 방어벽이다. 필시 산야에서 노숙하던 원시인들이 맨 처음 집을 짓고 문을 만들 때의 목적은 맹수로부터 자신들을 보호하기 위해서였을 것이다. 하지만 기술문명이 발달할수록 문은 더 견고하고 웅장하게 발달해 왔다. 가진 게 많고 지켜야 할 게 많아지니, 자연스레 문이나 방어벽도 튼튼하고 두껍게 진화해 온 게다.

인간사회에는 눈으로 볼 수 없는 문도 무수히 많다. 사회조직과 단체를 관리하고 보호한다는 명분으로 만든 가상공간의 문이다. 그런데 회사나 단체의 위상을 드높이기 위해 문으로 진입하는 문턱은 점점 높아지고, 벽과 문의 두께도 경쟁적으로 가중되어 갔다. 그 결과 인간은 스스로가 만든 틀과 문 속에 갇혀서 살아가는 신세로 전락해버렸다.

문은 인간사회에서 필요악必要惡이다. 인생이란 여정은 하나의 긴 마라톤으로, 휴식과 달리기를 반복해야 한다. 휴식을 취할 때는 세상과 격리된 방어벽과 가리개로서의 문이 필요하다. 누구에게도 방해받지 않는 자신만의 공간에서 휴식을 취하고, 달려온 길을 돌아보며 기氣와 에너지를 충전하는 시간이기 때문이다. 하지만 역설적으로, 하나의 문에 갇혀 있으면 더 이상 발전이 없다. 적당한 휴식 뒤엔 과감하게 그 문을 박차고 나와 다음 문을 향해 달려가야 하는 것이다.

생각해 보면, 우리네 삶은 끊임없이 문을 여닫는 과정이다. 탯줄을 자르고 모체의 자궁 문을 열고 세상 밖으로 나오는 순간, 인간은 '가족'이란 사회의 문으로 들어간다. 그리곤 성장하면서 거미줄처럼 얽힌 수많은 문을 거쳐야 한다. 어린이집이나 유치원부터 초등학교, 고등학교, 대학교 등 학업의 문도 쉬지 않고 여닫아야 한다. 성인이 되면 자신의 미래를 담보할 취업의 문을 끊임없이 두드려야 하고, 직장에 들어가선 다시 승진의 문턱을 넘나들어야 한다. 그리곤 노쇠하여 문을 여닫을 힘조차 고갈되면, 세상의 뒤안길로 내몰려 마지막 죽음의 문을 기다리는 게 인생이다. 그런 의미에서 인간의 한 생生은 문과의 전쟁인지도 모를 일이다. 닫힌 문을 끊임없이 두드리며 들어가려고 용을 쓰고, 때가 되면 그 문에서 나와 또 다른 문을 찾아 나서는 과정을 반복하니 말이다.

문은 닫는 것뿐 아니라 열기 위해서 존재한다. 따라서 자신만의 안락을 위해 문고리를 꼭꼭 걸어 잠글 게 아니라, 세상과 소통하기 위해선 때때로 문을 활짝 열어젖혀야 한다. 인간은 사회적 동물로서 태어날 때부터 불완전하게 창조되어 결코 혼자선 살아갈 수 없는 존재이기 때문이다. 문을 연다는 건 곧, 이웃을 위해 자신을 개방한다는 의미다. 아무리 잘 살아도 100년이다. 내 걸 고집하며 앙탈부리고 살아도 언젠간 빈손, 맨몸으로 이승을 떠난다. 그러니 정말 멋진 삶은 자신의 정원 문을 활짝 열어놓고 아름다운 꽃을 가꾸며, 이웃을 위해 작은 안락의자를 하나씩 만들어 놓는 게 아닐까 싶다.

나 역시 세상과 벽을 치며 문을 걸어 잠그고 잠적하던 날이 있었다. 세상은 내가 잘나서 혼자 돌리는 거라며 자만하고 으스대다가 무참히 무너진 때였다. 기氣와 에너지가 소진되어 일어설 힘도, 문을 열고 나갈 기력조차 없었다. 누에고치처럼 웅크리고 세월을 삭이고 있을 때, 밖에서 문을 두드리는 소리가 들려왔다. 어서 일어나 당당히 문을 열고 나오라는, 엄준하고 다정한 어머니의 목소리였다. 하늘의 명인 듯 거역할 수 없는 그 소리에 나는 비틀거리며 일어나 다리를 끌고 다시 세상 밖으로 걸어 나왔다.

그렇게 위대하던 나의 우상, 하늘 같은 어머니가 지금 저렇게 작고 왜소한 모습으로 앉아 계신다. 어머니는 어린아이처럼 요양보호사의 손을 꼭 잡고 연신 눈웃음을 치신다. 정신이 온전치 않으니, 지금 당신이 벽 안에 갇혀 스스로는 저 문을 열고 나올 수 없다는 사실도 모르시는 게다. 되레 여기 계신 분들이 모두 가족처럼 잘해주셔서 너무 행복하다고, 우리더러 감사 인사를 드리라고 하신다. 요양원 원장이 멀리서 흐뭇한 표정을 지으며 이 광경을 바라보고 있다.

어머니는 정말로 저 문을 열고 나올 힘이 없으신 걸까? 아니면 자식들을 위해 모든 걸 체념하고 짐짓 행복한 척 연기를 하고 계신 건 아닐까? 어쩜 어머니는 이승의 모든 번뇌와 고통의 벽을 허물고, 이미 천상 문을 향해 들어가고 계시는지도 모를 일이다.

요양보호사 손을 잡고 노모가 서서히 안으로 사라진다. 어머니가 사라진 문을 뚫어지게 바라본다. 눈물 젖은 시야에 문이 아른거린다. 머지않아 내가 들어가야 할 문이다.

노후 예찬

창틈으로 들어오는 햇살에 눈이 부시다. 에어프라이어에서 구운 구수한 고구마 냄새가 코끝을 간질인다. 남편이 아침 식사를 준비하고 있는 게다. 얼마든지 게을러도 괜찮은 나이! 밤늦도록 책을 읽거나 영화를 보고 아침 늦게까지 침대에 누워 빈둥거릴 때면, 가슴 저 아래에서 느긋한 행복감이 곰실거리며 올라온다.

돌이켜 보면, 나는 일생을 브레이크가 고장 난 전동차처럼 달렸다. 전쟁터 같은 삶의 현장에서 자칫하다간 도태될 것 같은 강박감에 밤낮으로 긴장하며 살았다. 초등학교 시절부터 치열한 입시전쟁을 치렀고, 대학에 다니면서 바로 사회에 발을 디뎌 가정경제를 짊어져야 했으니 나에겐 '여유'나 '낭만'이란 단어는 사치였다. 방학을 맞아 부모나 친구와 함께 해외여행을 다녀온 친구들의 영웅담은 영화 속 얘기처럼 느껴졌다. 그들은 출생부터가 나와는 다른 귀족인 것 같았다.

피 터지게 노력한 결과 여고 시절의 꿈이던 교편을 잡았지만, 여유와 낭만은 나와는 거리가 멀었다. 학교 역시 노력한 만큼의 보상과 인정을 받는 치열한 경쟁사회였으니 말이다. 남들보다 유능하다는 소리를 듣고 싶고, 학생들로부터 존경받는 '스승'이 되고파 촌음을 아끼며 연구하고 교육에 헌신했다. 거기다가 교편을 잡으며 대학원 박사과정까지 다니다가 과로로 쓰러져 식물인간이 될 뻔한 적도 있었다. 나에게서 자존감自尊感은 건강이나 목숨보다 더 소중한 가치였던 게다.

그러던 내가 사고의 변화를 일으킨 계기가 있었다. 40대 초반에 우연히 국가지원으로 영국으로 해외연수를 간 것이다. 그때 처음으로 정신없이 달려온 인생 마라톤에 숨표를 찍으면서, 나 자신과 인생에 대해 진지하게 생각해 보는 시간을 가졌다. 그런데 불확실한 미래보단 오늘에 충실하며 그날 하루를 즐기며 살아가는 영국인들을 보며 그동안 내 인생을 지탱해주던 주축이 흔들렸다. 보이지도 잡히지도 않는 신기루 같은 무지개를 향해 앞만 보고 달려온 삶에 회의가 들기 시작한 것이다. 내가 나를 아끼지 않는데 이 세상에 그 누가 나를 챙겨줄 것이며, 나를 홀대하며 몸을 혹사하는 건 너무 억울하다는 생각이 처음으로 들었다. 결국 그 여행이 내 인생관을 180도로 전환시킨 피정避靜이었던 셈이다.

그 후부터 변한 게 있다면, 바쁜 일상 중에도 나를 챙기고 억지로 여유를 부리기 시작했다는 것이다. 예전처럼 바쁘다는 핑계로 식사를 건너뛰는 일도 없었고, 틈틈이 직장 동료들과 어울려 수다를 떨며 커피타임을 즐기기도 했다. 그리고 방학 때는 무조건 해외여행을 떠났다. 여고 시절의 내 버킷리스트 중 하나가 딸아이와 함께 전 세계를 일주하는 것이었다. 실은 이때부터 정말 여유로워진 게 아니라, 억지로 여유로운 척했다는 게 더 정확한 표현이다. 지난한 세월을 꿋꿋하게 잘 견딘 대가로, 이젠 하늘로부터 보상을 받으며 산다는 어떤 확신을 나 자신에게 주고 싶었던 마음이지 싶다.

그리곤 조금 더 여유로운 삶을 위해 조금 일찍 직장에서 명퇴했다. 하지만 세상이 내 의지대로 돌아가는 게 아니었다. '백수가 과로사過勞死한다'라는 말처럼, 시간이 많으니 더 바빠졌다. 자유인이 된 나를 사회는 가만히 두질 않았던 게다. 어미가 시간이 많은 걸 아는 딸은 걸핏하면 손주들 돌보미에 나를 끌어들였다. 연로해서 건강이 안 좋아진 어머니 케어도 점점 내 몫이 많아졌다. 게다가 작가로 등단하고 여러 문인 단체에 가입하고 보니 다시 책임과 의무가 뒤따랐다. 은퇴 후 조용히 글쓰기를 하려던 내 의도와는 달리, 나는 또 다른 사회에 몸이 묶여버린 것이다.

겉으로 보면 나는 성격이 활달하고 사교성이 좋아 여러 모임에서 곧잘 감투를 덮어쓴다. 하지만 어릴 적에 산골토박이로 자란 탓에 나는 외향적인 기질보단 내성적인 면이 더 많다. 남들 앞에 나서는 것보다 뒤에 조용히 앉아있는 게 편하다. 그러니 몸에 맞지 않는 옷을 입으면 불편하듯, 적성에 안 맞는 직책을 맡고 일하는 게 너무 부담스럽다. 게다가 무엇이든 철저하고 완벽해야 직성이 풀리는 DNA 탓에, 몸은 늘 과부하가 걸린다. 잠을 자도 숙면이 어렵고, 놀아도 늘 마음이 편치 않다.

나이를 먹고 늙어가는 걸 증오하고 두려워했던 작가 헤밍웨이처럼, 나 역시 노인이 되는 게 너무 싫었다. 마음은 아직 여고 시절의 소녀 그대로인데 몸이 늙어간다는 게 너무 서글프고 우울해졌다. 그런데 올해 칠순을 지난 어느 순간, 내 삶 안에도 그렇게 갈구하던 여백과 평화가 생기기 시작했다. 사회가 인정하는 '노인'이란 타이틀이 나를 무장 해제시켜 준 까닭이다. 내가 노인 반열에 든 사실을 과감히 인정하고 나자, 체념과 포기 뒤의 야릇한 평화가 곰실거리며 올라왔다. 가슴 저 아래에 그림자처럼 따라다니던 불안과 두려움의 안개가 서서히 걷히며, 그 자리에 안정과 풍요로움이 들어앉기 시작한 것이다.

늙어서 좋은 게 참 많다. 외출할 때마다 시간을 쪼개어 전투하듯 화장하고 치장하던 것도 이젠 대충 넘어간다. 나가서 만나는 사람이 격식과 예의를 까다롭게 찾는 직장이나 조직이 아니니 말이다. '생얼'로 만나도 스스럼없고, 편한 운동복을 입고 만나도 되는 편한 지인이나 친구들이다. 집에서도 마찬가지다. 헐렁한 파자마를 입고 식탁에 앉아도 흉보는 사람이 없다.

어디 그뿐이랴. 때때로 무얼 기억하지 못해 버벅거리거나, 말이나 행동이 아둔해서 큰 실수를 해도 세상은 각박하게 책망하거나 나무라지 않는다. '노인'이란 타이틀은 인간의 모든 단점을 눈감아주는 면책 특권인 셈이다. 새삼 박경리 작가가 '늙어서 참 편안하고 홀가분하다'라고 한 말이 실감 난다.

느긋하게 신문을 펼친다. 주식시장에 며칠 사이 수십조 원의 자금이 날아갔다는 기사가 있다. 돈 냄새를 맡곤 벌떼처럼 모였다가 낭패를 보는 군상들의 얘기다. 정치판에선 오늘도 권력을 잡기 위한 모함과 사투의 현장이 적나라하게 소개된다. 위선과 기만이 넘치는 세상이다. 그러나 이제 이런 것도 나에겐 남가일몽南柯一夢이다. 강 건너 불 보듯 편하게 넘길 수 있다. 만용蠻勇과 과욕이 사라지고, 모든 것에서 초연해지고 자유로워지는 게 늙음의 은총인 게다.

나른한 눈을 떠서 대충 얼굴을 씻곤 기초화장품을 정성스레 찍어 바른다. 더 이상 얼굴이 망가지는 건 내가 용납할 수 없어서다. 거실에 나가 남편이 차린 식탁을 마주하며, 오늘도 내게 선물처럼 찾아온 노후를 예찬한다. 그가 손수 만든 생과일주스에다 구운 고구마, 아피오스 샌드위치, 삶은 계란, 거기다가 우유 한잔이다. 영양보단 남편의 정성에 미리 살이 찐다.

식사 후에 마시는 커피처럼 향기로운 게 또 있을까? 직장 생활 시 동동거리며 마시던 커피믹스가 아니라 과테말라의 수필 제자, 변 회장이 보낸 원두를 갈아서 막 내린 커피다. 구수하면서도 산미가 깃든 이국적 커피 맛에 삶이 업그레이드된 듯한 이 풍만감! 은은한 커피 향 속에 봄날 아지랑이 같은 행복이 거실에 넘실거린다. 힘든 세상, 참 잘 살았노라고 하늘이 내린 노후의 선물이다. 한유閑遊의 복은 조물주가 내린 노후의 특권이다.

염색, 화해의 전례

솔빗으로 머릿결을 가르고 사이사이 염색액을 바르는 손길이 미용사처럼 능숙하다. 그 옛날 출근 시에 고대기로 내 머리를 손질해주던 바로 그 솜씨다. 새삼 머리를 만져줄 때의 봄 햇살 같았던 아늑한 행복감이 가슴 저 아래서 스멀스멀 올라온다.

여자의 멋은 머리로부터 시작된다. 사람을 볼 때 제일 먼저 시선이 가는 곳이 신체의 제일 상부上部, 머리이기 때문이다. 그런 연유로 외출 시 내가 가장 신경 쓰는 것도 머리다. 학교에 재직 시엔 숫제 단골 미용실을 정해두고 아침마다 머리를 손질하고 다녔다.

친정어머니를 닮아 나는 흰머리가 상당히 늦게 나온 편이다. 거의 오십 줄이 넘어 흰머리가 새치처럼 나오기 시작했으니 말이다. 그런데도 나는 그것도 인정하기 싫었다. 검은 머리가 하얗게 변하는 게 내 청춘 아니, 내 인생이 바래는 느낌이 들어서다. 그래서 죽어라 새치를 뽑았다. 마치 내 몸에서 생긴 잡초인 양, 흰 머리카락을 보면 보는 족족 제거해버렸다. 그나마 머리숱이 많아서 표시가 안 나는 게 다행이었다. 그런데 회갑이 되자 상황이 한계에 도달했다. 드디어 흰머리가 반란에 성공, 절반을 넘어버린 게다. 이제 흰머리가 주인이고, 검은 머리가 잡초가 된 판국이다. 그 사태를 수습하는 방법은 염색밖에 없었다.

조금만 때를 놓치면 비 온 뒤에 죽순 돋듯 흰머리가 여기저기서 두피를 뚫고 올라온다. 바쁜 일정에 자주 미용실에 갈 수도 없어 고민하던 차에, 미용실 원장이 혼자서 염색하는 방법을 전수해주었다. 덕분에 급할 때는 집에서 염색하는데 언젠가부터 남편이 거들기 시작했다. 재직 시에 출근할 때마다 내 머리를 손질해주던 미용사 본능이 발동한 게다.

남편은 손끝이 야물고 성격이 꼼꼼해서 올을 세어가며 머리카락에 빗질하고 염료를 바른다. 그런데 빗질하는 손길이 그날의 심리 상태에 따라 다르다. 어느 날은 부드럽고 매끄럽게, 또 어떤 날은 무언가 화가 찬 듯 벅벅거리며 솔질한다. 오늘도 사정없이 머리를 문지르고 빗어대는 게 무언가 심보가 뒤틀린 게다. 지금 내 머리통은 스트레스를 풀기 위해 두들기는 도깨비방망이로 전락했다.

우리는 대학 교정에서 만나 5년간 사귀다가 결혼했다. 남편은 나보다 일곱 살 연상이라 그런지, 감성적이고 즉흥적인 나와는 달리 항상 이성적이고 현실에 충실하다. 거기다가 경상도 특유의 투박한 말투가 마치 죄인을 문초하는 수사관 느낌이다. 하지만 나 역시 다소곳하고 애교스러운 여자가 아니니 그리 서운해할 처지도 아니다.

그런데 오래 살다 보니 나이가 지긋한 남편이 좋은 것 하나는 어린 아내를 보호하는 본능이 강하다는 점이다.

그러던 남편이 IMF 경제 대란 후에 하던 사업을 접고 집안일을 도맡게 되었다. 내가 학교에 나가면서 딸이 하는 사업을 도왔기 때문이다. 아침에 출근하면 식사는 물론 도시락과 간식까지 알뜰히 챙기고, 출근 시에 내 머리 손질까지 해주었다. 내 첫 수필집 『토우』에 수록된 「남편 미용사」 글도 그렇게 나오게 되었다.

> 일생을 함께한 부부는 서로의 눈을 보면서 그 의중을 읽는다고 한다. 서른 해를 함께한 남편의 신경이 고대기를 통해 나에게 전달된다. 나지막한 필터의 회전 소리에 알게 모르게 우리 사이에 끼었던 껄끄러운 먼지들이 떨어져 나간다. 하고 싶었던 말, 가슴속에서 차마 내뱉지 못하고 차곡차곡 쌓아두었던 언어들이 날갯짓하며 일어나 전류를 타고 서로의 가슴팍으로 전해진다. 갑자기 머리가 아니라 가슴이 따뜻해진다. 나는 지그시 눈을 감고 봄볕 양지바른 처마 아래서 졸고 있는 한 마리 병아리가 된다.

문제는 드라이기로 머리를 손질하던 그때와 흰머리를 염색하는 지금은 상황이 너무도 다르다. 남편 쪽에선 손수 드라이시키며 아름답게 변모하는 아내를 보는 뿌듯함과 설렘 대신, 이제 자신과 함께 늙어가는 아내를 안쓰럽게 인정하는 순간일 터. 나 역시 그렇다.

거울 앞에서 당당하고 애교스레 머리를 대고 있던 그때와는 다르다. 달군 고대기를 통해 무뚝뚝한 남편의 따스한 사랑이 전해진다며 가슴 두근거리던 내가 아니니 말이다. 지금 남편에게 스스럼없이 허연 머리를 들이밀고 앉아있다는 건, 여자이길 포기한 것이고, 더 이상 남편에게 잘 보이려는 마음이 없는 게다. 아내가 남편에게 이쁜 여자로 보이고 싶지 않다는 건 서글픈 일이 아닐 수 없다.

불교에선 두 사람이 부부로 만나는 인연은 지나치는 우연이나 운명이 아니라 과거의 업과 현재의 복잡한 연緣이 만들어낸 결과라고 말한다. 그러니 부부는 함께 살아가면서 배우는 자세로 서로의 업을 정화하고, 더 나아가 영혼의 성숙을 돕는 기회로 삼아야 한다고 가르친다. 결혼한 지 어언 45년, 혼인 서약 시 '검은 머리가 파뿌리 되도록' 서로 사랑하기로 맹세한 우리 부부가 이제 파뿌리 된 머리를 염색해주는 사이가 되었다.

일반 염색약은 1제 염모제와 2제 산화제 두 가지로 구성되어 염색을 위한 염료와 알칼리성 탈색제, 계면활성제와 보습제 등이 일정 비율로 함유되어 있다. 염색 시엔 이 둘의 양을 같은 비율로 배합하고 정해진 염색 시간을 엄수해야 제대로 색이 나온다. 마음대로 비율을 바꾸거나 욕심이 과해 오래 방치하면 색이 변해버린다. 염색 시에 염모제와 산화제를 적절히 배합하고 시간 약속을 잘 지켜야 제대로 발색이 되듯, 부부 사이도 적당한 밀당과 양보를 통해 조화를 이루며 서로 맺은 언약을 잘 지켜야, 그 합슘이 깨지지 않고 오래 유지될 수 있다.

남편은 집안 유전자 탓으로 일찍부터 머리가 하얗게 세었다. 내 나이 마흔도 안 되어 베토벤처럼 하얀 머리를 휘날리는 남편과 외출할 때면 나는 자꾸 신경이 쓰였다. 아마도 나는 세상에 늘 젊고 고운 여자로 보이고 싶었던 게다. 그러던 내가 요즘 남편을 보면 감흥이 다르다. 나와 같은 모습으로 늙어가는 그가 곧 나를 비추는 거울인 듯, 짠한 동족애가 인다. '참사랑은 상대를 있는 그 존재 자체로 사랑하는 것'이라는 말이 새삼 가슴에 와 닿는다. 남편의 흰 머리카락에서 사라진 우리의 젊은 날, 흘러간 세월의 흔적을 본다. 우리 둘의 은밀한 추억과 애달픈 삶의 여정이 흰머리 가닥가닥에 새겨져 있다.

샤워를 마친 후 드라이기로 머리를 말린다. 희끗희끗 볼품없이 내밀던 파뿌리들이 짙은 갈색으로 이쁘게 물들었다. 10년은 거뜬히 젊어 보인다. 아침에 남편과 티격태격 실랑이를 벌여 불편하던 심사도 곱게 풀렸다. 그 옛날의 고대기만큼은 아니지만, 염색 하나로 흐트러진 머리와 마음이 평정을 회복했다.

염색은 우리 부부 사이를 제자리로 돌려놓는 화해의 전례典禮다.

핑크빛 옷으로 회춘하다

핑크빛 재킷과 잠옷으로 연일 기분이 좋다. 원색 옷은 어쩐지 저속하고 촌스럽다고 생각하던 내가 아니던가. 핑크빛 옷 하나로 이렇게 기분이 업되다니 스스로도 의아할 따름이다. 무채색으로 일생을 보내고서 인생 해거름에 이 무슨 반란이란 말인가?

한 달 전쯤이다. 집에서 편하게 입을 남편 옷을 하나 사려고 의류 매장에 들렀다. 느슨하고 따뜻하게 보이는 남편의 윗옷을 고른 후 여자 것도 있는지 점원에게 물었다. 그랬더니 아가씨가 빨간색과 핑크빛 재킷을 보여주었다. 남편 것처럼 무채색을 달라했더니 여자 건 그 색이 없단다. 잠시 망설이다가 집에서 입는 건데 싶어 핑크빛 옷을 과감히 들고 왔다.

하지만 그 옷을 서재에 걸어두고 입지는 않았다. 내 취향이 아니니 어쩐지 부담스러웠던 게다. 그런데 신기한 것은 서재에 들어가면 그 옷 하나로 분위기가 화사해지는 것이었다. 칙칙한 책과 서가 속에 핑크빛이 들어가니 방이 밝고 생기가 넘치는 느낌이었다. 신기해서 가만히 옷을 들여다보니 참으로 고왔다. 얼른 재킷을 걸치고 거울을 보니 파리한 노인의 얼굴에 생기가 돌았다. 옷 하나로 이렇게 변신이 되다니! 한번 마음을 주니 매일 그 옷이 끌렸다. 곁에서 보던 남편도 10년은 젊어 보인다고 치켜세웠다.

어제는 잠옷을 하나 사기 위해서 내의 가게엘 갔다. 헐렁하고 편한 걸로 권해달라고 했더니 여주인은 파자마를 한 꾸러미 꺼내 늘어놓았다. 할머니들이 입는 거라는데 색깔도 다양했다. 내 취향을 잘 아는 주인이 회색을 하나 골라주었다. 그런데 내가 무심코 잡은 건 밝은 자주색이었다. 주인도 의아해하더니 "그럼요. 잠옷은 화사한 게 좋죠."라고 말했다. 엉겁결에 자주색 파자마를 사서 나오는데, 입구에 걸린 금박이 꽃무늬 티셔츠가 또 시선을 끌었다. 부담 없이 집에서 입기에 좋겠다 싶어 그것도 냉큼 쇼핑백에 담았다. 연일 원색 옷을 거부반응도 없이 사재끼다니, 내가 생각해도 신기할 따름이다.

집에 와서 얼른 파자마를 입어보니 내가 찾던 바로 그 잠옷이다. 헐렁해서 몸에 달라붙지도 않으며, 두께도 적당하고 따뜻하다. 무엇보다 기장이 길어 다리를 끝까지 감싸주면서 발목엔 시보리까지 붙어 있다. 발이 시려 늘 발싸개를 끼고 자는 나에겐 안성맞춤이다. 색이 튀어 조금 부담스럽지만, 붉은색이라 더 따뜻한 것 같다. 내친김에 위에 사 온 꽃무늬 티셔츠를 걸쳤다. 세상에! 늙은 자갈치아지매가 거울 속에서 환하게 웃고 있다. 촌스럽기 그지없다. 그러나 어쩐지 느긋하고 푸근한 느낌이 싫지 않다.

원래 옷을 고르는 내 취향은 전형적인 공무원 복장이다. 색상은 검정이나 회색, 밤색, 조금 화사한 게 미색 정도다. 디자인도 마찬가지다. 점잖고 심플하면서도 활동하기 편한 걸 선호한다. 오죽하면, 매장에서 옷을 고를 때 "혹시 학교 선생님이셔요?"란 질문을 곧잘 받는다. 어쩌다 선물로 받은 원색 옷이나 몸에 찰싹 붙는 옷을 입고 나간 날엔 종일 피로하다. 모두가 나만 쳐다보는 듯 시선이 따갑고, 정신 집중도 안 된다.

내가 이렇다 보니 우리 아들이나 딸도 마찬가지다. 젊은 애들의 옷이 온통 무채색에다 디자인도 단순하기 그지없다. 그러니 가족사진을 보면 이건 그냥 흑백사진이다. 모두가 우주 어디 무채색 나라에서 온 것 같다. 더 우스운 건, 이런 애들이 짝지어 온 사위나 며느리도 똑같다. 필시 저희끼린 뭔가 통해서 사귀었을 터, 옷 입는 성향도 같을 수밖에 없는 게다.

그런데 원색 옷은 어쩐지 촌스럽고 경박하다고 생각하던 나의 사고가 언제부턴가 조금씩 변했던 것 같다. 막내 여동생 때문이다. 5남매 중 막내 여동생은 어릴 적부터 우리와는 달랐다. 귀엽게 생긴 얼굴에 화장도 진하게 하고, 옷도 늘 화려하고 섹시하게 차려입었다. 한때 대학교 행정실에 근무할 때도 복장이 너무 눈에 띄어 점잖고 품위 있게 차려입으라는 잔소리를 하곤 했다. 그런 여동생이 어느 날부터 내 눈에 싱그럽게 보이기 시작한 것이다. 형제들 모임을 할 때면 늙은 언니들 속에서 막내는 분위기를 살리는 꽃이었던 게다. 언니들은 모두가 시들시들 할미꽃인데, 동생은 갓 만개한 달리아꽃처럼 화사했다. 눈으로 보는 것만으로도 기분이 좋고, 엔도르핀이 솟아나는 것 같았다.

실은 어릴 적부터 내가 원색 옷을 폄하고 싫어했던 이유가 있다. 집안이 기울어 산동네로 이사해서 살 때였다. 당시는 잘사는 사람들은 모두 양복점이나 양장점에서 맞춤형으로 옷을 지어 입던 시절이었다. 하지만 우리 동네는 앞집, 뒷집에 사는 아낙네들 모습이 온통 자갈치 아줌마 옷차림이었다. 당시 알록달록 꽃무늬나 원색 옷이 제일 싸구려였으니 말이다. 어린 나이에도 가난이 싫었으니 그런 옷을 입는 여자들이 너무 불쌍해 보였다. 그러니 나도 몰래 원색 옷을 폄하하고 싫어하는 사고가 뼛속 깊이 배어버린 게다.

요즘엔 상황이 정반대다. 여고 동기들이나 퇴직 교사들 모임은 물론, 문인회 모임에 가도 한결같이 무채색 파티다. 모두가 회색, 검정 차림이다 보니 분위기가 어둡다. 마치 교도소나 포로수용소에 온 듯 가슴이 묵직하다. 어쩌다가 밝은색 옷을 입은 사람을 보면 사막에서 꽃을 만난 듯 반갑고 숨통이 트인다.

필시 조물주가 천지창조를 할 땐 온갖 색을 동원했을 터. 꽃과 나무, 하늘과 바다, 빛나는 태양의 색을 고민하여 가장 적절하다고 생각되는 색을 골랐을 테다. 그러니 사람이나 꽃이나 사물 역시 모든 색이 골고루 조화롭게 어우러져야 아름답고 기분 좋은 세상이 되는 게다.

생각해 보면, 우리네 인생은 단순한 흑백으로 시작해서 다채로운 색채에로의 여정이 아닐까 싶다. 단순한 나만의 무채색의 삶에서 벗어나 세상과 소통하며 다양한 색깔을 인정하고 품어야 더 풍요로운 삶을 누릴 수 있으니 말이다. 어릴 적에는 오로지 흑과 백의 세계 속에 살아간다. 안정과 평온을 안겨주는 무채색 시절이다. 하지만 성장하면서 다양한 색채와 맞닥뜨린다. 빨간 사랑, 파란 꿈, 노란 희망 등 다양한 경험을 통해 인생은 다채롭고 풍성해지며, 그로 인해 인간도 성숙하고 익어간다. 따라서 삶은 순간순간이 무한한 색채의 선택이다. 그러니 자기 세계에만 도취해있지 말고 항상 새로운 세계의 색들을 발견하며 그 향연을 이어가야 한다.

나이 들어 그렇게 싫어하던 원색이 스스럼없이 내게 스며들다니 놀랍다. 칙칙한 무채색 속에서 한 생을 다 보내고, 이제야 원색의 아름다움을 깨닫다니 나는 선천성 미숙아인 게다. 어쩜 나 스스로가 싱그럽고 이쁘다고 자만하던 젊은 날엔, 무채색만으로 고상하고 점잖은 척 나를 포장하고 싶었는지도 모를 일이다.

꽃무늬 티셔츠와 핑크빛 재킷을 걸치고 거울을 본다. 조금 촌스럽지만 싱그러운 봄날의 아줌마다. 가는 세월 멈출 수는 없지만, 나이를 돌리는 건 내 마음이다. 핑크빛 옷을 입고서 나는 이제 막 회춘했다.

마지막 포옹

흰머리 남자가 휠체어에 앉은 백발의 여인에게 달려간다. 무릎을 꿇더니 여인의 어깨 뒤에 자기 머리를 얹고, 팔로 그녀의 등을 동그마니 감싸 안는다. 뒤에서 보니 한 휠체어에 백발의 머리 둘이 붙어 있는 모습이 예술 사진이다. 구순 넘은 노모와 팔순 사위의 포옹 장면이다.

오늘 어머니의 93번째 생신을 축하하기 위해 남편과 딸, 언니와 함께 요양원을 찾았다. 형제들끼리는 어머니 생신을 축하하는 이벤트가 주말에 잡혀 있다. 하지만 어머니 생신날을 그대로 보내려니 마음이 편치 않았다. 게다가 어머니는 요즘 부쩍 건강이 나빠지셔서 내일을 기약할 수 없는 상태다. 고혈압에다 신부전증 말기, 거기다가 심장까지 부어 있어서 언제든 위기 상황이 올 수 있기 때문이다. 전화로 면회를 예약하는데 옆에 있던 남편이 자기도 동행하겠다고 말했다. 어쩜 이번이 장모님의 마지막 생신일지도 모른다며 손수 생일 케이크까지 준비해주었다.

　어머니는 아버지가 일찍 고혈압으로 쓰러지는 바람에 우리 5남매를 키우고 공부시키느라 고생을 많이 하셨다. 작은 구멍가게부터 온갖 장사까지 안 해본 게 없었다. 다행히 내가 대학에 들어가고 나서부턴 학생들 과외를 해서 어머니 대신 가장 역을 맡았다. 내가 결혼한 후엔 어머니는 학교에 나가면서 대학원 공부까지 하는 나를 돕기 위해 우리와 살면서 아이들을 키워주셨다. 하지만 사위와 장모는 그렇게 편한 사이는 아니었다. 남편은 매사에 맺고 끊는 게 확실하고 엄한 성격이다 보니 아이들도 아빠를 겁을 냈고, 어머니도 사위가 그리 만만하지 않았다. 남편이 퇴근해서 들어오면 거실에서 TV를 보며 놀던 어머니와 아이들은 놀란 토끼 모양으로 우르르 제방으로 들어가 버리곤 했다.

　그러던 남편이 어머니를 부드럽게 대하며 챙기기 시작한 것은 시어른들이 모두 돌아가시고 나서였지 싶다. 명절이나 어머니 생신도 챙기고, 틈틈이 용돈을 드리며 같이 외식도 하곤 했다. 이따금 내가 어머니께 화가 나서 투정을 부리면, 부모님이 살아계실 때 잘해 드리라고 따끔하게 말하기도 했다.

　인간의 마음은 서로 통한다. 든든하긴 하지만 어쩐지 부담스럽던 둘째 사위에게 어머니도 서서히 마음의 빗장을 여셨다. 사위랑 같이 식사하는 것도 부담 없이 즐기고, 용돈을 드리며 안아드릴 땐 눈물을 글썽이기도 하셨다. 그러니 인지기능이 떨어져 지난 일을 잘 기억하지 못하는 현재 상황에서도, '김 서방'은 당신과 처가를 알뜰히 챙기는 '착한 사위'로 각인되어 있는지 입버릇처럼 자랑하신다.

팔순이 다 되어가는 남편이 구순 넘은 어머니를 절절한 심정으로 포옹한 데는 또 다른 사연이 있다. 불과 8개월 전에 그 또한 갑자기 쓰러져 119구급차에 실려 간 것이다. 관상동맥 세 개가 모두 막히는 바람에 다리의 정맥혈관을 잘라내어 심혈관에 연결하는 대수술을 했다. 그때 저승 문턱까지 갔다 온 후 남편으로선 생生이 얼마 남지 않은 장모가 남 같지 않고 더 애틋하게 보였지 싶다.

머지않아 내가 이승을 떠난다는 마음으로 세상을 바라보면 어떨까? 필시 모든 일상이 아쉽고 매 순간이 더없이 소중하게 여겨지리라. 남편과 어머니의 포옹이 그렇게 절절하고 애잔한 것은, 어쩜 이게 이승의 마지막 인사일지도 모른다는 생각이 서로 통해서일 게다. 장모와 사위의 연緣으로 만난 걸 감사하며 그동안 서로에게 아쉽고 미안했던 감정의 찌끼들을 훌훌 털어버리는 '화해'의 의식으로서 말이다.

사실 남편은 오랫동안 어머니에 대한 인식이 좋지 않았다. 매사에 근검절약하며 검소하게 살림만 하시는 시어머니와 비교해 볼 때, 화려하게 치장하길 좋아하고 나들이를 자주 하는 어머니가 마음에 안 든 건 당연하다. 남편은 어머니가 부유한 가정에서 곱게 자라 고생을 안 해봐서 경제관념이 없다고 생각하는 듯했다. 그걸 알면서도 나는 짐짓 모르는 척했다. 어릴 적부터 가난이 트라우마였던 나로선 어머니가 금수저 집안에서 태어났다고 생각하는 게 싫지 않아서다. 하지만 어느 날 모든 걸 실토했다. 남편의 오해가 극도로

심해져 별거 아닌 걸로 어머니를 심하게 비난하는 걸 듣곤 참을 수가 없었기 때문이다. 어머니가 아버지 대신 우리 5남매를 키우기 위해 얼마나 고생하셨는지, 자식들을 공부시키기 위해 외지와 섬에 가서 어떤 수모를 당하며 돈을 벌었는지, 눈물 없이는 볼 수 없는 한 편의 다큐 영화로 다 풀어내었다. 그리고 어머니를 곱게 꾸며 바깥세상으로 내보낸 게 바로 우리 자식들의 뜻이라고 말했다. 생전에 고생만 하신 어머니가 남은 생엔 후회 없이 친구들도 사귀며 즐겁게 사시라고 억지로 어머니를 채근한 게 사실이니 말이다.

그날 이후 남편이 변했다. 장모를 바라보는 사위의 시선이 달라졌다. 사치스럽고 놀기만 좋아하는 어머니가 아니라, 세찬 풍랑에도 끄떡 않고 오랜 세월 억척스레 아이들을 지키고 키워낸 무적함대 선장으로 인정한 것이다.

우리네 삶은 혈혈단신으로 황량한 지구에 떨어져선, 낯선 사람을 만나 서로를 보듬고 복잡한 인간 그물을 엮어가는 한 편의 드라마다. 처음 만나 가슴 설레며 서로를 알아가고, 사랑하고 미워하며 세월을 삭이다가, 어느 날 머릿속이 하얗게 바래어 서로를 몰라보며 이승을 떠나는 비극 드라마! 그게 바로 인생이니 말이다.

인간은 태어나면서 숙명적으로 부모와 가족을 만나고, 성장하면서 마음 맞는 친구와 연인을 찾고, 사회와 직장에서도 수많은 사람과 어울려 살아간다. 사위와 장모는 분명 남남이다. 하지만 서로를 어떻게 바라보고 대하는가에 따라 인연의 밀도가 달라진다. 사위가 장모를 사랑하는 아내를 낳고 키워주신 고마운 분이라 생각할 때,

장모가 사위를 내 딸을 아껴주는 귀한 사람이라고 생각할 때, 피붙이 이상의 끈끈한 관계로 발전할 수 있기 때문이다.

인생은 조물주로부터 백지 한 장을 받고 태어나 그 여백을 차곡차곡 채워 나가는 과정이 아닐까? 천진한 아기가 하얀 종이 위에 하나씩 선을 긋고 색을 채우며 그림을 완성해가는 과정이 바로 우리네 삶이니 말이다. 순백의 도화지가 세상 속에서 수많은 사람을 인연으로 만나고 다양한 경험을 함으로써 점점 화려하게 채색되고 어우러져 자신만의 독특한 인생 그림이 완성되는 것이다. 아마도 오늘 남편과 어머니의 포옹 순간은 이승에서 둘이 만나 만든 그림 중 가장 극적이고 아름다운 장면이지 싶다.

부디 어머니가 정신 줄을 곧추 잡아 우리와의 고운 추억을 많이 만들고, 남은 인생 그림을 더 풍성하고 아름답게 채색했으면 좋겠다. 오늘 사위와의 극적이고 뜨거운 포옹도 가슴에 고이 간직하시길 바라는 마음이다.

울 엄마 어디 갔나요?

　오늘은 어머니 정기진료를 보는 날이라 아침부터 서둘러 요양원에 계시는 어머니를 모시고 병원엘 왔다. 신경과, 신장내과에다 일주일 전에 코로나까지 걸리셔서 호흡기내과까지 돌아야 하니 막막했다. 언제나 휠체어를 끌어주던 여동생이 오늘은 아파서 못 오기 때문이다. 다행히 요양원에서 간호사가 동행해주었다. 휠체어를 능숙하게 끌고 다니며 가족처럼 다정하게 환자를 다루는 모습이 든든한 호위병 같다.

　업무로 바쁜 간호사를 먼저 보내고, 오늘은 엄마와 단둘이 데이트를 허락받았다. 아직 코로나 사태가 끝나지 않아 외출이나 면회가 안 되는 상황이지만 수척해진 환자를 위한 특별 배려인 게다. 며칠 전부터 어머니가 잘 드시는 함박스테이크를 잘하는 경양식집을 찾아두었다. 휠체어가 있어도 혼자선 밀지도 못할 터, 오늘은 용감하게 맨몸으로 대처해 볼 생각이다. 다행히 식당 주인이 친절하게 입구까지 나와 도와준다.

주차장에 차를 대고 들어갔더니, 학교에서 한창 바쁠 시간인데 어찌 왔느냐고 엄마가 물으신다. 어머니의 시계는 그 옛날 내가 아이들을 어머니께 맡기고 출근하던 때로 돌아가 있는 게다.

먹음직한 함박스테이크가 나왔다. 엄마는 화들짝 놀라며 "국밥 한 그릇이면 되지, 뭐 이리 비싼 걸 시켰노?"라고 하신다. "엄마 이제 나 돈 잘 벌어. 이런 거 얼마든지 먹어도 되어요."라고 했더니 뿌듯한 미소를 지으며 포커를 드신다. 그런데 갑자기 당신 함박스테이크를 반으로 뚝 잘라 내 접시 위로 올린다. 나도 다 못 먹는다며 도로 엄마 접시에 올려놓는다. 하지만 엄마는 이제 포커를 내려놓고 그럼 당신은 안 먹겠다고 겁박하신다. 식당에 갈 때마다 일어나는 소동이다. 갑자기 화가 치밀어 벌컥 소리를 지른다. "엄마 오늘은 제발 그만!"

그랬다. 아버지가 고혈압으로 쓰러지고 40대에 가장이 된 어머니는 5남매를 먹여 살려야 되는 강박감에 일생을 짓눌려 사셨을 터. 하물며 맛있는 건 자식들에게 양보하는 모성애가 골수까지 박혀 있지 싶다. 그러니 인지기능은 혼미해도 그 본능은 반사 작용처럼 적재 적시에 어김없이 나타난다. 나는 그게 화가 난다. 지금 시대에 아직도 먹을 걸로 저리 하신담. 그러기엔 엄마 인생이 너무 가엾고 슬프지 않은가? 맨몸으로 세상 파고와 싸우며 우리 5남매를 훌륭하게 키워낸 어머니가 말이다.

어머니는 10년 전에 치매 초기로 진단이 났지만, 지금처럼 정신이 흐리진 않았다. 기억력이 떨어져 조금 전에 한 일을 잊어버리는 정도였지, 아들 밥을 손수 챙겨 차릴 정도로 건장하셨다. 국가에서 장기 요양인 등급을 받아 한때는 노인학교에도 다니다가 우연히 지인 소개로 지금의 요양원에 들어가신 것이다. 다행히도 적응을 잘 하고 친구들을 사귀며 행복해하시는 엄마를 보며 마음을 놓았다. 그런데 최근 들어 당신 건강이 부쩍 나빠졌다. 투석을 해야 할 정도로 신장도 안 좋고, 인지기능은 더 떨어져 과거와 현재를 구분하지 못해 밤마다 아들에게 간다고 보따리를 싸고 돌아다니신다. 그러니 그렇게 곱던 얼굴이 몇 달 사이 많이 수척해지셨다.

성질이 고약한 딸이 성깔을 부리자 눈치 빠른 엄마는 이제 다소 곳하게 밥을 드신다. 하지만 틈틈이 노래 후렴처럼, "난 이건 너무 많은데."를 중얼거리신다. 그러더니 슬쩍 내 눈치를 보며 양이 남으니 남동생을 부르자고 하신다. 동생은 서울에 있어 못 온다고 말씀드렸더니, 5분도 안 되어 이젠 마산에 있는 막내 여동생을 부르자고 한다. 이쯤 되면 엄마와의 소중한 데이트가 아이스 파티장으로 변한다. 하지만 꾹꾹 가슴을 쓸어내린다. 이 모든 게 맨주먹으로 억척스레 자식들을 키워낸 모성애 때문이니 말이다.

식사 후 이젠 즐거운 커피 타임! 분위기 있는 카페에 노모를 부축해서 들어가려니 눈치가 조금 보인다. 하지만 그게 대수랴. 우리에겐 시간이 많지 않다. 나는 지금 엄마와의 애틋한 추억 하나를 더 만드는 게 중요하다. 다행히도 친절한 종업원이 조용한 창가로 우리를 안내한다.

자리에 앉자, 어머니는 또 왜 이리 비싼 데를 오느냐고 다그치신다. "엄마 기억이 없는가벼. 우리 예전에도 커피는 좋은 데 가서 마셨잖아요?"라고 말하자 "그래 맞아!"라며 소녀처럼 함박웃음을 지으신다. 분위기를 좋아하는 우리 DNA를 속일 수가 없는 게다.

나는 커피를, 어머니는 코코아를 시켜드렸다. 엄마는 지그시 눈을 감고 코코아 향을 음미하더니 커피 맛이 참 좋다고 하신다. 이젠 그렇게 즐기시던 커피 맛도 잊어버리신 게다. 어머니와 동생과 함께 주일미사를 마친 후 식사와 커피를 즐기던 때가 엊그제 같은데, 지금 우리는 노쇠한 모습으로 마주 앉아있다.

오늘은 엄마 가슴에 얼굴을 묻고 이야기를 나누고 싶다. 긴 세월, 오늘까지 당당하고 훌륭하게 잘 살아오셨다고 칭찬도 해드리고 싶다. 무엇보다 우리 5형제를 반듯하게 기氣죽지 않게 키워주셔서 감사하다고 말하고 싶다. 그런데 말하는 족족 동문서답이시다. 나는 현재에 있는데, 엄마의 동공은 아득한 과거로 가서 허공을 헤매고 계신다. 아련한 그리움에 눈빛이 촉촉한데 초점이 없다. 당신이 귀하디귀한 아들을 낳은 날이며, 시어머니가 낳은 아들을 당신이 대신 젖을 먹이던 얘기가 낡은 흑백필름으로 돌아간다. 그런데 서운하게도 거기에 나라는 존재는 없다. 당신의 자랑 박사 딸도 거기선 허상일 뿐이다. 나는 지금 앞에 앉은 엄마와 영혼을 교류하고 가슴을 나누고 싶다. 어머니 껍데기가 아니라 진짜 어머니와 이야기하고 싶다. 딸과 함께라면 그게 어디든지 천국이라고 말씀하시던 울 엄마는 어디로 가셨는가?

실은 처음 요양원에 어머니를 모시고 갔을 때는 걱정을 많이 했다. 자의식이 강한 어머니로선 번듯한 자식들을 다섯이나 두고서 복지시설에 오게 된 당신 신세를 한탄하실 게 뻔하기 때문이다. 하지만 어머니는 상황을 그렇게 심각하게 생각하지 않으신 듯했다. 정신이 맑지 않은 게 오히려 다행인 셈이다. 늘 혼자 지내던 것보단 친구들과 어울려 북적이는 생활이 좋고, 간병인 선생님들이 자식들처럼 잘 챙기며 돌보아주니 감사하다고 하셨다.

그런 의미에선 혼이 나간 반쪽 엄마와 데이트하는 지금 이 상황을 그렇게 슬퍼할 건 아니다. 이게 진정 엄마가 행복한 길이라면, 자식으로서 이 현실을 기꺼이 인정하고 내가 여기에 빨리 적응해야 하는 게다. 부디 살아계시는 동안엔 어머니가 사랑하는 우리 5남매를 알아보고 지금처럼 행복하게 지내시길 기도할 따름이다.

사랑의 빈자리

밥이 자꾸 목구멍에 걸린다. 둘이 살다 보니 혼자 밥을 먹을 때가 많다. 하지만 남편을 중환자실에 눕혀놓고 와서 홀로 앉은 식탁은 슬프고 암울하다. 숭늉에 밥을 말아 억지로 넘기는데 눈물이 앞을 가린다. 새삼 남편의 빈자리가 크게 느껴진다.

남편이 119구급차에 실려 간 건 추석 전날 새벽이다. 새벽 3시까지 원고 퇴고 작업을 하다가 갓 눈을 붙였는데, 남편이 부르는 소리에 놀라 잠이 깼다. 숨을 몰아쉬면서 우황청심환을 찾는 것이었다. 약을 찾아 먹이곤 바로 119로 전화해 응급출동을 요청했다. 그는 조금 있어 보자고 전화를 극구 말렸지만, 이미 숨쉬기조차 힘든 위기 상황이었다. 10분도 안 되어 출동한 응급 구조대원들이 그렇게 고마울 수가 없었다. 내 눈엔 그들이 하늘에서 내려온 구세주로 보였다.

새벽 4시 반, 구급차는 점등과 사이렌을 울리며 어둠을 헤치며 달렸다. 아내란 자가 남편이 이 지경에 이르도록 방치했다는 자책감이 가슴을 짓눌렀다. 그가 최근 들어 가슴이 답답하고 숨이 차다고 한 적이 여러 번 있었다. 시어머니와 시숙이 심근경색으로 돌아가신 가족력이 있는지라, 애들도 걱정하며 심장 진료를 잘하는 병원을 수소문해서 예약까지 했다. 하지만 막상 병원에 가는 날엔 자꾸 핑계를 대어 미루어왔다. 병원에 가는 게 겁이 났던 게다. 거기엔 아마도 나의 과거 병력病歷이 단단히 한몫했지 싶다. 아내가 30대에 쓰러져선 생사를 오르내리는 과정을 곁에서 애간장을 녹이며 보았으니 말이다. 그러니 자신이 그 환자가 되어 겪게 될 악몽이 지레 두려웠는지도 모를 일이다.

병원에 도착, 응급처치를 한 후 정밀검사에 들어갔다. 심장 조형술의 결과, 관상동맥 3개가 모두 막혀 있단다. 여태 살아있는 게 기적이라며, 언제든 심정지가 일어날 수 있는 위험한 상태라고 겁을 준다. 남편의 경우엔 간단한 스탠드 삽입 수술이 아니라 다리의 정맥혈관을 잘라 심혈관에 연결하는 대수술을 해야 한단다. 그런데 그 병원엔 수술할 의사가 없다고 해서 다시 대학병원으로 옮겼다. 결국 대학병원 중환자실에 입원, 추석 연휴 동안 환자 상태를 정밀하게 체크한 후 수술하자고 했다.

나보다 일곱 살 연상의 남편을 만난 건 대학 교정이었고, 우리는 5년간 사귄 후 결혼했다. 하지만 우리 부부는 그리 살가운 사이는 아니다. 남편은 어린 아내가 순종적이고 나긋나긋하길 원했지만 나는 고분고분한 여자와는 거리가 멀다. 게다가 둘 다 자존심이 세고 가정보단 공적인 활동을 더 중시하는 게 서로 닮았다. 그러니 심각한 싸움은 아니지만, 별것 아닌 걸로 늘 티격태격하며 살아왔다.

그러다가 내가 교직 생활하면서 사업에 손을 대다 보니 IMF 사태로 일찍 은퇴한 남편이 가사를 돕기 시작했다. 부엌일은 물론, 청소, 세탁, 분리수거까지 모든 걸 전업주부처럼 능숙하게 했다. 게다가 손주가 태어나면서 딸이 기르던 반려견 두 마리까지 우리 집으로 왔으니 집안일이 더 많아졌다.

생전 처음 맞는 남편의 부재 상황이 나로선 감당이 안 된다. 남편의 빈자리가 집안 곳곳에서 나타난다. 허리가 안 좋다 보니 당장 청소가 문제다. 청소기를 돌리는데, 힘에 부친다. 특히 침대 밑을 쓸어내기 위해 엎드리는 동작은 내겐 무리다. 베란다에 쌓인 일반쓰레기도 골칫거리다. 쓰레기를 모아 20리터 재활용 봉투에 넣어 뭉쳐보았다. 그런데 무거워서 봉투를 들 수조차 없다. 강아지 배변판 깔개가 많아서다. 게다가 반려견 둘을 거두는 것도 혼자선 힘에 겹다. 사료와 간식을 먹이고 배변판을 관리하는 게 장난이 아니다. 게다가 춘삼이는 당뇨병에다 녹내장을 앓고 있어 정해진 시간에 인슐린 주사를 놓고 안약을 넣어줘야 한다.

든 자리는 몰라도 난 자리는 안다고, 남편의 빈자리를 보며 새삼 그가 고맙고 대단한 존재로 느껴진다. 아내가 힘들게 바깥일을 하고 있으니 남편이 집안일을 돕는 건 당연하다고 늘 생각했으니 말이다. 집안일이 이렇게 힘든 줄 몰랐다. 죽어라 일해도 별로 표시가 나지도 않는다. 그동안 내가 당연하게 생각하며 먹고 입고 즐겼던 소소한 일상이 얼마나 큰 행복이었던가! 그 모두가 남편의 땀과 사랑이었음을 이제야 깨닫는다. 출근할 때 알뜰하게 싸주던 도시락과 간식, 아침 식탁 위에 차려진 구운 고구마나 감자, 싱싱한 생과일주스, 그리고 칼주름을 잡아 날렵하게 다림질한 나들이옷들······.

부부의 연緣은 몇 겁을 이어 하늘이 맺어준 것이라고 한다. 남편은 언제나 나의 안전지대였다. 그의 그늘 안에 있을 때 나는 목장 안의 양처럼 평온하고 세상에 두려운 게 없었다. 그런데 평범한 하루, 소박한 나의 일상이 하루아침에 망가져 버렸다. 갈비짝을 열어 남편의 심장이 찢어진 날, 나의 든든한 울타리도 깨져버린 것이다. 그의 빈자리 곳곳에 흔적처럼 남아있는 사랑의 손길이 이제 그리움으로 변해 가슴을 흥건하게 적셔온다.

빈자리의 크기는 사라진 존재의 역할이나 기능에 따라 다를 것이다. 극단적인 예로, 만일 하늘에 태양이 없어진다면 어떻게 될까? 지구는 순간 암흑으로 변하며 차가워질 것이고, 지구상의 모든 생명은 순차적으로 죽게 될 게다. 살림 도구도 마찬가지다. 소소한 도구가 아니라 냉장고나 세탁기, 청소기 같은 가전제품이 갑자기 집 안에서 사라지면 그 빈자리는 치명적일 것이다. 그러니 밥부터 시작해서 청소와 빨래, 쓰레기 분리수거까지 하던 남편의 부재 상황은 내겐 초비상사태다.

홀몸으로 이 세상에 태어난 인간은 사회생활을 시작하면서 하나씩 인간 그물을 만들며 살아간다. 처음 만난 가족 사회로부터 시작, 성장하면서 각종 조직이나 단체에 들어가고 거기서 각자 맡은 일을 수행한다. 어떤 사람의 빈자리의 크기는 바로 그 사람이 수행한 업무의 경중輕重에 비례한다. 그 일이 얼마나 중요하며 힘든 일인지가 그의 부재 시 공백으로 남기 때문이다. 그런데 빈자리를 논함에 있어 일보다 더 중요한 게 있다. 바로 그 사람이 차지하는 존재론적 의미와 가치다. 다른 사람으론 결코 대체할 수 없는 절대적 존재! 그가 있어 조직이 돌아가고, 그의 존재 자체가 조직을 숨 쉬게 하는 인물이다. 가정이란 집단에선 부모와 자식, 천륜으로 맺어진 부부가 바로 그런 존재가 아닐까?

하늘의 뜻으로 지구 한 모퉁이에서 만난 우리 부부, 우리에게 남은 시간이 얼마나 될까? 그가 살아서 돌아오면, 이제 내가 사랑의 빈자리를 꽉 채워 주리라. 그에게 진 빚을 하나하나 모두 되돌려준 후, 둘이 다정하게 손잡고 이승을 떠나리라.

삼식이의 흔적

벚꽃이 만개한 봄날, 오늘도 남편이랑 삼식이 무덤에 왔다. 무덤이래야 삼식이랑 자주 산책하던 길모퉁이의 고목 둥치 아래, 한 줌도 안 되는 골분骨粉을 묻은 게 전부다. 벚꽃 가지와 녀석이 좋아하던 껌과 파프리카를 차려놓고 살아있는 듯 이야기한다. 사라진 형의 행방을 아는지 모르는지, 춘삼이는 연상 꼬리를 흔들고 있다.

반려견 삼식이가 세상을 떠난 지 어언 보름이 지났다. 하지만 그는 지금도 우리 곁에 있다. 우리가 아직 그를 떠나보내지 못하기 때문이다. 집안 곳곳에 그의 흔적이 있으니 식사하고 일하고 잠을 잘 때도 삼식이는 늘 우리와 함께한다. 삼식이가 없는 일상을 아직도 나는 받아들일 수가 없다.

요즘은 시도 때도 없이 눈물이 흐른다. 귀가 후 현관 앞에서 혼자 나를 기다리고 있는 춘삼이를 볼 때도, 녀석이 좋아하는 파프리카를 씻을 때도, 자려고 침대에 누워서도 눈시울을 적신다. 오늘처럼 춘삼이를 혼자 데리고 산책할 때는 더하다. 벚꽃 비를 맞으며 꼬리를 흔들고 달려가는 녀석의 환상에 마스크로 가린 얼굴 아래로 하염없이 눈물이 흘러내린다. 남편은 더하다. 밤마다 아기처럼 품에 안고 자던 녀석이니 그 심정이 오죽하랴. 시국도 어지러운 판에 반려견이 죽은 걸로 너무 슬퍼하는 것도 세상 눈치가 보인다. 하지만 어쩌랴. 삼식이는 우리에겐 피붙이 가족이나 마찬가지였으니 말이다. 새삼 내가 녀석을 얼마나 사랑했던가 깨닫고 있다.

사람이나 동물이나 유한한 수명을 부여받고 태어난 생명체는 언젠간 이 세상을 떠난다. 하지만 그 존재가 떠난 후 남긴 흔적과 향기는 다르다. 무릇 생명체의 가치는 살아있을 때보다 사후에 더 뚜렷하게 드러난다. 그가 이 세상에서 어떤 삶을 살고 떠났는가에 따라 그 평가가 다르기 때문이다. 평생 세상에 해만 끼치고 살다 간 이는 필시 악취를 남길 터, 짐승보다 못한 평가를 받는다. 동물이라도 삼식이처럼 늘 기쁨과 행복을 주고 간 존재는 그 빈자리가 크며, 남은 자들이 이렇게 그를 애통하게 그리워하는 게다.

'든 정은 몰라도 난 정은 안다'라고 했던가. 삼식이가 우리에게 그렇게 살가운 존재였는지 녀석이 떠나고서야 새삼 깨닫는다. 이별의 슬픔 강도는 관계의 밀접성에 비례한다. 솔직히 가까운 지인이나 친지의 죽음 앞에도 그렇게 애통하고 가슴이 미어지지는 않았던 것 같다. 이토록 가슴이 저미도록 아픈 것은 삼식이와 살을 부대끼며 살아온 시간이 많기 때문이다. 사람을 좋아해 늘 안아 달라고 보채는 통에 나는 틈만 나면 녀석을 안아줬다. 아기처럼 내 품에 안겨 행복에 겨워하던 아스라한 눈빛과 포근한 털 감촉, 풋풋한 살내음을 잊을 수가 없다. 아직도 그 감각이 그대로인데, 갑자기 품에 안고 있던 아기를 강탈당한 듯 가슴이 휑하고 품 안이 허전해 견딜 수가 없다.

아침에 함께 눈을 뜨고, 종일 같이 생활하고, 밤엔 한 침대에서 팔베개하고 품에 안고 자는 존재! 세상에 이보다 더 가까운 사이가 있을까? 직장 생활을 한 탓에 나는 내 아이들도 이렇게 살갑게 키워보지 못했다. 늘 어머니나 외할머니가 곁에서 도와주신 까닭이다. 그러니 피붙이처럼 살던 삼식이가 떠난 집은 한겨울의 시베리아 벌판이다.

집안 곳곳에 마치 매직펜으로 마킹을 한 듯, 녀석의 흔적이 뚜렷이 남아있다. 화장하는 나를 빤히 올려다보며 앉아있던 경대 밑, 침을 흘리며 식사하는 우리를 쳐다보고 있던 식탁 아래, 공놀이하며 뛰놀던 거실, 심지어 배변판 대신 들락거리던 남편의 화장실까지 온통 녀석의 체취와 숨결이 배어있다.

우리 삼식이가 떠나며 중요한 걸 깨우쳐주었다. 녀석이 남기고 간 흔적이고 선물이다. '언제까지 내 곁에 있으려니 생각하고 무심하게 대하던 존재가 어느 날 갑자기 사라질 수 있다.'는 것을. 그러니 소중한 이들에게 늘 최선을 다하라고 말한다. 덕분에 요즘엔 요양원에 계시는 어머니를 더 자주 찾아뵙는다. 매일 티격태격하던 우리 부부도 이젠 화를 참고 더 잘하려고 노력한다. 삼식이를 떠나보낸 그 마음을 서로 알기 때문이다. 소원疏遠하던 친지나 친구도 자주 안부를 묻고 챙기게 된다. 삼식이처럼 홀연히 내 곁을 떠난 후에 울지 않기 위해서다.

삼식이가 떠나고 난 후 내 인생이 보인다. 반려견의 짧은 생生 역시 인생의 축소판인 까닭이다. 녀석이 태어나서부터 죽기까지, 나는 마치 조물주인 양 그 일생을 내 손바닥 위에서 다 보았다. 생후 3개월에 처음 입양되어 온 날부터 우리를 떠날 때까지 희로애락 견생犬生을 함께한 까닭이다. 아장아장 걸음마를 떼기 시작하던 인형 같은 모습, 시민공원의 잔디 허들을 훈련견처럼 뛰어넘으며 으스대던 모습, 슬개골이 탈구되어 수술한 후 다리를 깁스하고 있던 모습, 마지막으로 중환자실에서 사투를 벌이며 기진맥진한 상태에도 내 목소리에 눈을 뜨고 억지로 몸을 일으키던 모습이다. 그리곤 고운 수의를 입고 화장터에 들어가 한 줌의 가루가 되어 우리 곁으로 돌아온 게다. 그 모든 장면이 단편영화 한 편을 상영하듯 순식간에 끝나고 말았다. 이렇듯 동물이나 사람이나 피조물의 한 생生은 하루를 영원으로 착각하고 살다 가는 하루살이와 다를 바 없다.

내가 죽고 나면 나는 세상에 어떤 흔적을 남길까? 남은 이들이 나를 어떻게 기억할까? 새삼 어떻게 사는 게 잘 사는 것인지 생각이 많아진다. 모든 악은 욕심에서 비롯된다. 그런데 인간의 욕심 항아리는 이리 굴보다 깊어, 더 많이 소유하고, 더 높은 지위와 명예를 가지기 위해 매 순간 눈을 부릅뜨고 전쟁을 치른다. 하지만 삼식이는 달랐다. 먹을 것에 집착하지도 않았고, 욕심부려 남의 것에 연연해하지도 않았다. 그저 주인이 주는 것에 감사하며 잘 먹고 잘 놀았다. 녀석이 바라는 바는 오로지 주인의 관심과 사랑이 전부였다. 욕심이 없으니 걱정도 없을 터, 일생 건강하고 밝은 얼굴로 가족에게 재롱을 떨고 기쁨과 행복 바이러스를 선물하다가 갔다.

삼식이 일생을 내 손바닥 위에서 훤히 보듯, 세상 만물을 창조하고 다스리는 분이 당신 손바닥 위에서 나를 보면 얼마나 한심할까? 정작 인생에서 중요한 게 무엇인지도 모르는 멍청한 존재! 찰나 같은 생을 살다 갈 거면서 천년을 살 것처럼 일생 새우잠을 자고 스스로를 시간의 노예로 전락시켜 살아가는 우둔한 존재이니 말이다.

긍정적으로 생각해 보니, '구구팔팔이삼사'*란 말처럼 짧은 생을 건강하고 행복하게 살다가 미련 없이 훌쩍 떠난 삼식이가 부럽다. 이 세상이 뭐 그리 대단하지도 않으며, 세상살이 또한 그리 만만하지 않으니 말이다. 하지만 삼식이에게 이 말을 꼭 전하고 싶다.

"삼식아, 네가 있어 참으로 행복했다. 다음 생이 있다면 우리 그때도 한 가족으로 만나 같이 살자꾸나."

---

* 구구팔팔이삼사 : '99세까지 팔팔하게 살다가 2, 3일 앓고 죽고 싶다'라는 뜻의
  은어隱語

내 생일상을 차리며

아침부터 10시간째 부엌에 서 있다. 생선을 굽고, 전을 부치고, 불고기를 절이고, 오색 나물을 만들고, 마지막으로 미역국만 끓이면 된다. 그런데 이제 부실한 허리가 아우성을 친다. 딸이 엄마 고생을 덜어주려고 어제 밖에서 생일파티를 했건만, 왜 또 일을 벌였는지 나도 알 수가 없다.

한 해 중 가장 의미 있는 날을 꼽으라고 하면 사람마다 다르리라. 부부 금실이 좋은 사람은 결혼기념일일 테고, 어렵게 아기를 가진 사람은 아이의 생일일 수도 있을 것이다. 하지만 대체로 자신에게 중요한 날은 생일이지 싶다. 이날이 세상에 자기 존재를 드러낸 날, 바로 출생신고일이니 말이다.

하느님이 흙으로 인간을 만들 때, 당신 모상으로 육신을 빚은 후 그 거룩한 영靈을 불어넣어 영혼을 채웠다고 한다. 그러니 인간은 모두 귀하고 성스러운 존재다. 따라서 거룩한 생명이 탄생한 날은 참으로 은혜롭고 의미 있는 날이며, 사랑하는 이들로부터 축하받는 건 당연하다.

초등학교에 다니는 손자와 손녀는 1년 내내 제 생일을 기다린다. 케이크에 불을 붙이고 생일 축하 노래를 부르며 선물을 받는 것도 좋아하지만, 집에서 생일파티를 열어 친구를 초대하는 일이 더 신나는 게다. 우리가 어릴 적엔 다들 사는 게 힘들어 아이들 생일을 제대로 챙겨주지 않았다. 대가족 집안의 큰며느리인 어머니는 할아버지와 할머니의 생신은 연례행사로 준비하시면서도, 우리들의 생일은 그냥 넘어가는 게 예사였다. 하지만 할머니의 엄명으로 어머니가 꼭 챙기시는 날이 있었다. 바로 남동생의 생일이다.

가난한 양반집 가문에 시집을 간 어머니는 줄줄이 딸만 셋을 낳았다. 아들을 못 낳으면 '칠거지악七去之惡'으로 몰리던 시절이었으니 어머니는 졸지에 죄인이 되었다. 게다가 큰집 숙모는 보란 듯이 아들을 연년생으로 낳고, 우리 할머니까지 늦둥이 삼촌을 낳았으니 어머니의 마음고생은 이만저만이 아니었다. 그러다가 네 번째로 출산한 아이가 아들이었으니 그 기쁨이 오죽하랴.

나는 아직도 그 밤을 선명하게 기억한다. 옆에 자던 어머니가 산통이 와 온 방을 헤매며 몸부림치면서도 행여 딸일까 싶어 울음소리도 제대로 못 내셨다. 나는 어머니가 죽을까 걱정되어 덩달아 훌쩍거리며 긴긴밤을 하얗게 보냈다. 남동생을 낳은 아침, 어머니는 비로소 엉엉 소리 내어 우셨다. 장손 며느리로서의 소임을 다하고 압박과 설움에서 해방된 기쁨의 눈물이었다. 그러니 어머니에게선 그날이 광복절보다 더 벅찬 날이었을 터, 어찌 잊을 수가 있으랴.

동생이 태어난 후 어머니 삶의 중심은 늘 아들이었다. 먹는 것도 옷도 무엇이든 아들부터 챙기시는 모습이 질투가 날 정도였다. 그러던 어머니가 언제부턴가 둘째 딸인 나를 챙기기 시작하셨다. 아마도 내가 당시 일류학교인 K여중에 합격하고 나서였지 싶다. 그 학교에 다니는 걸 가문의 영광으로 여기던 때라, 내가 어머니의 자랑스러운 존재로 급부상했던 게다. 아마도 그즈음부터 내 생일도 잊지 않고 챙겨주셨던 것 같다.

결혼하고 나선 남편이 내 생일을 잊지 않고 챙겼다. 깜짝 선물을 준비하고, 가사도우미 아주머니를 시켜 생일 음식도 준비했다. 어머니가 챙겨주던 생일과는 다른 행복감이 일었다. 아이들이 자라면서 내 생일을 챙기다 보니 생일파티는 점점 더 화려하고 커졌다.

나는 생일을 아주 중요하게 생각한다. 어린 시절에 내 생일도 모르고 지낸 게 억울해서인지, 나는 가족이나 형제들 생일을 기록해 두었다가 꼼꼼히 챙긴다. 결혼한 아들과 딸, 손주들의 생일에도 내 손으로 미역국을 끓이고 축하 파티를 연다. 우리가 가족의 연緣으로 만난 걸 기념하고 싶고, 하늘에 감사하는 마음이 들어서다. 그리고 부모가 자식에게 험난한 세상의 파고波高를 잘 헤쳐 나가라고 응원하고 격려하는 건 당연한 일인 게다.

그런데 이제 인생 해거름이 되고 보니 내 생일상을 차려줄 사람이 없다. 그렇게 내 생일을 챙겨주던 어머니는 정신이 혼몽해 지금 요양원에 계신다. 며느리나 딸은 직장 생활을 하며 아이들을 부양

하느라 부모 생일상을 준비할 겨를이 없다. 이날을 잊지 않고 축하해주는 것만으로도 고마울 따름이다. 그리고 작년까지만 해도 미역국과 찰밥을 해서 내 생일상을 차려주던 남편은 지난가을에 심장수술을 해서 집안일을 못한다.

혼자 생일 음식을 하면서 만감이 교차한다. 새삼 고인이 되신 시어머님 생각이 난다. 네 며느리가 모두 교편을 잡다 보니, 생전에 앉아서 당신 생신상을 받아보지 못하셨던 분이다. 시어머니께선 늘 당신 생일잔치를 손수 준비하셨다. 아픈 다리를 끌며 며칠간 시장을 봐선 자식들을 먹이려고 갖은 음식을 만드셨다. 우리는 고작 봉투나 건네며 자식 도리를 다한 듯 넘어갔으니, 혼자 음식을 만들며 당신 마음이 얼마나 외롭고 허전하셨을까 싶다. 아마도 시어머니께선 지금의 내 심정으로 묵묵히 음식을 만드셨으리라.

사랑은 내리사랑이라고, 어머님의 헌신적이고 절대적인 자식 사랑을 보면서 은연중에 몸에 밴 게 있다. 나도 부엌에 들어가면 내가 좋아하는 것보단 딸이나 손주가 좋아하는 음식을 만든다. 손녀가 좋아하는 쇠고기미역국과 가자미구이, 손자가 좋아하는 두부조림, 딸이 특히 좋아하는 냉이 나물과 야채샐러드 등이다. 허리가 아프고 몸이 고단해도 아이들이 와서 맛있게 먹을 걸 생각하면 흐뭇할 따름이다. 부실한 몸으로 힘들게 음식을 만들어 우리를 먹이시던 시어머니의 마음이 바로 이런 것이리라.

시대는 많이 바뀌었다. 모든 게 간단하고 속도를 강조하는 디지털시대에 아날로그 사고를 고집하다간 시대에 뒤떨어진 노인 취급을 받는다. 혼자 외로운 신세를 한탄하며 청승을 떨어서 무엇 하랴. 제 품격은 스스로가 지키면 된다. 내가 나를 귀하게 대접해야 세상이 나를 얕보지 않는 법이다. 식사 한 끼도, 생일상 한 번도, 내 생生의 '최후의 만찬'인 듯 정성껏 챙겨야 하는 이유다.

찰나 같은 인생에서 번갯불보다 더 짧은 하루, 생일을 챙긴다는 건 어찌 보면 하릴없는 일이다. 하지만 아직도 내 생일을 기억하여 스스로 생일상을 차린다는 건, 내가 건재健在하다는 걸 자각하며 자신에게 화이팅 주문을 거는 거룩한 전례典禮다.

냉이 나물의 향내가 집안에 가득하다. 비록 육신은 해거름 겨울로 접어들었지만, 마음만은 언제까지나 풀꽃향기 가득한 봄날이고 싶다.

단사리斷捨離

어느덧 한 해의 끝자락이다. 시계를 엎어도 시간은 간다고, 세월에 멱살 잡혀 끌려와도 어김없이 세모歲暮가 오고 새해도 밝아 온다. 묵은해와 새해의 경계에 서면, 습관처럼 한 해 걸어온 길을 돌아보게 된다. 아직도 걸어온 발자국이 비뚤비뚤 어지럽기 짝이 없다.

나는 새해가 되면 필수 과제처럼 한 해 계획을 세우고, 거창하진 않지만 이루고 싶은 꿈 한둘을 목표로 세운다. 어릴 적부터 학교에서 세뇌받아 실천해온 게 이젠 굳은살이 되어버린 게다. 하지만 연말이 되어 한 해 성과를 평가해 보면, 내가 계획하고 꿈꾸던 목표는 절반도 이루지 못한 걸 발견한다. 늘 이성보단 감정이 앞서고, 내 능력과 처지를 망각하고 패기만 앞서 욕심을 부린 탓이다.

언젠가 요가를 배울 때 '단사리斷捨離'란 말을 들었다. 단斷은 무엇인가를 자른다는 뜻으로 불필요한 생각, 욕망, 습관 등을 모두 끊어내고 현 순간에 집중하고 안정된 마음을 가지는 것을 의미한다. 사捨

는 어떤 것을 버린다는 의미로, 불필요한 물질뿐만 아니라 감정적으로나 정신적으로 집착하고 있는 것을 놓아주는 것이다. 리離는 어떤 것에서 떨어져 나가는 것, 즉 세상에서 불필요한 연결이나 소속 등에서 이탈해 독립적인 존재로 나아가는 것을 말한다.

대중에게서 '단사리斷捨離'란 말은 2011년경부터 일본에서 유행했다. 삶이 가벼워지기 위한 '미니멀 라이프' 개념으로, '끊고 버리고 떠나자'라는 캠페인이다. 즉 주변의 물건을 정리하는 행동을 통해 자신을 들여다보고, 마음의 혼돈을 정리하며, 인생을 쾌적하게 바꾼다는 말이다. 요가가 몸과 마음을 통합하고 정화하는 데 중점을 두는 운동이고 보면, '단사리'가 요가 수련의 이념과도 통하는 게다.

삶이 단출해지는 방법으로서 '단사리'를 인정하지만 실제로 실행하기엔 어렵다. 오늘도 새해맞이 대청소를 하다 보니 기가 찬다. 내가 기억조차 하지 못하는 물건들이 집 구석구석, 서랍 칸칸이 빼곡하게 들어있다. 이건 '버리기 아까워서', 저건 '비싸게 주고 산 거니까', 또 어떤 건 '기념할 만해서' 등 궁색한 존재 이유가 붙은 물건들이다. 전직 교육자요 신앙인으로서 입으론 늘 '근검절약'과 '마음의 가난'을 앞세우면서, 이 나이 되도록 물질에 대한 미련과 욕심을 버리지 못하는 속인이라는 걸 적나라하게 까발리는 장면이다.

'단사리'의 경지에 이르려면 고된 수련 과정이 필요하다고 한다. 우리는 왜 불필요한 것을 끊어내고 버리지 못하며, 그 집착에 매여있는 것일까? 심리학에선 그 원인을 두 가지 측면에서 설명한다. 첫 번째는 '소유효과'다. 물건을 구매해서 일단 자기 것이 되면, 그 물건을 원래 산 것보단 더 값진 것으로 여기는 심리다. 5만 원에 산 커피잔을 누군가가 자기에게 팔라고 하면 절대 그 값으론 못 판다는 얘기다. 즉 자신이 어떤 대상을 소유하느라 지급한 돈과 그 대상과의 이별에서 받을 수 있는 돈엔 차이가 있다는 이론이다. 신기한 것은 이러한 소유효과는 자신이 구매한 것뿐 아니라 다른 사람으로부터 선물 받은 물건에서도 똑같이 적용된다는 점이다.

또 다른 관점은 '손실 회피성' 이론으로, 인간은 누구나 '상실'의 느낌을 좋아하지 않기 때문이라고 한다. 즉 이익과 손실의 규모가 같을 때, 이익보다 손실을 더 크게 느낀다는 말이다. 따라서 실수로 1만 원을 잃어버리면, 적어도 2만 원이나 3만 원을 얻어야 1만 원을 잃어버린 상실감을 상쇄할 수 있다.

언젠가 뉴욕 맨해튼에 갔을 때 '콜리어 형제 공원'이란 곳에 들른 적이 있다. 1940년대 전설적인 '저장강박증' 형제가 살던 곳이다. 이들은 무려 170톤이나 되는 고물과 잡동사니를 모으며 살다가 결국 그 쓰레기 더미에 깔려 숨졌다고 한다. '배부른 사자는 사냥하지 않는다. 그러나 사람은 먹이를 쌓아 놓고도 투망을 던진다.'라고 한 어느 시인의 말처럼, 욕심 더미에 깔려 제 목숨까지 버리는 우매한 인간의 집착을 단적으로 보여 주는 예다.

불필요한 것을 끊고 버리고 떨어져 나가는 과정을 통해 내적 정화와 평화를 찾아가는 철학으로서의 단사리는 우리네 인생에서도 중요한 원리로 작용한다. 인생에서도 감정을 절제하지 못해 생기는 병이 너무도 많기 때문이다. 자칫하면 감정의 무리한 식탁에 앉아, 과도한 욕망과 열망의 음식들로 인해 병이 든다. 과식하면 몸이 아프듯, 감정이 과하면 마음의 병으로 나타나고 그 결과 인생이 피폐해진다.

첫째는 달콤한 감정의 과자다. 인생사는 희로애락喜怒哀樂 다양한 감정의 조합으로 이뤄져 있다. 그러나 가끔은 너무도 달콤한 사랑, 고요한 행복, 혹은 진한 감동이 마음을 침식시킨다. 과도한 달콤함에 마음이 마비되고, 결국은 마음이 속도 제한선을 넘어서 위험수위를 초래한다. 마약이나 도박 등의 유혹과 쾌락에 빠져 한순간에 인생이 절벽 아래로 추락하는 것도 같은 이치다.

다음은 소금 맛의 도전이다. 험난한 세상을 헤쳐 나가려면 어느 정도의 쓰고 짠 도전은 필요하다. 하지만 너무 많은 소금은 우리 삶을 찌들게 한다. 과도한 도전의 압박 속에서 자신을 잃어버리게 되고, 마음이 까칠한 소금 덩이가 되는 까닭이다. 설상가상으로 '욕망'이라는 식탐이 도전에 짠맛을 더 얹기도 한다. 소금에 대한 과잉 식탐은 짠맛이 과한 음식처럼 인간을 지치게 만든다.

나 역시 예외가 아니었다. 젊은 시절, 자신의 신분과 체력을 망각하고 과욕을 부려 '직장'과 '학문'이라는 두 우물을 판 적이 있다. 숨이 턱에 닿으면서도 고지를 향해 내달릴 즈음, 주변에선 속도 제한을 충고하고 말렸다. 하지만 그마저도 나를 시샘해서 하는 말이라 여겨졌다. 결국 브레이크가 고장 난 자동차처럼 앞만 보고 질주하다가 천 길 낭떠러지 아래로 굴러떨어지고 말았다. 문제는 죽음의 문턱까지 갔다 와서도 인간의 욕망은 멈추지 않는다는 사실이다. 식물인간의 경지를 경험하고도 나는 또다시 그 전철을 밟았고, 그 결과 대상포진을 감기처럼 달고 사는 약골이 되어버렸다.

이제 내 인생도 해거름이다. 단맛, 신맛, 짠맛, 쓴맛, 인생사 온갖 맛을 다 겪으며 살아왔다. 그런데 지금은 감각신경마저 둔해졌다. 세상에 그리 좋은 것도 싫은 것도 없다. 오늘과 내일이 별반 다르지 않고, 눈을 뜨면 다람쥐 쳇바퀴 돌리는 일상을 되풀이한다. 그런데도 습관처럼 손에 들어온 건 놓치지 않으려 하고, 틈만 나면 내 것 아닌 걸 탐하기도 한다.

언젠가 이 세상 소풍이 끝날 터. 내가 머물다 간 자리가 깨끗하게 남도록, 물질적 정신적 잡동사니를 깔끔히 정리해야 한다. 지금 '단사리'가 절실한 이유다.

카르페 디엠(Carpe diem)

　전화를 받던 남편의 얼굴이 경직된다. 혈액암으로 투병하고 있던 고등학교 친구의 부고 소식이란다. 그는 나와도 허물없이 지낸 사이라 가슴이 아프다. "자식, 이렇게 갈 줄 알았으면 제대로 한번 놀다 가지." 남편의 목소리가 젖어있다. 근검절약하며 동동거리느라 평생 제대로 놀아본 적이 없는 친구라고 했다.

　남편의 말을 들으며 문득 '카르페 디엠(Carpe diem)'이란 말이 떠오른다. 이 말은 고대 로마시인 호라티우스의 시 「오드」 중에서 나오는 말로서, 'Carpe diem, quam minimum credula postero'(오늘을 잡아라, 내일을 믿지 말라)는 표현에서 유래되었다고 한다. 즉, 현재의 순간을 최대한으로 즐기라는 메시지다.

　'카르페 디엠'은 과거의 후회나 미래에 대한 불안보다 현재 이 순간을 소중히 여기며 살아가자는 의미의 철학이 담겨있다. '오늘을 잡아라.'라고 하는 것은 불확실하고 변화무상한 인생 여정에서 오늘 우리에게 다가온 기회를 놓치지 말고 적극적으로 활용하라는 삶의 자세. '내일을 믿지 말라'는 말은 변화무상한 미래는 알 수 없는 게 당연하며, 그 불안에 휩싸여 현재의 삶을 놓치지 말라는 것이다. 그런 의미에서 '카르페 디엠'은 단순히 현재를 즐기는 것뿐만 아니라, 미래에 대한 꿈과 목표를 설정하고 앞으로 나아갈 방향을 설정해주는 충고다. 한마디로, 삶의 짧은 순간을 놓치지 않고 최대한으로 즐기며, 동시에 내일의 꿈을 가지고 세상을 적극적이고 긍정적으로 살아가자는 응원 메시지인 셈이다.

인간은 태어날 때부터 욕심의 DNA를 지니고 있다. 선악과를 따 먹으면 자신이 하늘의 주인이 된다는 뱀의 유혹에 넘어가 금기의 사과를 따 먹고 에덴동산에서 쫓겨난 아담과 하와의 후예이기 때문이리라. 인간의 욕심 항아리는 '밑 빠진 독'과 같고, 탐욕은 '이리 굴'보다 더 깊다. 아흔아홉을 가지고서도 하나를 더 보태어 백을 채우고 싶어 안달하는 존재가 바로 인간이다.

그런데 인간의 가장 큰 비극은 현재를 즐길 줄 모른다는 것이다. 엎어지고 깨어지며 만신창이가 되어 기어오른 정상에서도 결코 만족하지 못한다. 이제 조금은 그 자리에서 숨을 돌리며 즐겨도 되는데 인간의 탐욕은 이를 용납하지 않는다. 자신을 다시 시간의 노예로 전락시켜 바둥거리며 산다. 그러니 호시탐탐 재물을 축적하기만 하고 그것으로 인생을 즐길 줄을 모른다. 마지막엔 빈손 빈 몸으로 이승을 떠날 텐데, 이 얼마나 어리석고 억울한 일인가 말이다.

인생은 짧고 단 한 번뿐인 여행이다. 마음먹기에 따라 여유롭고 즐거운 여행이 될 수도 있고, 동동거리느라 암울한 여행이 될 수도 있다. '카르페 디엠'은 이 짧은 인생 여정에서 오늘을 현명하게 살아가는 방법을 가르쳐준다. 자신을 짓누르는 과거의 무거운 짐과 미래의 불안을 떨치고, 현재의 순간을 즐기며, 세상을 사랑하고, 미래를 꿰뚫어 보라고 죽비를 친다.

우리네 인생은 무채색 시간의 흐름이 아니라, 그걸 어떻게 감지하고 경험하는가에 따라 풍성한 색채로 가득 채울 수 있다. 태어나면서 조물주로부터 받은 하얀 도화지 한 장에, 생이 끝나기까지 과연 어떤 그림과 색채로 다채롭게 채워 나갈지는 오로지 자신의 몫이고 과제다.

'카르페 디엠'과 짝을 이루는 라틴어 문구가 바로 '메멘토 모리(Memento mori)', 즉 '죽음을 기억하라'다. 고대 로마에서는 전쟁에서 승리한 장군이 개선할 때면 네 마리의 백마가 끄는 전차를 타고 화려한 시가행진을 하면서 시민들의 열렬한 환호를 받았다. 이때 장군은 노예 한 사람을 옆자리에 태워 자신의 귓가에 '메멘토 모리!'를 계속 외치게 했다고 한다. '비록 오늘은 당신이 전쟁에서 승리한 영웅이지만, 언젠가는 당신도 죽는다는 사실을 잊지 마시오.'라는 의미로서다. 더없는 환희의 순간에도 인생의 무상함과 죽음을 생각하며 항상 겸손하게 행동하라고 하는 경고 메시지인 게다.

'메멘토 모리'는 모든 생명체는 불가피하게 죽음을 맞이해야 한다는 생生의 덧없음과 불확실성에 대한 인식이고 자각이다. 이 말도 생生의 유한성을 기억하면서 주어진 시간을 소중히 여기고 뜻있게 살라는 의미로서 '카르페 디엠'과 통한다. 아울러 이 말은 미래에 대한 경솔한 태도나 무책임한 행동에 대한 경고이기도 하다. 어떤 경우든 지나치게 우쭐하거나 자만하지 말고, 항상 생의 무상함 앞에서 겸손해야 한다는 뜻이니 말이다. 인간 존재와 삶의 의미에 대한 고찰로서의 '메멘토 모리'에 대한 끊임없는 사유는 종교, 철학, 예술 등 다양한 분야에서 인류 문화와 역사를 지배해왔다.

인간은 유한한 수명으로 태어난 피조물로 이 세상에 잠시 살다가 사라지는 존재다. 그런데도 인간은 애써 이를 망각하고 살아간다. 영원히 살 것처럼 착각하며 오늘도 하늘을 향해 욕망의 바벨탑을 쌓아 올린다. 하늘에 닿을 고층 빌딩을 쌓아 올리고 우주를 점령하기 시작하면서, 이제 자신이 하늘의 주인이라도 된 듯 착각하며 세상을 호령한다. 심지어 스스로 종교를 만들어 자기 죽음을 부인하고 내세의 복락까지 보장받고 싶어 안달한다.

'메멘토 모리'와 '카르페 디엠'은 하나는 '죽음'을, 다른 하나는 '현재'를 말한다. 하지만 그 메시지는 동전의 양면이다. '나도 언젠가는 죽는다'라는 사실을 수시로 기억하는 사람은 매 순간을 충실히 살아갈 수밖에 없기 때문이다. 오늘 내가 불평하며 허투루 보내고 있는 이 순간이 어제 죽은 이가 그토록 희망하던 '내일'이란 걸 생각하면, 매일 매일을 소중하게 최선을 다해서 살아가게 되는 것이다.

인생은 모체의 자궁 역을 출발, 죽음 역을 향해 달리는 일방통행 열차다. 따라서 다시는 돌아갈 수 없는 역의 순간순간을 소중히 여기며, 알뜰히 행복 도토리를 주워야 한다. 앞만 보고 달릴 게 아니라 틈틈이 간이역에 내려 들꽃도 들여다보고, 달려온 레일을 귀한 추억으로 되돌아보기도 해야 한다. 어차피 인생이란 '지구'란 행성에 잠시 소풍 나온 것, 이 세상 소풍이 끝날 때까지 원 없이 한껏 즐기며 살아야 한다. 나아가서 자신만 챙기지 말고 이웃과 더불어 가진 것을 나누며 의좋게 살아간다면, 하느님이 보시기에도 흡족한 삶이 아닐까?

한세상 살고 보니 어렴풋이 깨닫는다. 삶은 놋그릇처럼 무겁고, 죽음은 깃털처럼 가볍다는 것을. 하루를 살아내려고 발버둥 치며 보낸 육중한 세월도, 죽음은 한순간 그 모든 걸 하얀 재로 만들어 버린다는 것을 말이다. 오늘을 가볍고 즐거이 보내며, 내일은 미련 없이 하얀 뼛가루가 되어 하늘로 날아갈 채비를 하며 살아야 하는 이유다.

떠남과 속함

수도원 친구 수녀가 갑자기 전라도 시골 성당으로 발령이 나서 떠났다. 회갑이 넘도록 험지와 시골 성당을 전전하다가 본원으로 돌아온 지 고작 여섯 달째다. 위에서 내려오는 명命에 묵묵히 순종하는 게 수도원의 시스템이라고 하지만, 전보 명령이 내리자 귀양 가듯 홀연히 짐을 싸서 떠나는 친구를 보니 안쓰럽다. 인생이란 끊임없이 옛 둥지를 떠나 새 둥지를 향해 나아가는 과정이라는 걸 실감한다.

인간은 어딘가에 속해서 살아가지 않으면 안 되는 존재다. 피를 나눈 가족, 친구나 지인 모임, 직장, 그 외에도 경제적 활동이나 사상을 공유하는 다양한 사회 조직의 일원으로 살아간다. 동시에 인생은 한곳에 머물지 않고 끊임없이 또 다른 곳을 향해 떠나는 여정의 연속이다. 어디에 속하고, 다시 어디로 방향을 짓는가에 따라 그 사람의 삶의 폭과 깊이가 달라진다.

어딘가에 '속함'은 안정과 안락함을 주는 요소다. 철학자 파스칼이 말했듯이, 인간은 '사회적 동물'이기 때문이다. 어딘가에 속해 있다는 느낌은 자신에게 정체성과 안전감을 제공하며, 자존감을 드높여준다. '속함'의 가장 작은 공동체가 '가족'이다. 가족이 자신과 피를 나눈 관계, '우리 편'이라는 걸 인정하는 자체가 아늑한 평화와 더불어 전쟁터 같은 세상에서 맞닥뜨리는 여러 위기 상황을 거뜬히 이겨내는 힘을 부여한다. 같은 신념으로 모인 정당이나 종교 집단은 생각과 사상을 공유한다는 의미에서 짙은 정서적 유대감과 공동체 의식을 갖게 해준다. 그리고 학교, 직장, 지역사회 단체 등의 다양한 커뮤니티는 개인의 성장에 필요한 문화와 가치를 전수하며 자존감을 높이는 기회를 제공한다.

반면에 '떠남'은 새로운 문을 열어 자유와 모험의 세계로 들어가는 일종의 도전이다. 전혀 딴 세상으로 들어가 맨몸으로 부딪히며 자신을 연마하고 다채로운 경험을 쌓는 시간이기 때문이다. 그러니 친구가 한 공동체를 떠나 새 임지로 떠나는 것 역시, 새로운 도전이다. 다람쥐 쳇바퀴 돌리는 생활에 만족하며 앉은 자리에서 뿌리를 내리려 발버둥 치며 살아온 나와는 삶의 질과 스케일이 다르다.

인생에서 '떠남'과 '속함'의 과정은 한 치 앞을 예측할 수 없는 미로다. 그렇게 얽히고설킨 길 위에서 우리는 틈틈이 선택과 결정의 순간에 놓이게 된다. '순간의 선택이 일생을 좌우한다.'라는 말처럼 매 순간 선택을 잘해야 한다. 하지만 유한한 수명으로 태어난 불완전한 존재가 우주를 다스리는 그분의 뜻을 어떻게 헤아리겠는가.

그냥 어딘가에 속해 있을 때는 거기에 최선을 다하고, 떠나야 할 때는 미련 없이 잘 떠나는 사람이 멋진 삶을 영위할 수 있지 않을까 싶다.

어딘가에 다시 속하기 위해서는 '떠남'이라는 전제가 필요하다. 지금까지 사로잡혀 있던 것, 애착을 가지던 것으로부터 멀어져야 한다. 즉, 나만의 것이라 고집하며 머물러버렸던 것으로부터 과감히 거리를 둘 수 있을 때 다시 제대로 속할 수 있다. 그런 의미에서, 한 번도 가본 적 없는 외지外地에 발령이 나도 말없이 순종하며 떠나는 친구가 더없이 존경스럽다. 그녀는 성서 속 말씀처럼, 항상 영혼이 깨어 있어 언제든 떠날 채비를 하고 사는 사람인 게다.

어딘가로 떠나기 위해선 신중한 결단과 확고한 믿음이 필요하다. 떠남에는 상실과 고독의 무게가 동반되는 까닭이다. 하지만 그 아픔을 딛고 새로운 문을 열 때, 처음 보는 세상의 큰 선물이 기다리고 있다. 사실 우리네 인생에서 자신을 걸려 넘어지게 하는 걸림돌은 외부에 있는 게 아니라, 이런저런 핑계로 스스로가 머물러 버리려고 하는 마음이다. 현재 가지고 있는 것, 머무른 곳에 사로잡히면 과감히 떠날 용기가 없어지기 때문이다.

인류 역사를 살펴보면, 머문 자리에 연연해하다가 나락으로 떨어진 정치지도자나 사회의 리더가 참으로 많다. 획득한 부와 명예를 영원히 소유하고픈 욕망으로 자신이 속한 조직이나 단체, 나아가선 국가를 멸망의 위기로 내몬 자들이다. 역으로, 자기 것에 만족하지 않고 남의 땅이나 자원을 넘보며 전쟁을 일으켜 인류를 지옥으로 몰아넣은 국가 지도자도 한둘이 아니다. 개인도 마찬가지다. 현재 누리고 있는 것과 자리에 연연해하다 화禍를 자초한 사람이 수두룩하다. 어느 분야든, 제대로 일하고 박수를 받을 때 떠나는 사람이 존경받는 이유다.

인간의 삶은 '떠남'과 '속함'의 연속이다. 한 조직을 떠나면서 다시 새로운 조직에 속하게 되는 과정을 반복한다. 끊임없이 떠나고 다가가는 과정에서 인간은 다양한 인연을 맺으며, 그 속에서 삶의 풍요로움을 경험하고 자아를 발견한다. 자기 아집에 갇혀 있던 생각이나 사고를 틈틈이 전환하는 것 역시, 또 다른 의미의 떠남이고 속함이다. 떠나고 속함을 현명하게 잘하는 사람만이 우수한 인생 성적표를 얻을 수 있다.

떠남과 속함은 상호 보완적 개념이다. 욕심이 과해 떠나기를 자주 하면 주축이 무너질 수 있고, 너무 오래 머물면 발전이 없다. 인생 여정에서 떠남과 속함을 적절하고 조화롭게 할 때 새로운 모험과 발전, 안정과 평온의 균형을 잡을 수 있다. 결국 떠남과 속함은 인생의 두 날개인 셈이다. 제대로 잘 속하고, 미련 없이 잘 떠나는 게 균형 있고 풍요로운 삶을 추구하는 삶의 열쇠인 셈이다.

나이가 들면서 떠남과 속함은 더 깊은 의미로 다가온다. 나처럼 오래전에 직장과 경제활동에서 물러난 처지에선, 공간적인 속함과 떠남보단 생각이나 사고의 전환이 더 절실하다. 이젠 내 중심으로 세상을 생각하는 게 아니라, 세상에 나를 맞추어 나가야 한다. 하루가 급변하는 디지털 세상에서 고지식한 아날로그식 사고를 탈피해야 세상과 소통하고 어린 손주들과도 대화가 통할 수 있기 때문이다.

인생의 해거름, 돌아서서 걸어온 발자국을 본다. 비뚤비뚤한 걸음이지만 중도에 주저앉지 않고 여기까지 걸어온 내가 기특하다. 하지만 내 생각에 사로잡혀 아무 때나 떠나버리고 엉뚱한 곳에 머물러버린 어리석음으로 인해, 가족이나 주변 사람들을 힘들게 하고 죽을 고비를 넘기기도 했다. 그때 다시 일어나 달릴 수 있었던 것은 가족과 내가 속한 조직의 따뜻한 격려와 사랑 덕분이었다.

70년의 파란만장한 여정, 잠시 머물고 다시 마주쳤던 모든 인연이 마냥 고맙고 은혜로울 따름이다. 잘 사는 인생의 비결은, 제대로 속하고 제대로 떠나는 데 있다.

가족

『(아는 건 별로 없지만) 가족입니다』. 최근에 인상 깊게 본 TV 드라마다. 가족은 인간이 속한 가장 가까운 사회공동체지만, 실은 서로에 대해 모르는 게 너무 많다. 이 드라마는 수많은 오해 속에 좌충우돌 살아가는 현대인들의 가족관계와 가정을 적나라하게 묘사한 작품이다. 드라마를 시청하면서 마치 고해성사를 보듯 나를 돌아보게 된다.

드라마에선 시청자들의 흥미와 관심을 집중시키기 위해 최악의 가족관계를 설정, 절박하게 줄거리를 풀어나간다. 출생의 비밀을 서로 모르고 성장한 이복형제들, 사랑해서 결혼한 남편이 알고 보니 동성애자로 밝혀지는 젊은 부부, 순간의 오해로 일생 씻기지 않는 서운함과 의구심을 앙금처럼 가슴에 품고 살다가 '졸혼卒婚'의 위기까지 치닫는 노부부의 얘기 등이다.

드라마에서 나온 대사가 아직도 생생하다. "어느 과학자가 말하기를, 우린 지구 내부 물질보다 태양계 내부 물질에 대해서 더 많이 안다. 지구에 살고 있는데 지구 내부는 알아서 뭐 하냐고? 가족이 딱 그래." 그렇다. 나 역시 친구나 지인의 일은 궁금해서 파고들어 아는 게 많다. 하지만 정작 가족에 대해선 아는 게 별로 없다. 자식들이 지금 무얼 고민하고 있으며 그들에게 현재 가장 절실한 것이 무엇인지, 팔순이 되어가는 남편이 요즘 어떤 생각을 하며 살고 밖에선 어떤 사람들을 만나는지 전혀 모른다. 역지사지로 남편이나 아이들 역시 나에 대해 얼마만큼 알고 있을까 싶다.

인간은 사회적 동물로서 크고 작은 사회 집단 속에 들어가 생활한다. 그중 태어나면서 필연적으로 들어가는 사회공동체가 바로 '가족'이다. 그리고 결혼을 통해 내가 선택해서 가족이 된 게 남편과 시댁 식구들이다. 가족이란 인연은 하늘의 뜻에 따라 맺어진 관계로서 한번 맺어지면 순응하는 수밖에 없다. 부자父子의 연도 부부의 연도 마찬가지다. 가족 공통의 행복을 추구하기 위하여, 주어진 자신의 위치와 처지에서 서로를 보듬고 사랑하며 살아야 한다.

하지만 필연적으로 엮인 가족공동체에선 자칫하면 서로에게 소홀하기 쉽다. 가깝다 보니 인간관계에서 참으로 소중한 그 무엇을 잊고 살아가는 게다. '가족'이란 명분으로 무엇이든 받는 건 당연하게 생각하고, 감사하다는 마음조차 가지지 않으니 말이다. 게다가 작은 불만도 참지 못하고 그 자리에서 터뜨려야 직성이 풀린다. 살아남기 위해서 철저히 머리를 굴려 처신해야 하는 바깥세상에선 있을 수 없는 처신이다.

게다가 가족은 자꾸 무얼 숨기게 된다. 진정으로 사랑하기 때문이다. 아이들은 부모에게 걱정을 끼치거나 혼이 날까 두려워 말을 하지 못하고, 부모는 자식들을 생각해서 안 좋은 일을 숨긴다. 나도 그렇다. 정말 힘든 일이나 고민이 생기면 혼자서 끙끙거린다. 친한 친구에겐 털어놓는 고민도 성질 급한 남편이나 바쁜 자식들에겐 알리고 싶지 않다. 그러니 그들이 내 심정을 모른다고 서운해할 것도 아니다.

가족 집단의 이런 이중성으로 인해 가족관계는 자칫하면 이웃보다 못한 사이가 되기 쉽다. 예전에 '가족家族'은 한 지붕 아래 살면서 식사를 함께하는 사람이라는 뜻에서 '식구食口'라고도 지칭했다. 하지만 이젠 한 가족이라고 모두 한 식구는 아니다. 각자의 일상 패턴에 따라 동거인처럼 살아가며 식사도 따로 하는 가족이 많다. 그러니 불의의 사고를 당했을 때는 곁에 있는 이웃이 가족보다 나은 경우가 많다.

언젠가 그리스에 여행 갔을 때다. 도심지 아파트를 지나는데 베란다에 커다란 손수건이 국기처럼 펄럭이는 걸 보았다. 의아해서 가이드에게 물었더니 혼자 사는 노인들이 자신의 건강 상태를 외부에 알리는 표시라고 했다. 따로 사는 자식들이 멀리 도로를 지나치면서 부모의 상태를 알아볼 수 있도록 초록색, 흰색, 빨간색의 손수건을 매단다고 했다. 초록색은 정상, 흰색은 원기 없음, 빨간색은 위기 상황이나 건강 악화 등을 나타낸단다. 순간 가슴이 써늘해졌다. 과학과 의술의 발달로 인간 수명이 연장되고 분명 살기 좋은 세상이 되었지만, 정작 노인은 혼자 외롭게 늙어가고 있으니 말이다.

아이러니하게도 가족은 가까워서 막 대하면서도 세상에서 제일 인정받고 싶은 대상이기도 하다. 가족이 인정해주면 세상이 내 편인 듯 힘이 난다. 나의 경우, 수필의 초고礎稿는 항상 남편이 먼저 읽도록 건넨다. 서당 개 3년에 풍월을 읊는다고, 이제 남편도 글을 읽는 눈이 꽤 예리한 까닭이다. 남편이 고개를 끄덕이면 작품이 잘된 것 같아 기분이 좋고, 무언가 지적당하면 힘이 빠진다. 그러다 보니 정작 큰 잘못이나 해결해야 할 일이 생기면 속이게 된다. 답답한 속을 시원하게 털어놓고 싶다가도 덜컥 겁이 난다. 내 편이라고 믿고 의지하던 이 벽마저 무너질까 두려운 게다.

가까울수록 대화를 많이 해야 서로를 알고, 피붙이라도 사랑을 표현해야 신뢰가 쌓이는 법이다. 하지만 개인주의와 핵가족이 진행되면서 가족 구성원들이 고시원이나 기숙사처럼 동거하듯 살아가는 가정이 많다. 그러니 다들 가정에서도 '군중 속의 고독'을 느낀다. 우리 집도 별반 다르지 않다. 원래 말이 적고 무뚝뚝한 남편은 나이 들어 말수가 더 줄었다. 반려견을 돌보는 얘기나 꼭 필요한 말 외엔 대화가 없으니 늘 혼자 사는 것 같다. 나는 노트북으로 글 작업을 하거나 영화를 보고, 남편은 유튜브에 빠져 종일 핸드폰을 들고 산다. 한집에서도 보이지 않는 육중한 벽을 치고 있으니 일생을 함께 살아도 서로 아는 게 별로 없다.

한때 TV 드라마 쓰기를 배우면서 작업실을 핑계로 원룸을 구한 적이 있다. 친친 감겨있는 세상 연줄을 다 끊고 들어가는 나만의 피신처다. 원룸에 들어서면 세상이 온통 내 것으로 느껴졌다. 내가 세상의 중심이고 여왕이 된 듯, 마냥 뿌듯하고 황홀했다. 하지만 그 순간도 잠시, 작업을 마친 후 혼자 맥주나 와인을 마실 때면 가슴 저 아래서 뭔가 허전함이 물안개처럼 피어올랐다. 벗어나고 싶어 몸부림쳐도 뻘 구덩이처럼 더 질펀하게 빠져드는 어떤 중압감과 책임감! 가족이란 굴레는 일순 버겁다고 벗어던질 수 있는 게 아니었다. 나라는 존재는 어쩔 수 없이 가족의 울타리 안에 있어야 평화롭고 행복을 느낄 수 있는 운명인 게다.

가정은 세상 위협과 파고로부터 나를 지켜주는 안전지대요, 평화로운 목장이다.

피그말리온 효과(Pygmalion effect)

　세상이 온통 혼돈(chaos) 상태다. 3년 전에 중국에서 비롯된 코로나 팬데믹은 세상을 발칵 뒤집어놓았다. 작은 미생물 하나가 그동안 인류가 애써 쌓아온 사회 및 문화의 시스템과 가치체계를 깡그리 무너뜨렸다. 카뮈의 소설 『페스트』의 이야기처럼 인간 자체가 바이러스 감염원으로 전락하니 모든 인간관계 활동이 제한받고, 그 결과 사회·경제활동이 마비되어 버렸다. 다행히도 끊임없이 백신을 개발하고 코로나바이러스 세력이 약화하면서 어두운 터널 속에서 한 줄기 빛이 보이는가 싶었다.

　그런데 설상가상으로 또 전쟁이 터졌다. 러시아와 우크라이나 간의 전쟁은 한 정치지도자의 무모한 야망이 불러온 하나의 인재人災다. 그 여파로 전 세계가 IMF 이후 최대의 경제위기에 내몰리고 있다. 세계 유가油價와 금리金利가 치솟아 전 세계의 기업들이 줄도산하고, 직장을 잃은 실직자들이 거리로 내몰린다. 소비자 물가가 폭등해 서민들의 삶은 나날이 피폐해지고, 전쟁과 기아로 죽어가는 난민들의 울부짖음이 하늘에 닿는다.

어디 그뿐인가. 지금 지구는 지진과 쓰나미, 홍수와 폭설, 토네이도 등의 자연재해가 시도 때도 없이 몰아닥친다. 그 결과, 하늘을 향해 경쟁하듯 쌓아 올린 빌딩 숲이 하루아침에 땅속으로 사라진다. 그러니 조물주와 대적, 하늘을 찌르던 인간의 욕망과 이기심도 바닥을 치고 있다. 과학을 발달시켜 우주여행을 꿈꾸며, 의학을 발달시켜 무병장수를 꿈꾸던 인간이 하루아침에 제 몸 하나도 간수 못해 쩔쩔매는 존재가 되고 만 게다.

하늘엔 세상을 훤하게 밝혀주던 태양이 사라지고 검은 먹구름만 가득하다. 언제 또 천둥과 번개가 칠지 조마조마하다. 인간의 삶 자체가 희로애락의 연극일진대, 살다 보면 이런 환란이 왜 없으랴. 이 또한 우리의 인생 여정이라 생각하고 지혜와 노력으로 이 난관을 헤쳐 나가면 된다. 문제는 인류가 왜 이러한 위기에 처하게 되었는지, 아직도 상황을 판단하지 못하고 있다. 재앙의 원인을 모르니 위기의식도 없을 터, 이를 극복하려는 의지가 없는 것 같다.

아무리 생각해도 코로나 사태와 우크라이나 전쟁, 예측을 불허하는 자연재해 등 일련의 재앙은 인간이 하늘의 진노震怒를 산 결과이지 싶다. 조물주가 손수 인간을 만들어 지구에 내려보낼 때는 태초의 에덴동산에서처럼 평화로이 살아가길 바랐을 터. 모두가 한 형제이니 서로 돕고 의지하며 화목하게 살라는 계명을 내렸는데 인간들은 그걸 외면한 채 살아왔다. 눈앞의 이익에 어두워 제가 사는 지구를 마구 훼손시키고, 남의 것을 탐하느라 한 형제끼리 피를 뿌리며 총칼로 싸운 게다.

지금 세계 인구는 80억이 넘는다. 태초의 뿌리가 같은 인류가 한 가족처럼 머리를 맞대고 궁리하면 이 난관을 헤쳐 나가지 않을까? 성서의 대홍수에서 방주를 만들어 살아남은 '노아의 기적'처럼, 전 인류가 회개하고 기도하며 이 위기를 극복할 방법을 모색한다면 안 될 게 무엇이랴!

간절히 바라면 이루어진다는 긍정에너지의 이론을 심리학에서는 '피그말리온 효과(Pygmalion effect)'라고 한다. 긍정적 기대나 관심이 결과에 좋은 영향을 미치는 효과다. 그 어원은 그리스 신화에서 비롯된다. 세상의 모든 여인을 혐오하여 평생 혼자 살아가던 '피그말리온'이라는 조각가가 어느 날 자신이 생각하는 가장 이상적인 여인상을 상아로 조각했다. 혼신을 바쳐 만든 조각상은 너무도 완벽하게 아름다워 그는 자신도 모르게 여인과의 사랑에 빠져든다. 때마침 키프로스 섬에서 사랑의 여신 아프로디테를 기리는 축제가 열렸는데, 그는 자기가 만든 조각 같은 여인을 달라고 제단 앞에서 간절히 기도했다. 집에 돌아온 피그말리온이 그 여인의 조각상에 입을 맞추자 놀라운 일이 일어났다. 입을 맞추는 순간, 조각상에 따뜻한 기운이 전해지며 심장이 뛰는 여인으로 변했다. 바로 바다의 요정 갈라테이아(Galatea)다. 피그말리온은 결국 자기가 조각한 여인상을 애타게 사랑하며 기도한 힘으로 기적을 만들어 낸 것이다.

나의 경우, 숨이 턱에 닿을 만치 힘들고 지칠 때 나를 다시 돌진하게 하는 힘은 부모님들에 대한 효심과 기도였다. 중·고등학교에 등급이 있고 한창 입시경쟁이 치열하던 때, 우리 집은 너무 가난했다. 아버지가 병석에 누워계시고 어머니가 5남매 생계를 짊어지고 일하시던 시절이라, 과외는 엄두도 내지 못했다. 그런데 초등학교 6학년 때 나에게 은혜로운 손길이 닿았다. 성당에 다니는 어느 형제의 배려로 그가 가르치는 과외반에 들어간 것이다. 과외 팀에 합류해 친구들과 경쟁하면서 나는 처음으로 세상에 눈을 떴다. 이 세상엔 돈과 권력에 따라 삶의 등급이 있다는 것, 흙수저로 태어난 죄로 주눅 들어 살고 있던 내가 신분을 상승시키기 위해선 무조건 좋은 학교에 합격해야 한다는 걸 처음으로 인지했다.

다행히 남에게 지는 건 죽기보다 싫어하는 DNA를 부모로부터 물려받은 덕분에 나는 죽기 살기로 공부했다. 비록 13살 어린애였지만, 목표를 정한 후엔 내가 가진 모든 기氣와 에너지를 남김없이 쏟아부었다. 그리고 기도했다. 부디 좋은 학교에 들어가 교편을 잡아선 고생하는 어머니를 돕게 해달라고. 신기한 것은 그렇게 공부하면서 실패한다는 생각은 전혀 없었다. 불과 10달 만에 체중이 10킬로가 빠질 정도로 최선을 다하고 있으니, 나머지는 공명정대한 하느님이 알아서 해주시리라 굳게 믿었기 때문이다.

덕분에 나는 당시 일류학교였던 K여중에 당당히 장학생으로 합격했고, 그 이후 내 인생은 탄탄한 고속도로 위에 안착해 내가 원하는 대로 곧장 달려갔던 것 같다. 무엇이든 할 수 있다는 신념과 긍정 에너지로 세상을 마주하면, 아무리 험난한 절벽도 넘지 못할 게 없다는 인생관! 어떻게 그 어린 나이에 그런 생각과 열정을 가졌는지, 지금 생각해 봐도 내가 대견할 따름이다. 그 후 삶이 힘들어 주저앉고 싶을 때마다 나를 다시 일으켜 세운 것은 바로 이 어린 시절의 뜨거운 열정의 부싯돌이었다.

하느님이 인간을 만들 때 당신 모상模像으로 육신을 빚은 후 당신의 거룩한 숨결로 영혼을 넣었다고 한다. 그러니 인간은 모두 선한 존재다. 다행히도 이런 극한 상황에서 인간 내부의 선한 특성이 조금씩 발휘되고 있다. 지역과 국경을 초월하여 가진 걸 나누며, 재능을 기부하는 모습은 가히 천상의 모습이다. 질병과 전쟁으로 고통당하고 기아에 허덕이는 지구촌 사람들이 더 이상 남이 아닌 내 이웃이고 피붙이로 느껴지기 시작한 게다. 어쩜 느닷없이 세상에 이런 재앙을 내린 그분의 뜻이 바로 이런 게 아닐까? 벌거벗고도 한 형제처럼 의좋게 살아가던 태초의 세상에서 온 인류가 서로 돕고 사랑하며 살아가라는…….

피그말리온이 사랑과 기도로써 기적을 이루었듯이, 전 인류가 한마음으로 서로 돕고 사랑하며 지금 처한 이 위기를 하루빨리 극복하길 바라는 마음이다.

효孝와 불효不孝 사이에서

투석기에 줄줄이 매달린 환자들이 죽은 듯이 눈을 감고 있다. 침대가 빼곡히 들어앉은 입원실엔 핏기 없는 환자들이 옹기종기 모여 있다. 살려고 있는 게 아니라 죽지 못해 세월을 삭이고 있는 사람들이다. 모텔을 개조해서 만든 투석 전문 요양병원이라는데, 이건 병원이 아니라 난민수용소다.

열흘 전쯤이다. 요양원에 계시는 어머니께 전화를 드렸더니 갑자기 손발에 부기가 심하다고 했다. 놀란 가슴으로 어머니를 병원에 모시고 가서 여러 가지 검사를 한 결과는 충격적이었다. 신장의 사구체 투석률이 10퍼센트밖에 안 되어 당장 투석해야 하고, 심장도 많이 커져서 위험하다고 했다. 환자를 왜 이렇게까지 방치했느냐고 다그치는 의사의 말에 우리는 모두 유구무언有口無言 고개를 숙였다. 어머니는 젊었을 적부터 고혈압에다 신장이 조금 안 좋은 상태였다. 하지만 2년 전에 종합검진을 했을 때도 그렇게 심각한 수준은 아니었다.

의사가 추천한 대로 신장내과로 유명한 병원에 어머니를 모시고 가서 다시 정밀검사를 받았다. 초음파 검사 결과 심장이 정상인의 4배 정도로 부어 있단다. 그러니 심장이 제대로 작동하지 않을 터, 그결과 신동맥이 축 늘어져 막힌 상태란다. 심장에서 피를 공급받는 신장 혈관이 제구실을 못하니 투석률이 떨어지는 건 당연한 이치다. 젊은 사람이면 당장 수술을 권하지만, 어머니는 연세가 있어 수술도 불가능하단다. 3일 후 정확한 검사 결과를 보고 나서 투석 여부를 결정하자고 했다. 그런데 의사의 마지막 말이 자꾸 걸린다.

"투석과정이 무척 힘듭니다. 게다가 지금 환자는 인지기능이 떨어져 있어 종일 걸리는 치료를 견디실 수 있을지도 걱정이고요. 구순 넘은 연세엔 투석률이 10퍼센트로 떨어지는 경우가 많습니다. 무엇보다 투석한다고 수명이 더 연장되는 것은 아니고요. 어느 쪽이 환자를 위하는 길인지 잘 의논해서 결정하세요."

하지만 우리 형제들은 검사 결과가 나오면 바로 투석을 시작하자고 의견을 모았다. 앞의 병원 의사의 질책을 상기하며, 더 이상 불효를 범하고 싶지 않아서다.

그런데 투석을 시작하려면 지금 계시는 요양원에서 투석 장비가 있는 요양병원으로 옮겨야 한다. 그래서 투석이 가능한 요양병원을 물색하다가 찾은 게 여기 K요양병원이다. 마침 남편의 고교 친구가 최근에 이 병원의 원장으로 와 있다고 한다. 만약 입원하게 되면 원장이 직접 어머니를 챙기겠다고 하니 마음이 끌려서 와 본 게다.

문제는 요양원과 요양병원의 차이다. 요양원은 어머니처럼 국가에서 장기요양등급을 받은 환자들이 적절한 케어를 받으면서 자유롭게 생활하는 공동복지시설이다. 반면에 요양병원은 치료를 계속해야 하는 환자들이 입원하는 의료기관이다. 지금 어머니가 계시는 요양원은 위치가 산속이라 쾌적한데다 시설도 잘되어 있고, 무엇보다 어머니가 잘 적응해서 행복해하신다. 더구나 요즘엔 내 친구 어머니가 들어오셔서 2인실에서 두 분이 자매처럼 오붓하게 지내고 계시니, 어머니로 봐선 이보다 좋은 환경은 없을 듯하다.

투석요양병원을 둘러보고 나오니 다리에 힘이 빠진다. 병원이 아니라 수용소 같은 이런 곳에 어머니를 감금시키다니 자식으로선 차마 못할 노릇이다. 인지기능도 떨어진 분이 영문도 모르고 투석기 줄에 매달려 온종일 사투를 벌일 걸 생각하니 벌써 가슴이 아프다. 이건 아니지, 하는 생각이 든다. 그건 사는 게 아니라 죽지 못해 생명을 연장하는 것이다. 어머니가 의식이 있다면 어느 쪽을 택하실까? 새삼 환자를 위해 어느 쪽이 더 나을지 잘 생각해 보라고 하던 의사의 충고가 떠오른다.

어떻게 하는 게 현명한 판단일까? 어느 길이 하느님이 보시기에도 좋은 선택일까? 생명 연장을 위해 자유의지를 반납하고 짐승처럼 포박되어 사시게 하는 게 나을지 아님, 하루를 살아도 자유로이 활동하며 인격적으로 살다가 생을 마무리하시게 하는 게 좋을지 판단이 서지 않는다. 나의 삶이 아니기에 더 어렵다. 자식의 생각으로 어머니의 여생을 결정하는 건 너무 힘들고 고통스럽다. 효와 불효

사이에서…….

　돌이켜보면, 예전에도 어머니를 위해 무슨 결정을 할 때 헷갈리는 경우가 많았다. 바쁜 시간을 쪼개어 어머니께 나들이를 가자고 할 때나, 봄꽃이 만발한 공원으로 함께 산책하자고 권할 때도 그랬다. 당신은 그냥 집에 있는 게 더 편하고 좋으니 우리끼리 다녀오라고 하셨다. 모처럼 맛집 식당을 예약해서 어머니를 모시러 갈 때도 자주 거절하셨다. 그럴 때면 나는 늘 혼란스러웠다. 어떻게 하는 게 어머니를 진정 행복하게 해드리는 걸까? 어떤 게 참으로 효도하는 길일까? 이웃에 사는 딸이 큰마음 먹고 외식이나 나들이를 권할 때, 나 역시 때로는 귀찮고 힘들 때가 있으니 말이다. 이게 바로 넘을 수 없는 세대 간의 벽이고, 사고의 갭인 게다.

　하물며 이번처럼 어머니의 남은 생生을 결정해야 하는 순간엔 더욱 난감하고 생각이 많아진다. 처음 요양원에 어머니를 모실 때도 그랬다. 다들 일하느라 어머니를 제대로 챙기지도 못하면서, 요양원 같은 시설에 부모를 모시는 건 불효라는 생각에 어머니를 그대로 방치해버렸던 게다. 반려견처럼 차려둔 식사를 하곤 종일 창밖을 보며 자식들을 기다리실 어머니의 외로움과 고통을 애써 외면했다. 이미 치매 초기로 판정 난 환자를 혼자 집에 계시게 했으니 인지 기능이 더 떨어지는 건 당연하다. 결국 '불효不孝'라는 낙인을 찍고 싶지 않은 자식들의 얄팍한 이기심으로 인해 어머니를 더 외롭고 힘들게 한 셈이다.

　시간은 쏜 화살처럼 빠르다. 우리에게 얼마 남지 않은 시간, 어떻게 하면 후회 없는 순간들을 보낼 수 있을까? 먼 훗날, 어머니가 우리 곁을 떠나신 후에도 웃으면서 지난날을 회상할 수 있게 말이다. 인간사 모든 걸 손바닥 위에서 다스리는 그분의 뜻을 알고 싶다.

부디 이번만은 겉으로 효孝가 아닌, 진실로 어머니를 위한 길을 택하고 싶다.

친구 수녀와의 해후邂逅

20여 년 만에 오매불망 그리던 친구 수녀를 만났다. 오륜대 수원지의 올레길, 오늘따라 가을 하늘은 더없이 높고 푸르다. 편백나무 숲의 피톤치드 향이 약간은 서먹한 세월의 갭을 부드럽게 메워준다. 그녀는 피붙이 같은 내 영혼의 짝이다.

내가 친구를 처음 만난 것은 B대학교에 있다가 가톨릭재단학교로 전입해갔을 때다. 교편을 잡고 있다가 늦깎이로 수도원에 들어간 그녀의 이력 자체가 처음부터 내 마음을 사로잡았다. 나 역시 어릴 적에 수녀가 되고 싶었던 꿈이 있었던 까닭에 뭔가 동지애 같은 감정이 들었던 게다.

그녀의 첫인상은 '수녀'라는 고정관념을 깡그리 깨뜨렸다. 수녀복을 입었지만, '수도자'라는 조용하고 엄격한 이미지와는 달리 편안하고 친근감이 이는 동료 교사였다. 경상도 사투리의 다소 거친 억양도 그렇고, 점잔을 부리지 않고 매사에 솔직하게 표현하는 게 여느 수도자와는 달랐다. 무엇보다 박력 있고 시원시원하게 일을 처리하는 게 딱 내 스타일이었다. 아마도 내가 수녀가 되었으면 그런 모습이리라 생각했다.

친구는 늦은 나이에 수도원에 들어간 탓에, 처음엔 수도 생활에 적응하느라 많이 힘들어했다. 학교에는 같은 수도원의 선배 수녀가 한 분 더 있었다. 친구보다 나이가 어린 그녀는 수도원 선배로서 늘 친구를 감시하고 훈육했다. 철저한 규율과 품격을 중시하는 수도회에 혹여 문제가 생길까 걱정되었던 게다. 하지만 속인인 내 눈엔 나이 어린 수녀가 선배라는 명목으로 갑질하는 것으로만 보여 친구가 늘 안쓰럽기만 했다.

아침밥을 못 먹고 출근하는 그녀를 위해 나는 늘 먹거리를 들고 다녔고, 그녀가 추진하는 모든 종교행사에 팔을 걷어붙이고 도왔다. 그녀의 소탈한 성격과 꾸밈없는 사랑은 학생들과 교직원들의 마음을 끌어당겼고, 덕분에 그녀의 교리 수업을 듣고 세례를 받는 사람이 늘어갔다. 가톨릭이 근엄하고 현세 초월적인 종교가 아니라, 함께 살아가며 사랑을 나누는 훈훈한 교회인 걸 몸소 보여준 수도자였던 게다.

내가 재단 소속의 다른 학교로 옮기고 나서 한참 후, 그녀에게서 뜻밖의 메일이 날아왔다. 수도원에서 그녀를 필리핀 모 대학에 상담심리학 전공의 석사과정으로 유학을 보냈다는 것이다. 감사한 마음으로 막상 명命을 받들었지만, 영어가 초보인 그녀로선 하도 막막해서 내게 SOS를 쳤단다. 수업도 그렇지만, 주마다 서너 개씩 영어로 된 과제를 제출해야 하니 얼마나 답답했을까 말이다.

나는 전공이 생물학이지만 대학 시절에 고등학생들을 상대로 영어 과외를 많이 한 탓에 원서를 읽을 수는 있었다. 하지만 막상 과제를 하려니 상담심리학 기초가 전혀 없어 헤매는 건 매한가지였다. 우린 바다 너머로 둘이 머리를 맞대고 밤잠을 설치며 과제를 했다. 하루하루 힘겨운 허들을 뛰어넘어야 했다. 어쩌다가 운이 좋아 원서교재의 한국판 번역본을 찾아내기도 했다. 그때의 감격은 마치 시험지의 모범답안지를 몰래 손에 넣은 듯, 심장이 터질 것만 같았다.

친구를 만나기 위해 가족여행으로 그녀를 찾아갔을 때의 충격은 아직도 생생하다. 그녀가 기거하는 수녀원 기숙사는 말 그대로 수용소였다. 다섯 평 정도 되는 방에 가구라고는 삐걱거리는 나무 침대와 책상, 서너 벌의 옷을 걸 수 있는 간이옷장, 선풍기 한 대가 전부였다. 30도를 웃도는 더위에 삑삑거리며 돌아가는 낡은 선풍기 소리가 내 귀엔 그녀의 신음처럼 들렸다. 반쯤 열린 창틀 벽엔 작은 도마뱀과 이름 모를 벌레들이 제집처럼 진을 치고 있었다. 겁이 많은 우리 아이들이 질겁을 하자, 함께 사는 가족들이니 겁내지 말라고 했다. 언뜻 천정을 보니 그녀가 부탁해서 내가 보내준 종이 형광별들이 빼곡히 붙어 있었다. 자리에 누워 불을 끄면 그 별들이 실제처럼 빛이 나서 덜 외롭다고 했다. 언어도 안 통하는 외딴섬에서 살아남으려고 그녀는 그렇게 발버둥 치며 하루하루를 버티고 있었던 게다.

다행히 시간은 고장도 없이 잘 갔다. 2년 후 친구는 석사학위 과정을 무사히 마치고 돌아와 복지관 관장으로 발령이 나서 자리를 잡았다. 참으로 고마운 것은, 그녀가 심리학을 전공한 덕분에 사춘기 정서불안으로 힘들어하던 우리 아들을 친구처럼 놀아주며 힐링시켜주었다. 나는 그녀에게 비밀이 없었다. 아무에게도 말 못하는 걱정거리를 스스럼없이 터놓고 의논하는 피붙이 같은 친구였다.

그런데 어느 날 문득 죽비처럼 나를 내리치는 게 있었다. 어쩜 내가 친구의 수도 생활에 걸림돌이 될 수 있다는 생각이 번쩍 든 게다. 가난하고 청렴한 삶을 살기 위해 늦깎이로 수도자의 길로 들어선 그녀에게, 내가 자꾸 세속적 향락과 물질로 영혼을 탁하게 하는 것 같아서였다. 밖으로 말은 하지 않았지만 우린 서로 간에 거리를 두기로 했다. 하지만 날이 가고, 해가 바뀌고, 세월이 흘러도 친구는 항상 나와 함께 살았다. 기쁠 때나 힘들 때, 그녀는 늘 수호천사처럼 내 곁에 있었다.

그녀와 헤어진 지 20년, 최근에 시골 성당에 있는 그녀와 겨우 연락이 되었다. 다행히 친구가 본원으로 돌아와 우린 다시 만났다. 신기한 것은 한세월을 건너 만났는데도 어제까지 만난 가족이나 친구처럼 스스럼없다. 비록 몸은 떨어져 있었지만, 우린 둘 다 서로를 가슴에 안고 함께 살아온 게다.

친구는 살이 빠져 약간 초췌해진 얼굴이지만, 예전의 고운 모습을 그대로 지니고 있다. 언제나 당당하고 센 척 세상을 대하지만, 속이 여리고 정이 많은 심성도 그대로다. 시골 성당에 있으면서 부모님이 남겨주신 적은 유산을 길양이들을 먹여 살린다고 다 탕진했다는 말에 웃음과 눈물이 범벅이 된다.

둘이 손을 잡고 피톤치드 향이 솔솔 풍기는 호숫가를 걷는다. 먼 길 돌아 돌아 다시 만난 친구! 과연 지금의 나는 자신이 원하고 꿈꾸던 모습인가? 그녀도 나도 거기엔 명쾌한 대답을 할 수가 없으리라. 나는 가족을 위해 수도자의 길을 포기했고, 그녀는 자유로운 평신도의 길을 포기했다. 나로선 옛날이나 지금이나 가진 것도 욕심도 없이 몸피가 가벼운 그녀의 삶이 부럽기만 하다. 그녀는 되레 꿈꾸던 걸 모두 이룬 것 같은 내가 부럽다고 한다. 너나 나나 어쩔 수 없는 인간이니 자기가 걷지 못한 길에 미련이 있을 터, 그러기에 상대의 삶이 더 존경스럽고 귀하게 여겨지는지도 모를 일이다.

호수에 서서히 황혼이 깃든다. 조물주의 손에 의해 알몸으로 태어났으니 우리의 시작은 같다. 하늘의 뜻으로 가던 길이 마주쳐 우린 친구가 되었다. 그리고 잠시 헤어졌지만, 굽이굽이 지난한 길을 돌고 돌아 우린 또 만났다. 이 만남이 얼마나 오래 지속될지 모르지만, 나는 믿는다. 마음이 통하면 어디 있든 영혼의 짝은 다시 만난다는 것을. 그리고 이 세상 소풍을 마치고 하늘나라로 가선, 이별 없이 영원한 친구로 함께 살아가리란 것을.

둥지

D고등학교 41회, 남편 동기들이 만든 동기회 사무실이 문을 닫았
단다. 그들이 한창 팔팔하던 오십 줄에 만든 아지트니 어언 25년이
지났다. 눈치를 살피는 나에게 "뭐, 시원섭섭하지."라고 담담하게
말하는 목소리가 젖어있다. 그의 사무실이 아니라 내 둥지가 사라
진 듯 마음이 짠하다.

동기회 사무실은 교통이 편리한 부산지하철 1호선 양정역 로터
리에 있었다. 동기회에 대한 애착과 열정으로 그가 나서서 둥지를
꾸밀 때의 모습이 아직도 눈에 선하다. 마침 그 건물주가 동기 친구
인지라 집세를 싸게 해서 옥상 아래 맨 꼭대기 층을 얻었다. 냉장고
와 TV, 소파 등을 장만하고 집에 있는 바둑판과 소소한 집기들을
모조리 들고 갔다. 마치 신접살림을 차리듯 신이 나서 사무실을 꾸
미는 그를 보며 나도 덩달아 기분이 좋았다. 냉장고엔 소주와 맥주
를 가득 채워서 부담 없이 마시게 하고, 옥상 한쪽엔 탁구대를 넣었

다. 거기다가 최근엔 노래방 기기까지 갖추었으니, 그야말로 전천후 성인 놀이터였던 셈이다.

직장에서 은퇴하고 집에서도 별로 할 일이 없어 홀대받는 노인네들이 얼마나 좋았을까 짐작이 간다. 날마다 모여 바둑, 마작, 화투 등으로 화기애애 놀며 얼마나 행복했을까 말이다. 둥지를 활성화하는 데는 남편이 큰 몫을 했다. 친구를 좋아하는 성격에다 부엌일에 능숙하다 보니 금요일마다 손수 밥이랑 국을 끓여놓고 친구들을 모두 불러 모아 정기 모임 하는 날로 정했다. 그러면 친구들은 집에 있는 반찬이나 먹거리를 들고 와 금요일마다 푸짐한 파티를 열었다. 화투를 치면 데라를 떼서 모으고, 잘나가는 친구들은 자발적으로 후원금을 기증하다 보니 동기회가 단합되고 경제적으로도 점점 튼실하게 된 것이다.

남편의 이야기를 들어보면 참 재미있다. 남자들도 모이면 온갖 수다를 떠는 게 여자들과 비슷하다. 마음 통하는 친구들과 수시로 모여 술잔을 기울이며 가족에게도 말 못하는 속내를 털어내고, 때로는 아내 흉도 본다. 가장으로서의 묵직한 짐을 어깨에 메고 살아온 남정네들이 세상에서 받은 스트레스와 울화를 이렇게나마 풀 수 있다면, 그 얼마나 바람직한가 말이다. 우리 여고 동기회도 그런 아지트가 하나 있으면 얼마나 좋을까, 내심 부러운 적도 많았다.

문제는 세월 앞에 장사가 없다는 사실이다. 해가 거듭될수록 아픈 친구가 많아지더니 심지어 세상을 떠나는 이들도 자꾸 늘어났다. 한 달 전에 함께 술잔을 기울이던 친구가 갑자기 저세상으로 떠나버리기도 했다. 이게 바로 팔순 즈음의 노인들 모임의 현주소인 게다. 한 친구의 투병과 죽음이 남의 일이 아니라 어느 순간 내 차례가 될 수도 있음을 알기에, 아마도 그들은 서로에게 더 큰 애착으로 의지하며 매일 둥지를 찾았을지도 모를 일이다.

최근 몇 년 동안 나와도 친분이 있는 남편의 절친이 차례차례 이승을 떠났다. "나와 친한 친구는 왜 다들 빨리 가노?"라는 남편의 넋두리를 들으며 내 가슴도 쓰렸다. 그러던 그가 작년 추석 전날에 갑자기 쓰러졌다. 심장의 관상동맥 3개가 모두 막혀 살아있는 게 기적이라고 했다. 결국 다리의 정맥 혈관을 잘라내어 심혈관과 연결하는 대수술을 했다.

제일 건강하고 동기회의 궂은일을 앞장서서 하던 사람이 쓰러지니 친구들 모두가 놀랐다. 그렇게 건장하던 사람이 갑자기 장애인처럼 되어버렸다. 수술 후 1년이 지났지만, 아직도 조금 힘든 동작엔 숨이 차다. 걸음걸이도 예전보다 세 배로 천천히 걸어야 한다. 그러니 매사에 자신이 없어지고, 이번에 동기회 문을 닫는 데는 그의 의사가 많이 반영되었던 게다.

'둥지'란 동물에게 안식처, 은신처, 산실, 방어의 장소 등으로 이용되는 공간이다. 하지만 넓은 의미로는 동물들이 어떤 의도로 스스로 만든 공간을 뜻하기도 한다. 만물의 영장인 인간의 삶 역시 둥지를 떠나선 생각할 수 없다. 인간은 최초 둥지인 모체의 '자궁'에서 생명을 부여받아 자라고, 세상에 태어나선 혈연으로 결속된 '가정'이란 둥지로 들어간다. 그리고 성장하고 사회생활을 하면서

특정한 취지와 목적에 따라 형성된 수많은 둥지를 거친다. 어쩜 우리네 인생은 끊임없이 옛 둥지를 떠나 새 둥지를 찾아가는 과정의 연속인지도 모를 일이다. 요람에서 무덤에 이르기까지 말이다.

인간에게서 '둥지'는 몸과 마음의 안식처다. 그러니 둥지는 평화와 휴식, 기쁨이 있는 공간이다. 가족들이 오순도순 살아가는 가정은 피붙이 공동체로서 지상 최고의 둥지다. 그리고 살아가면서 원하든 원하지 않든 자신이 속하게 되는 둥지는 점점 늘어난다. 창창한 미래와 자기 발전을 위해 절실하게 요구되는 게 많아지는 까닭이다. 미래의 꿈을 이루기 위한 배움터나 학교, 자긍심을 가지고 일하는 직장, 영혼의 안식을 위한 종교나 심신 단체 등이다.

내가 학교에서 명퇴한 지도 어언 10년이 지났다. 남은 생生은 좀더 여유롭고 자유롭게 살고 싶어서 정년보다 조금 일찍 은퇴했다. 오로지 생존을 위해 나를 가두고 있던 '직장'이란 둥지가 이제 버거워지기 시작해서다.

퇴직하고 처음엔 아침마다 늦잠을 잘 수 있는 게 너무 좋았다. 다람쥐 쳇바퀴 돌리던 일상을 벗어난 홀가분함에 자나 깨나 행복했다. 날마다 자유와 여유를 만끽하며 놀았다. 하지만 이상한 건 마음 한구석엔 늘 뭔가 찜찜하고 어두운 게 따라다녔다. 내 팔자에 과연 이렇게 놀아도 되는 걸까, 하는 생각이 나를 짓누른 게다. 그러더니 날이 갈수록 큰 둥지를 잃은 듯한 어떤 상실감에 내 삶에 조금씩 먹구름이 끼기 시작했다. 저 산만 넘으면 무지갯빛 세상이 열릴 것 같던 생각은 오로지 나의 착각이었던 게다. 그때 처음으로 깨달았다.

인간은 무언가에 속해 있을 때, 자신을 가두는 목장 울타리 안에 있을 때가 더 평화롭고 행복하다는 것을. 그리고 복잡다단한 인간 그물 속에서 부대끼며 고단한 노동을 한 후 가지는 휴식이 더 아늑하고 달콤하다는 사실을 말이다.

20여 년 동안 옹기종기 모여 놀던 아지트가 사라진 지금, 남편 친구들은 어떻게 살아가고 있는지 은근히 신경이 쓰인다. 갑자기 쓰나미를 당한 듯, 둥지를 잃은 그들의 슬픔과 외로움이 고스란히 전해온다. 혹여 낙동강 개발로 둥지를 잃은 을숙도 철새 떼처럼 추운 날씨에 여기저기 배회하고 있지는 않을까?

부디 그들이 새 둥지를 잘 찾아 남은 생을 훈훈하게 보내길 기도하는 마음이다.

부족함과 행복

　오랜지기 친구 수녀를 만났다. 맛있는 걸 먹자고 했더니 고작 원하는 게 자장면이란다. 자장면 한 그릇에 행복해하며 맛있게 먹는 그녀 모습이 손녀 시아를 보는 것 같다. 60여 년 풍상이 할퀴고 간 흔적이 얼굴에 남아있지만, 영혼은 아직도 소녀처럼 파릇파릇한 친구다. 작은 것에 늘 감사하고 즐거워하는 그녀 곁에 있으면 나도 덩달아 행복해진다.

　그녀는 예나 지금이나 약간은 덤벙거리고 실수도 많이 한다. 무엇이든 완벽하게 하려고 긴장하며 사는 나와는 다르다. 핸드폰을 자꾸 찾거나, 조금 전에 들은 말을 잊어버리고 다시 묻는 것도 옛날과 같다. 어쩜 내가 그녀를 좋아하게 된 게 그녀의 이런 빈틈 때문인지도 모를 일이다. 깐깐하고 완벽한 성직자나 수도자는 존경심은 가지만 가까이하기엔 부담스러운 게 사실이다. 무언가 부족한 듯한 모습이 오히려 사람 마음을 끌고 정이 간다.

태생이 불완전한 존재인 인간은 끊임없이 완벽한 그 무엇을 갈구하며 살아왔다. 유한한 수명을 극복하기 위해 스스로 종교와 신을 만들고, 의학을 개발해서 무병장수를 꿈꾸어 왔다. 그리고 최고의 가치로서 늘 진선미眞善美를 추구해 왔다. 거짓과 위선보단 진리를, 악함보단 선함을, 추한 걸 기피하고 아름다움을 추구하는 것을 인생 최고의 목표로 삼았다. 인류의 역사와 문화는 진선미의 완성을 향한 인간의 땀과 눈물로 이루어졌다고 해도 과언이 아니다.

또한 인간은 자신의 불완전성을 인정하기 싫어 무엇이든 최고를 지향하며 산다. 능력은 일등, 재물은 최다最多, 명예는 최고 정상, 심지어 미모도 일등이 되고 싶어 안달이다. 그렇다면 과연 완벽한 게 최상이고, 그게 인간의 참행복일까?

어느 철학자가 인간이 행복하기 위한 조건으로 다섯 가지를 들었다. 먹고 입고 살기에 조금은 부족한 듯한 재산, 모든 사람이 칭찬하기엔 약간 부족한 외모, 자신이 생각하는 것보다 절반밖에는 인정받지 못하는 명예, 대중 앞에 연설했을 때 청중의 절반 정도만 박수받는 말솜씨, 그리고 남과 겨루었을 때 한 사람에게는 이기고 두 사람에게 질 정도의 체력이다. 이들 다섯 가지의 공통점은 바로 '부족함'이다. 무엇이든 다다익선多多益善을 지향하고, 누구에게도 지는 걸 싫어하는 나 같은 범인凡人은 의아할 따름이다.

옛날 노魯나라 환공은 의기欹器라는 그릇을 늘 가까이 두고 자신을 경계했다고 전해진다. 텅 비면 기울어지고(空則欹), 가득 채우면 엎어지고(滿覆), 중간 정도 채우면 반듯해지는(中則衡) 특징을 가지고 있는 그릇이다. 한마디로, 무엇이든 가득 채우지 말고 반쯤 비워 두라는 메시지를 담고 있다. 공자가 이 그릇을 의자(座) 오른쪽(右)에 두고 반성의 자료로 삼았다(銘)고 하여 '좌우명座右銘'의 유래가 된 그릇이기도 하다.

과연 인간의 행복이 부족함에서도 나올 수 있을까? 인생은 파란만장한 여정이지만, 그 속에서 부족함과 행복은 양립하기 어려운 두 극이라고 여겨질 때가 많기 때문이다. 무언가에서 부족하다는 의식은 때로 마음을 헤아릴 수 없는 깊은 어둠으로 끌어내린다. 자기가 남들보다 못나고 부족하다는 생각은 그림자처럼 따라다니며 자신을 추궁하고 괴롭힌다. 따라서 완벽함을 추구하기 위해 더 많은 에너지를 소모하게 한다. 그 결과, 최고와 일등을 고집하는 자기 아집은 인간을 자기 파멸의 비극으로 내몰기도 한다. 하지만 이 부족함의 그림자 속에서 가끔 더 많은 것을 얻는다. 부족함은 겸손을 가르쳐주며, 더 나은 방향으로 나아가려는 의지와 동기부여를 제공하는 까닭이다.

행복의 기준은 단지 남들보다 더 많이 가지고 대외적으로 더 큰 성취를 이룩하는 것만은 아니다. 행복은 때로는 작고 소소한 순간들에서 발견되는 까닭이다. 부족함 속에서, 작은 것에서 찾게 되는 행복 도토리는 더없이 소중하고 감사함을 불러일으킨다. 코로나 사태로 평범한 일상이 통째로 무너졌을 때 우리는 깨닫지 않았는가. 이제껏 살아온 소소한 일상이 날마다 기적이었음을……

돌이켜보면, 내가 참으로 행복했던 시기는 내 생에 가장 가난하고 물질적으로 가장 궁핍했던 때다. 어릴 적에 산동네 판잣집에서 일곱 식구가 빙 둘러앉아 보리밥과 열무 비빔밥을 함께 먹던 시절이다. 그리고 오로지 사랑 하나만을 재산으로 맨몸으로 결혼해선 오순도순 작은 가구를 하나씩 장만해 갈 때가 우리 부부의 황금기였다. 부모덕에 맞춤식 호화아파트를 물려받은 자녀들이 이 오롯한 행복을 알 수 있을까. 참행복은 물질을 넘어 훈훈한 사람 냄새와 끈끈한 정에서 비롯되는 것이다. 아무리 물질이 풍족해도 화목하지 못한 가정엔 시베리아 냉기가 도는 것도 그런 연유다.

감사하게도 오늘의 내가 있기까지 당당하게 '마이 웨이'를 외치며 내 길을 스스로 개척하고 나아갈 수 있었던 것도 가난과 부족함이 준 은총이다. 자식들에겐 더 이상 가난을 물려주지 않겠다는 서슬 퍼런 각오로 무장하여 세상을 향해 돌진하시던 여가장女家長, 어머니의 모습이 바로 내 삶의 멘토였다. 금수저를 물고 태어나선 성인이 되어서도 부모 슬하를 못 떠나는 '캥거루족'을 보면 가여운 생각마저 든다. 앞으로 마주칠 험난한 세상 파고에 혼자 노를 저어갈 방법을 모르고 있을 테니 말이다. 자식을 사랑하면 아이들에게 생선을 줄 게 아니라 생선 잡는 방법을 가르치라고 하던 옛 어른들의 말씀이 옳은 게다.

인생 여정에서 부족함과 행복의 조화는 결국 자신 안에 있다. 따라서 무작정 허황한 욕망을 쫓아다닐 게 아니라 부족함을 인정하고 그 안에서 작은 행복을 찾는 마음 밭과 시각이 절실히 요구된다. 행복은 거창한 게 아니다. 불완전 속에서 조금씩 완전을 향해 가는 과정 자체가 곧 행복이고, 일상에서 작은 행복 도토리를 주워서 차곡차곡 모으는 것이 곧 미래를 위한 행복 피라미드를 쌓아 올리는 비결인 게다.

지금도 생각나는 감동적인 인터뷰가 있다.

"내가 다른 친구와는 달리 몸이 온전하지 못했기에 오늘 여기까지 올 수 있었지 싶어요. 제일 힘든 장애는 몸이 아니라 나를 극복하는 일이었어요."

한쪽 다리가 부실한 어느 수영 선수가 장애인 스포츠대회에 나와 금메달을 딴 후에 한 말이다.

새삼 부족한 나 자신에 위로가 된다. 가진 것도 내세울 것도 별로 없고, 수수한 외모와 아프지 않을 정도의 건강과 체력을 가짐에 감사한다. 행복의 씨앗은 이미 내 안에 충분히 있으니 말이다.

혼밥

    오늘도 삼식이가 밥그릇을 앞에 두고 내 눈치만 살핀다. 제가 밥을 먹는데 주인이 관심을 가져달란 응석이다. 허겁지겁 밥그릇을 다 비운 춘삼이가 형의 밥그릇을 노리고 있는데도, 녀석은 철없이 저렇게 어리광을 부리고 있다. 개 버릇 잘못 들었다고, 남편이 또 한소리를 한다. 강아지 밥 먹일 때마다 일어나는 소동이다.

    반려견 둘 중에 동생 춘삼이는 덩치도 큰데다 먹성이 좋아 뭐든지 잘 먹는다. 그런데 형 삼식이는 덩치도 작은 게 어릴 적부터 밥 먹을 때마다 한차례 전쟁을 치른다. 곁에 앉아 등을 쓰다듬으며 밥 먹자고 달래어야 겨우 밥을 먹기 때문이다. 제가 사람인 줄 착각하는 게다. 오늘처럼 빨리 밥을 먹이고 컴퓨터 작업을 해야 하는 날, 저러고 앉아있는 녀석을 보면 화가 치민다. 하지만 잠시 한눈을 팔다간 당뇨병에 걸린 춘삼이가 두 그릇을 다 먹어 치우는 비상사태가 벌어질 터, 하는 수 없이 녀석 곁에 앉아서 등을 쓰다듬어준다.

"에고 우리 새끼 착하지. 밥 먹자!"라며 다독였더니, 그제야 밥그릇에 주둥이를 갖다 댄다.

나를 흘끔거리며 밥을 먹는 삼식이를 보고 있으려니 안쓰럽기도 하면서 절로 웃음이 나온다. 반려견도 오래 살면 주인을 닮는다고, 녀석이 나를 닮아가는 거 같아서다. 차려주는 밥도 잘 안 먹는다고 삼식이를 나무라지만, 나 역시 누군가가 옆에서 챙겨주지 않으면 제대로 먹질 않는다.

혼자 있을 때는 배에서 꼬르륵 소리가 나는데도 당최 먹을 생각이 없다. 그럴 때면 5남매가 북적거리며 살던 어린 시절이 그리워진다. 그 당시엔 먹을 게 귀해서 무엇이든 맛있었고, 살아남기 위한 경쟁에서 나도 절대로 밀리지 않았다. 어른이 되어 가정을 꾸리고 나선, 식구들을 먹이기 위해서 같이 식탁에 앉아 밥을 먹었다. 곰곰 생각해 보니, 혼자선 무얼 잘 먹지 않는 내 고상한 지병은 가족들의 지나친 배려 때문에 생긴 것 같다.

나는 다른 형제들에 비해 어릴 때부터 몸이 약하고 입이 짧았다. 온 나라가 보릿고개를 넘기며 힘들게 살던 시절, 다들 개떡이나 감자와 고구마를 주식으로 하고 살았다. 그런데 나는 그런 걸 잘 안 먹어 영양실조에 걸리곤 했다. 그러다가 내가 '가문의 영광'이라고 치켜세우던 K여중에 들어가고 나서부터 나에 대한 부모님들의 보호 수위가 더 높아졌다. 공부하느라 비쩍 마른 딸의 건강 때문에 어머니는 늘 노심초사하셨다. 어머니는 늘 내가 좋아하는 반찬을 만들어 내가 삼식이에게 하듯 그렇게 나를 달래며 밥을 먹이셨다. 내 곁에 앉아 밥술 위에 생선 살을 발라서 올려주셨다. 지금 생각해 보면 나는 그때 엄마 앞에서 밥 먹는 시간을 짐짓 즐긴 것 같다. 5형제가 전쟁터처럼 북적거리며 자라다 보니 나는 늘 부모 사랑에 배가 고팠던 게다.

결혼하고 나서도 내가 교편을 잡은 탓에 아이들을 보살피기 위해 우리 집엔 항상 어머니나 외할머니가 계셨다. 그러니 늘 내가 좋아하는 반찬을 만들어주셨다. 게다가 대학원 박사과정을 하다가 과로로 쓰러져선 죽을 고비를 넘겼다. 그 후론 남편은 물론 아이들로부터도 보호 대상 1호가 되어버렸다. 그러니 나는 항상 누군가가 차려주는 밥만 먹었다. 결국 병약한 체질 탓에 과잉보호를 받았고, 그 결과 '혼밥'을 싫어하는 나쁜 습관이 생긴 셈이다.

이젠 나도 예전처럼 약골이 아니거니와 덩치도 건장한 할머니다. 퇴직 후엔 시간이 많아 나름 맛있는 요리랑 반찬도 곧잘 만든다. 하지만 아직도 고쳐지지 않는 건 누가 곁에서 권하지 않으면 식사를 거르는 버릇이다.

식욕은 생존을 위한 본능이자 오복五福 중의 하나일진대, 누군가가 챙겨줘야 먹는다는 건 참으로 불행한 일이다. 그런데 흐르는 세월에 DNA 변형이 일어나 고정되어버린 듯, 이 고질병을 고칠 수가 없다. 이 나이에도 세상이 나를 챙기고 특별대우를 해줘야 한다는 턱없는 어리광이 얼마나 황당한가 말이다. 어쩜 음지에서 주눅 들어 자라면서 생긴 '흙수저 트라우마'로 인해, 약한 몸을 빙자해서라도 그렇게 주변으로부터 귀한 대접을 받고 싶었는지도 모를 일이다.

　며칠 전이다. 서울 아들네랑 부산의 딸네 가족이 모여 북적이던 4일간의 설 연휴가 끝난 날이었다. 문득 자식들이 떠나고 홀로 덩그러니 남은 내 모습이 영락없는 골동품 같았다. 당장 어디로 사라져도 모를 존재, 세상에 있으나마나 한 존재라는 생각이 드는 것이었다. 갑자기 가슴에 오한이 들고 풀 죽은 내 모습이 하도 안쓰러워 자축파티를 열기로 했다. 명절이 아니라 허리가 아프도록 노가다 일만 한 노동절, 이제라도 나를 위로하며 격려하기 위해서다.

　명절 때 손수 만든 음식을 정성껏 차리고, 시원한 맥주도 두 캔 꺼내 상을 차렸다. 그런데 아니었다. 시원한 맥주가 내려가는데 목구멍 저 아래에선 뭔가 뜨거운 게 부글거리고 올라왔다. 이유 없이 흐르는 눈물을 감추려고 육전을 입에 넣고 꾹꾹 씹는데 입덧하듯 한우 냄새가 역겨웠다. 음식 맛은 맹맹하고, 맥주는 실연당하고 마시는 독주毒酒 같았다. 억지로 나를 다독이며 밥을 넘기는데 목구멍에서 자꾸 태클을 걸었다. 넘긴 술은 금세 눈물이 되어 도로 흘러나왔다.

　인간은 세상에 태어나면서부터 크고 작은 사회조직과 집단 속에서 살아간다. 그중에서 가장 작은 조직이 바로 피를 나눈 '가족'이다. 가족은 한 지붕 아래서 살며 밥을 같이 먹는 사람이란 뜻에서 '식구食口'라고도 부른다. 그러니 식구만큼 가깝고 허물없는 관계는 세상에 없다. 하지만 어쩌랴. 세월 따라 곁에 있던 피붙이들은 제 갈 길을 찾아 뿔뿔이 흩어져 나가고, 결국은 세상에 혼자 덩그러니 남앞다가 어느 날 쓸쓸히 이승을 떠나는 게 우리네 인생 여정인 것을.

칠순을 넘긴 나이에 생존이 달린 음식 앞에서 자존감 타령을 하는 건 나 자신도 수긍이 가지 않는다. 호위병처럼 나를 지켜주고 챙겨주시던 어머니도 이젠 어린아이가 되어 누군가가 보살펴드려야 한다. 그리고 저마다 가정을 꾸려 사는 자식들은 직장 생활에다 제 아이들을 챙기느라 여념이 없다. 남편은 예나 지금이나 밖에서 노느라 귀가 시간이 늦다.

돌아보니 더 이상 내 어리광을 받아줄 사람은 아무도 없다. 하물며 내가 밥을 잘 먹는다고 곁에서 흐뭇해하는 이가 있겠는가. 그러니 이제부턴 자존감을 가지고 스스로를 챙기고 사랑해야 하는 게다. 교도소 독방이나 코로나로 격리되어 먹는 '혼밥'이 아닌 걸 되레 감사해야 한다. 세상에 태어날 때 혼자였듯이 언젠가 이 세상도 홀로 떠나야 할 터, 이제부터라도 혼밥을 열심히 연습해야 하는 이유다.

'워라밸' 삶

2023년 올해 들어 9급 공무원 시험의 경쟁률이 현저히 감소했다는 뉴스가 나온다. 정점에 올랐던 2011년의 4분의 1 수준으로 30년 만에 최저치란다. 우리나라 젊은이들에게서 묻지도 따지지도 않는 '신의 직장'으로 통하던 직업군이 이렇듯 인기가 떨어지다니 놀라울 따름이다.

공무원은 2006년 '가장 근무하고 싶은 직장' 서열의 1위에 올라 13년 내내 공기업과 대기업을 앞섰다. 국가기관이 젊은이들을 끌어당겼던 가장 큰 매력은 해가 있을 때 출퇴근하고 작지만 확실한 행복, 이른바 '소확행小確幸'을 누리는 것이라 한다. 그리고 국가적 차원에서 보장해주는 신분과 정년, 노후 등의 혜택들도 한몫했다. 오죽하면 LA타임스가 '한국에서 공무원이 되기란, 하버드대에 합격하기보다 어렵다.'라고 보도했을 정도다. 실제로 당시 20만 명이 몰린 공시 합격률은 2.4퍼센트로, 하버드대 4.6퍼센트보다 훨씬 낮았다. 그렇듯 인기 있던 직장에서 이제 젊은이들이 고개를 돌리기 시작한 것이다.

올해라고 상황이 달라진 건 없다. 오히려 취업난이 역대 최악이다. 2020년 초부터 시작된 코로나 팬데믹에다 뒤늦게 터진 우크라이나 전쟁으로 인해 한국 경제도 바닥을 치고 있으니 말이다. 세계 유가油價와 금리金利가 급등하다 보니 원자재 수입 비중이 높은 기업들이 직격탄을 맞아 줄도산하고, 그 여파로 공장과 가게들이 도미노 현상으로 문을 닫았다. 소비자 물가가 폭등해 서민들의 삶은 나날이 피폐해지고, 직장을 잃은 실업자들이 거리로 내몰렸다. 이런 혼란 속에서 바뀐 게 바로 젊은 세대들의 가치관이다. 통계에 의하면, 이삼십 대 MZ 공무원의 대부분은 자기들도 월급쟁이 직장인이라고 생각한단다. 그러니 추가수당을 줘도 자신이 원하지 않는 시간에 덤으로 일하는 걸 싫어한다. 바로 '워라밸' 가치관이다.

'워라밸'이란 말은 일과 삶의 균형 즉, 워크 라이프 밸런스(Work & Life Balance)의 약자로 맹목적으로 돈을 많이 버는 직업보단 삶의 균형을 더 중시한다는 뜻이다. 실제로 젊은이들이 직장을 구할 때 연봉보다는 업무의 강도, 퇴근 시간과 야근, 휴일과 휴가 보장 등을 따지는 자들이 많아졌다. 한편으로 보면, 이런 변화는 매우 고무적인 현상이다. 이제 대한민국도 삼시 세끼를 먹고 '배부르고 등 따시면 행복하다.'라고 말하는 시대를 넘어 웰빙(well-being)을 챙기는 나라로 발전했다는 걸 말해주고 있으니 말이다.

MZ세대들이 인생과 사회를 바라보는 시각은 기성세대와는 근본

적으로 다르다. 따라서 그들이 생각하는 성공개념도 다를 수밖에 없다. 가장 큰 문제는 이들 세대에선 공동체 의식이 점차 사라지고 있다는 점이다. 사회와 단체보다는 오로지 자기 자신만을 챙긴다. 이들에게서 공익을 위한 희생과 배려는 어리석은 부모 시대의 유산에 불과한 게다. 이런 풍조는 결국 극단의 이기주의로 치달아 사회생활에서 적지 않은 부적응 현상을 초래하고 있다.

생각해 보면 저들에게 이러한 변화를 유도한 책임은 우리 어른들에게도 있다. 대가족사회가 해체되고 핵가족사회로 넘어오면서 부모들은 아이를 온실의 화초처럼 기르기 때문이다. 핵가족사회에선 가족 전체가 자녀 중심으로 돌아간다. 따라서 이런 환경이 몸에 밴 아이는 제가 세상의 중심이라 생각, 양보와 타협을 모르고 성장한다. 그러니 전쟁터 같은 세상에서 자신이 양보해야 하는 순간을 참아내는 인내와 끈기가 있을 수 없다. 무엇이든 힘들면 미련 없이 포기한다. MZ세대들이 이제 공직을 그리 선호하지 않는 이유 역시, 공무원을 다른 '직장'과 같이 생각하기 때문이다. 관공서의 윗사람이 시키는 대로 일하며 눈치 보고 굽신거리기가 싫다는 게다. 어쩜 이들은 험난한 세상 풍랑을 헤쳐 나갈 잠재력을 배양할 기회를 어릴 때부터 빼앗겨버린 게 아닐까 싶다.

거기다가 우리나라 교육환경도 문제다. 어릴 적엔 자기가 좋아하는 걸 마음껏 하며 잠재된 적성과 특기를 발굴해야 한다. 제가 좋아하고 잘하는 걸 직업으로 선택해야 자신도 행복하고 사회도 균형 있게 발전하기 때문이다. 그런데 우리나라는 특이하다. 부모들의 지나친 사교육 열풍은 초등학교 때부터 아이들을 대학입시를 최종 목표로 잡고 공부시킨다. 일류대학교 입학이 곧 인생의 성공으로 착각하는 학부모들의 '일류병'이다.

심신이 건강하게 성숙해야 할 어린 나이에, 아이들에 대한 부모들의 지나친 관심과 기대는 자라나는 새싹을 멍들게 한다. 아무리 좋은 거름도 농도가 진하면 식물의 뿌리를 통째로 썩어버리게 하는 것과 같은 이치다. 원하던 대학에 낙방하면 마치 인생이 통째로 실패한 양 좌절해버린다. 그리고 어린 나이부터 공부에 시달린 아이들이 힘든 대학 과정을 마치고 직장을 구할 때쯤이면 에너지와 기氣가 모두 소진되어 녹다운된다. 그러니 지친 아이들이 앞으로는 자신을 챙기며 편하게 직장 생활을 하고 싶다고 생각하는 건 극히 자연스러운 현상이다.

새삼 우리 부모 세대의 삶을 돌아보면 안쓰럽기 그지없다. 오로지 가족을 부양하고 자녀들을 제대로 공부시키고 싶은 욕심에 당신의 건강이나 미래 따윈 생각조차 안 하고 몸을 혹사하며 일했으니 말이다. 7080 우리 세대도 마찬가지다. 대학 진로를 정할 때도 적성이나 특기를 떠나 오로지 가정경제를 생각, 졸업 후 취직이 잘 되는 학과를 선택했다. 취업하고 직장을 다닐 때도 야근이나 추가 업무 등의 부수입이 있는 노동이면 되레 좋아하면서 몸을 아끼지 않고 일했다. 따라서 지금 MZ세대들이 '워라밸 삶'을 추구할 수 있는 주춧돌은, 앞선 선조들과 부모들의 피땀 흘린 노동의 산물인 게다.

거시적 안목으로 보면, 젊은 세대들에게서 광풍에 가깝던 공무원

열풍이 식어가는 것은 국가적 차원이나 젊은이의 미래를 위해서도 바람직한 게 아닐까 싶다. 무한한 잠재력으로 한창 피가 끓는 나이엔 안정과 자족自足보단 과감한 도전과 투지가 더 젊은이다우니 말이다. 바라건대, 우리 아이들이 개인의 안위만이 아니라 힘들어도 인류의 미래에 도움이 되는 직업에도 과감히 도전하고, 이웃과 더불어 잘 살아가는 사회를 만드는 일에도 자부심과 긍지를 지녔으면 좋겠다.

부디 DNA 자체가 우수한 한민족의 후세들이 타고난 소질과 능력을 한껏 발휘, 대한민국이 세계를 휘어잡는 선진 강대국이 되길 바라는 마음이다.

90대 10의 법칙

남편과 또 실랑이를 벌였다. 요즘 들어 부쩍 남편이 화를 잘 낸다. 별것 아닌 걸로 시비를 걸며 따지고, 어린애처럼 삐치기도 한다. 원래 다혈질 성격에다 작년에 심장을 수술하고 나서 신경이 더 예민해진 게다. 아픈 사람을 상대로 맞싸우는 나도 한심하다. 순간만 참으면 평화로운 하루가 될 텐데 말이다.

우리 부부는 둘 다 성격이 화통하지만, 불의를 보거나 뭔가 잘못된 것을 그냥 못 넘기는 기질이 있다. 콕 찍어 지적해주고 넘어가야 속이 후련하다. 남편은 나더러 교육자의 '직업병'이라고 비아냥거리지만, 공대 출신 그도 만만찮다. 그러니 큰 싸움은 아니지만 둘은 늘 삐걱거린다. 나로선 남편이 다른 사람 앞에서 그런 실수를 반복할까 걱정하는 마음에 하는 '착한 조언'이라고 포장하지만 말이다.

심리학에 '90대 10의 법칙'이란 말이 있다. 타임스지가 선정한 '가장 영향력 있는 미국인 25명' 가운데 한 사람인 스티븐 코비가 주장한 것으로, 우리 인생의 10퍼센트는 갑자기 일어나는 사건들이고, 나머지 90퍼센트는 개인이 그 상황에 어떻게 반응하느냐에 따라 결과가 달라진다는 이론이다. 즉 10퍼센트의 사건은 임의로 조절하거나 막을 수 없지만, 나머지 90퍼센트는 자신의 의지와 노력으로 얼마든지 통제하고 조절할 수 있다는 얘기다. 결국 인생의 성공과 실패는 외부 환경이 아닌, 자기 스스로가 결정한다는 논리인 셈이다.

생각해 보면 수긍이 간다. 어제까지 멀쩡하던 자동차가 갑자기 시동이 안 걸리거나, 모처럼 나온 여행에 느닷없이 폭풍과 번개가 내리치고, 운전하는데 갑자기 끼어드는 자동차로 인해 생기는 접착사고 등은 피할 수가 없다. 어쩔 수 없이 고스란히 당해야 한다. 하지만 그 외의 인생사 대부분은 나 스스로 결정하고 통제할 수 있는 것이다. 빨강 신호등을 조작할 수는 없지만, 건널목을 건너거나 건너지 않는 건 오로지 나의 선택이기 때문이다.

언젠가 남미 볼리비아의 수도 라파스에 갔을 때다. 공항에 내리자마자 호흡이 곤란했다. 4,000미터가 넘는 고산도시인데다 세계에서 쓰다 버린 낡은 자동차들이 많아 배기가스가 심각하다고 했다. 우황청심환을 먹고 고산병 약을 먹어도 소용이 없었다. 가슴이 답답하고 속이 울렁거려 식사도 못할 지경이었다. 그래도 거기까지 간 게 아까워 숨을 몰아쉬며 예정된 하루 관광을 마쳤다. 하지만 밤은 더 무서웠다. 산소가 부족하니 갈수록 체력이 떨어지면서 어지럽고 숨이 차 길고 긴 밤을 하얗게 지새웠다.

다행히도 시계는 쉼 없이 가고, 드디어 새 아침이 밝았다. 이번 여행에서 제일 고대하던 우유니 사막으로 가는 날이다. 그런데 이게 무슨 날벼락인가! 공항에 도착했더니 여행사 착오로 우리 일행의 비행기가 예약이 안 되어 있단다. 순간 머릿속이 하얗게 바래는 느낌이었다. 온몸에 힘이 빠지고 알 수 없는 눈물이 줄줄 흘러내렸다. 여행엔 항상 복병이 따르는 법, 나 스스로 택한 여행이니 누구에게 하소연할 수도 없는 노릇이다. 여행을 주선한 친지 과테말라 회장님은 안절부절못하고 우리 눈치만 살피고 계셨다. 놀라운 것은 그 와중에도 공짜로 여행 일정이 늘어났다며 좋아하는 사람들도 있었다.

할 수 없이 다음날 출발하는 비행기를 예약하고 다시 호텔로 돌아왔다. 현지 가이드는 미안하다며 정중히 사과하고, 점심을 먹은 후 새로운 관광지로 우리를 안내했다. 다들 덤으로 하는 일정을 즐겼다. 하지만 나는 끝까지 화를 삭이지 못하고 끙끙거렸다. 억지로 끌려다녔으니 눈에 들어오는 것도 없을 터, 그건 관광이 아니라 고문이고 노역이었다. 지금 생각해 보면 참으로 안타깝고 아쉬울 따름이다. 내 인생에서 그 또한 얼마나 귀하고 아름다운 순간일진대, 그 아까운 시간을 스스로 만든 아집에 갇혀 나를 학대하고 괴롭히는 데 모두 소진했으니 말이다.

스티븐 코비가 제시한 '90대 10의 법칙'은 심리학적 원리를 기초로 한 개인과 조직의 성장 전략으로서, 도약과 발전을 위해선 매 순간 개인의 태도와 선택이 중요하다는 걸 강조한다. 같은 사건이나 상황에서도 사람들의 반응과 태도는 다양하며 그에 따라 성공 여부가 결정된다는 논리이니 극히 공감이 간다.

자기 뜻과는 무관하게 어느 날 지구 한 모퉁이에 던져진 각자의 인생 시나리오는 좌충우돌 파란만장한 모험극일 터. 순간순간이 곡예이니 내일, 아니 이 순간 어떤 일이 일어날지 예측할 수가 없다. 하지만 어떤 경우에도 내 삶은 나의 것이고, 모든 건 내 책임이다. 매 순간 나 스스로 선택한 길이 내 삶의 방향을 결정짓기 때문이다. 자신의 실패를 이런저런 이유나 주변 환경 탓으로 돌리는 건 우매하고 게으른 자들의 변명일 뿐이다.

흙수저로 태어나 어릴 적부터 주눅 들며 자란 탓에, 나는 일찍부터 세상엔 넘을 수 없는 신분의 벽이 있다는 걸 깨달았다. 그래서 하필 가난하고 힘없는 가문에서 태어난 내 존재를 자학하기도 했다. 기왕이면 깨끗하고 이쁜 옷을 입고, 따뜻한 양옥집에서 하얀 쌀밥을 마음껏 먹을 수 있는 가문에서 태어났으면 얼마나 좋을까 생각했다. 그런데 한세월 지나고 보니 그 또한 일순 지나가는 과정이었다는 걸 깨닫는다. 지금은 내가 그토록 부러워했던 금수저 친구들이나 나의 삶이 별반 다르지 않기 때문이다. 오히려 서슬 퍼런 심지로 세상 파고를 이겨내며 우리 5형제를 반듯하게 키워내신 부모님을 통해서 얻고 배운 게 많다. 눈에 보이는 재물 대신 세상 살아가는 방법과 지혜, 강인한 정신력을 유산으로 물려받아 세상을 당차고 행복하게 살아가고 있다. 행복은 물질에 비례하는 게 아니라 자신의 마음 밭의 크기에 따라 결정되는 까닭이다. 세상을 너른 가슴으로 바라보고 포용하며 소소한 일상에서 행복 도토리를 줍는 사람이 '90대 10의 법칙'으로 성공한 순도 100프로의 금수저가 아닐까?

정신없이 달려온 인생길에서 순간순간 나의 선택이 삶의 성패를 좌우했다니 새삼 놀라울 따름이다. 어느덧 내 인생도 해거름이다. 모진 세월 한세상을 거뜬히 잘 살아냈으니 앞으로 더 뭉근하게 발효되고 우아하게 숙성해야 할 터, 오늘처럼 아픈 환자를 상대로 소소한 걸로 따지고 태클을 걸어서는 안 될 일이다.

남은 생, 우리 부부가 노을 품은 강물처럼 여유롭고 넉넉한 모습으로 살아가길 기도해본다.

잘 벗는 기술

TV 채널을 돌리다가 시선이 멎는다. 모 지상파방송의 연예 프로인데, 유명 연예인의 어머니가 맞선을 보고 은밀히 데이트하는 과정을 숨김없이 노출한다. 순간, 내가 데이트하다 들킨 양 얼굴이 화끈거린다. 몰래 만나고 가슴 설레는 남녀 간의 사랑마저 돈벌이 프로로 전락하다니 서글픈 마음이 든다.

TV를 보면 예전엔 상상하지도 못한 예능프로가 많이 생겼다. 우리가 어릴 때 예능프로는 썰렁한 유머로 사람을 웃게 하는 개그가 다였다. 하지만 이제 개그프로도 진화했다. 단순히 입담으로 노는 게 아니라 현 시국의 중요 이슈나 예술, 과학 등의 풍부한 지식과 소양이 깃든 내용으로 업그레이드되었다. 개그쇼에 스포츠나 연극, 음악 등을 가미한 것도 있고, 유명 연예인의 개인 일상을 시청자들에게 공유하거나 연예인 집단의 여행이나 외지 탐험 활동 등을 다루는 참신한 프로도 많다. 그만큼 시청자들의 눈높이가 높아졌다는 얘기다.

우리 생활에 매스 미디어가 깊이 파고들다 보니, 요즘은 가수나 연예인들은 물론 그 가족들도 곧잘 매스컴을 탄다. 하지만 TV는 '보통 사람'이 보는 가장 대중적인 매체로, 모든 프로는 시청자들의 감성과 눈높이를 고려해야 한다. 하지만 시청률에만 급급한 결과, 삶에 대한 철학이나 가치관의 기준이 전혀 없는 막장 프로가 너무 많다. 오늘 프로처럼 개인의 사생활을 탐정하듯 여과 없이 까발리는 것은 인격적인 모독이다. 한 인간의 고유한 캐릭터를 저들이 원하는 대로 가면을 씌워 각색해버리니 말이다.

언젠가 모 지상파방송에선 한 인기 가수가 혼자 배달 음식을 이것저것 시키더니 총경비가 30만 원이 넘는 일상을 그대로 공개했다. 참으로 기가 찼다. 아무리 잘나가는 연예인이지만 경제관념이 전혀 없이 본능대로 낭비하는 행동을 재미 삼아 떠벌이고 있다니 말이다. 공익근로자 노인들이 한 달간 땀 흘리며 쓰레기를 줍고 청소하며 받는 돈이 고작 20만 원이다. 코로나 사태 후 우리 경제가 얼마나 어려운가. 회사가 줄도산하고 실직자와 노숙자가 길거리 무료 급식소 앞에서 줄을 서서 기다리는 각박한 현실을 그들은 정녕 모른단 말인가.

어디 그뿐인가. 어느 연예인은 취미로 수집한 구두가 300켤레, 선글라스가 100개가 넘는 걸 자랑스레 보여준다. 어떤 가수는 얼굴이 마음에 안 든다며 성형수술을 하는데 진료 예약부터 수술 과정, 수술 후 퉁퉁 부은 얼굴까지 마치 한 편의 다큐 영화처럼 추적하여 영상으로 띄운다. 이쯤 되면 그들에겐 일상과 연기의 구별이 없는 듯하다. 연예인이 마치 전쟁 영웅이라도 된 양 떠벌인다. 좋아하는 연예인의 일상을 속속들이 알고 싶어 안달하는 극성팬들의 심리를 교묘히 이용해 돈을 벌자는 심사인 게다. 사치와 낭비를 조장하는 이런 프로가 성장하는 아이들과 사회에 끼칠 악영향에 대해선 숫제 관심이 없는 듯하다.

이런 막가파 프로를 보면서 새삼 수필가로서 나를 돌아보게 된다. 수필 역시 작가가 진솔하게 자신을 노출해서 독자들과 소통하며 공감을 끌어내는 문학 장르이기 때문이다. '소통疏通'은 말 그대로 두 사람 간에 생각하는 바가 통하는 것이니, 그 첫 단계가 상대방에게 자신을 오픈해야 한다.

진정한 소통을 위해선 벗는 데도 기술이 필요하다. TV에 나오는 연예인들처럼 가문이나 부富, 명예 등을 자랑하거나 과소비 등을 떠벌리는 건 되레 독자에게 위화감을 조성하게 된다. 그보다는 말하기 힘든 자신의 과거 상처나 아픈 곳을 진솔하게 드러내는 글이 오히려 독자의 가슴을 울린다. 독자가 좋아하는 건 완벽하며 잘나가는 인간의 모습이 아니라 결점투성이 인간이 그것을 극복하고 힘들게 일어서는 모습이다. 잘났거나 많이 가진 사람보다는 무언가 부족하고 인간적인 결점이 있는 사람에게서 친근감을 느끼고 되레 위로를 받는 게 인간 본성인 까닭이다.

독자와 제대로 소통하기 위해선 벗는 방법 또한 중요하다. 불필요하게 신체를 과다 노출한 모습이 되레 불쾌감을 일으키듯, 주제와는 상관없이 개인의 사생활을 적나라하게 까발리는 것 역시 비호감을 일으키며 글의 품위를 떨어뜨린다. 뚜렷한 주제 의식 아래, 보일 듯 말 듯 대상을 오픈시켜가며 궁금증과 호기심을 유발하여 글 말미까지 긴장감을 끌고 가는 필법筆法! 바로 이게 독자가 책에서 시선을 떼지 않게 하는 힘이다.

성격 자체가 소탈한 까닭에 나는 글을 쓸 때 사생활을 진솔하게 묘사하는 편이다. 소소한 가정사부터 시작해서, 아무에게도 말하지 않은 과거사와 가슴속 얘기들까지 글로써 토해낼 때가 많다. 그러니 내 수필의 애독자는 나에 대해 많은 걸 아는 셈이다. 나의 인생관이 무엇이며, 어떤 성격의 소유자인지, 심지어 나의 취미와 취향까지 글로 공유하다 보니 가족보다 나를 많이 안다.

언젠가 글솜씨가 뛰어난 친구에게 수필을 써보라고 권했더니 자기는 벌거벗을 자신이 없어서 사양한다고 했다. 그 말을 듣는 순간 죽비로 한 대 얻어맞은 느낌이 들었다. 그동안 글을 쓰면서 필요 없이 자신을 과다 노출한 게 아닌가 하는 생각이 들어서다. 하지만 어쩌겠는가. 수필을 통해 나는 굳게 얼어붙은 마음의 벽을 허물고 비로소 세상과 화해를 했으니 말이다. 글을 쓰면서 세상을 향해 예리하게 날을 세우던 마음도 무디어지고, 오랜 세월 비뚤어지고 배배 꼬인 나 자신과 대화하며 맺힌 응어리를 하나씩 풀어나갔다. 흙수저로 태어나 주눅 들어 자라면서 생긴 가문이나 부모에 대한 원망, 험난한 세상 파고에 휩쓸리면서 생긴 상처와 모욕, 불공평한 세상을 향한 가슴속 울분을 하나씩 끌어내어 토로하는 과정에서 나는 세상을 그대로 인정하고 따스하게 보듬기 시작한 것이다.

생각해 보니 인생 해거름에 수필을 쓰는 건 극히 합리적이고 자연스러운 일이다. 나이가 들면 생각이나 행동이 벌거벗은 아이처럼 단순해지기 때문이다. 내가 일생 피 말리며 추구하던 부富, 명예, 사회적 지위 등 그 모든 게 지금은 모래 위에 쌓은 성城처럼 느껴진다. 이제는 배운 자나 못 배운 자, 부자와 가난뱅이, 권력자나 소시민이 모두 평준화되는 나이인 까닭이다.

수필을 쓰며 나를 벗는다는 건, 내 속에 가득 찬 욕심과 아집을 버리고 가난한 영혼이 되는 것이다. 그런 의미에서 수필은 나를 씻어 힐링하며 세상과 소통하는 성스러운 전례典禮다.

거북아 미안하다

먹이를 주자 거북이가 수면 위로 주둥이를 올려 잽싸게 낚아챈다. 꼬박 이틀을 굶었으니 얼마나 배가 고팠으랴. 이 와중에도 큰 녀석은 작은놈의 몸 위로 올라타선 먹는 걸 방해한다. 이 작은 수조도 생존경쟁, 약육강식의 세상이다.

어제 아침 일이다. 어린이날을 맞아 딸이 손자와 손녀를 데리고 서울 아들 집에 놀러 간다고 했다. 자동차로 역까지 배웅하는 중에 손녀 시아가 거북이 먹이를 안 주고 왔다며 걱정하는 것이었다. 순간, 와락 화가 치밀어 애들을 꾸짖었다. "너거는 한가하게 서울까지 놀러 가면서 거북이는 밥도 굶기나?"라고. 그리곤 내가 거북이를 챙길 테니 걱정하지 말라고 했다. 그래 놓곤 오늘 아침까지 거북이 존재를 까맣게 잊고 있었으니 기가 찰 노릇이다.

자연 생태계에선 모든 동물이 제각기 생태적 지위에 따라 손수 먹이를 구해서 먹고 살아간다. 사자는 밀림에서 날짐승들을 잡아먹고, 다람쥐는 숲속의 도토리를 주워 먹고, 원숭이는 나무를 타며 과일이나 열매를 따서 먹는다. 먹이사슬의 최종소비자이자, 생태피라미드의 최고 지위에 있는 인간은 두뇌와 손이 발달해서 먹고 싶은 동식물을 마음대로 취해서 요리까지 해서 먹는다. 조물주가 인간에게만 준 특혜이자 선물이다. 문제는 이렇게 명석한 인간의 두뇌가 생태계를 무차별로 파괴하고 교란하고 있다는 사실이다.

생태계 평형 차원에서 볼 때 최종소비자인 인간의 횡포는 폭군 그 자체다. 주변 생물의 목숨은 안중에도 없이 독한 살충제를 마구 뿌려 생태계를 오염시키는가 하면, 살상 무기로 생명체를 무더기로 죽이고 포획한다.

가장 심각한 것은, 산과 들에서 자유로이 살아가는 동물들을 인간 세상으로 끌어들인 점이다. 평생 줄에 묶어둔 채 집이나 목장을 지키게 하거나 고된 농사를 돕게도 한다. 심지어 훈련을 시켜선 마약을 찾고 범인을 쫓는 위험한 임무까지 수행하게 한다. 어디 그뿐이랴. 돈을 벌 목적으로 이들을 동물원이나 수족관에 가두어두고 구경거리로 전락시킨다. 가장 기가 찬 것은, '애완동물'이란 미명으로 이들을 집안에 가두어두고 자신의 노리개로 삼고 있다. 강아지, 고양이, 다람쥐 같은 육상동물은 물론, 하늘의 조류, 물속의 어류와 거북이, 심지어 땅속에 사는 달팽이와 두더지까지 그 범위는 끝없이 확장되고 있다.

자연 속에서 마음껏 뛰놀던 동물들을 잡아 와 인간사회에 구속함으로써 이들이 받는 스트레스와 피해는 심각하다. 농약 하나 안 친무공해 먹이를 먹다가 각종 유해 첨가물이 들어간 음식과 인공사료를 먹으니, 소화기가 약해지고 몸의 항상성恒常性이 깨어지는 건 당연하다. 게다가 운동을 못하고 갇혀 살다 보니 근육이나 골격도 퇴화한다. 최근에 반려동물들에서 인간이 앓는 당뇨병, 백내장, 암, 골다공증 등의 질병이 늘어나는 것도 우연이 아닌 게다. 인간이 마치 조물주가 된 듯 이들의 생명줄을 마구 주무르고 있으니, 하늘이 노할 일이 아닌가 말이다.

제 목숨 줄을 어디에 의탁한다는 것은 참으로 애통하고 비참한 일이다. 직장과 집을 잃고 거리를 배회하는 노숙자들, 국가에서 주는 기초생활비로 겨우 연명하는 노인들과 극빈자들이다. 그들은 오늘 먹을 양식을 구했다고 안심할 수가 없다. 내일 당장 지원이 중단되면 생존이 위험하니 말이다. 애완동물의 삶도 마찬가지다. 산과 바다에서 자유로이 먹이를 먹으며 살아가던 녀석들이 어쩌다 인간의 포로가 되어 목숨을 담보로 평생 감옥살이하고 있으니 말이다.

우리 집에도 반려견, 비송이 둘 있다. 딸이 신혼 초에 기르던 녀석들인데 손주가 태어나 우리 집으로 데려온 게다. 녀석들은 언제나 나를 해바라기하며 졸졸 따라다닌다. 서재에서 작업을 할 땐 책상 아래에, 부엌에서 일할 땐 내 싱크대 밑에 앉아있다. 아마도 녀석들에게서 나는 전지전능한 신神일 게다. 배고플 때 먹이와 간식을 알아서 주고, 지루할 땐 공놀이와 산책까지 시켜주는 존재이니 말이다. 함께 산 세월이 10년이 넘다 보니 이젠 녀석들과 의사소통도 잘된다. 녀석들의 짖는 소리나 행동만 봐도 저들이 무얼 원하는지 금방 알아차린다. '반려견伴侶犬'이란 말 그대로 우린 한 가족이다. 그러니 당뇨병에 걸려 아침저녁으로 인슐린 주사를 줘야 하는 춘삼이를 성가시다고 할 수 없다. 백내장에다 슬개골 탈구, 탈장脫腸으로 속을 썩여도 안쓰러운 마음이 앞서는 건 우린 가족이기 때문이다.

저녁 뉴스에서 본 장면이다. 연기가 나고 있는 건물 앞 도로에 어떤 사람이 무언가 검은 물체 앞에 엎드려 있었다. 보도 내용이 감동적이다. 불이 난 건물에서 화재를 진압하던 차, 안에 반려견이 남아 있다는 소리를 듣고 소방원이 황급히 들어가선 연기에 질식해 있는 강아지 둘을 찾아서 안고 나왔다. 소방원은 둘을 바닥에 눕히고 심폐소생술과 함께 입으로 인공호흡까지 했다. 20분간 그렇게 정성을 들였지만, 생후 보름밖에 안 된 강아지는 둘 다 숨을 거두었단다. 나이가 들어 보이는 소방원은 "나도 집에 반려견 둘을 기르고 있는데, 어린 생명이 제대로 살아보지도 못하고 떠나서 너무 가슴 아프다."라며 울먹이고 있었다. 무릇 생명은 소중하다. 어린 반려견을 살리려고 불길 속으로 뛰어들고, 입맞춤으로 인공호흡까지 시키며 애간장을 태우는 인간의 모습! 이게 바로 생태계의 최고 지위에 있는 인간이 하등 생물에게 베풀 수 있는 아량이고 도리가 아닐까?

생각해 보면, 인간 역시 지구에 유배되어 살아가는 가여운 존재가 아닌가. 조물주가 나를 창조해서 이 땅에 보냈다지만, 그 역시 내 뜻이 아니다. 발가벗은 몸으로 맹수가 우글거리는 밀림에 던져져선 죽을 때까지 생존을 위해 처절하게 싸워야 한다.

한세상을 살고 보니 어렴풋이 깨닫는다. 내가 그렇게 살아남으려고 바둥거린 세상이 다 조물주의 손바닥 위였다는 것, 더구나 내가 이룬 성공이라 우쭐대던 그 모든 게 실은 세상을 돌리는 절대자의 힘이란 걸 말이다. 그러니 정해준 수명까지 조물주의 손바닥 위에서 놀고 있는 나라는 존재는 우리 집 반려견이나 거북이와 별반 다르지 않다.

반려동물 가족 2,000만 시대가 되었다. 이젠 인간의 오만과 방종으로 깨어진 생태계 질서를 바로 세워야 한다. 그러기 위해선 생명체를 귀하게 여기고 존중하는 마음이 있어야 한다. 자연 속에 평화로이 사는 이들을 '반려동물伴侶動物'이란 미명으로 데리고 왔으면 가족 일원으로 사랑하고 인격체로 대우해야 한다. 인간의 시선이 아니라 그들의 눈높이에서 생각하고 배려하는 문화와 보호정책이 시급한 이유다.

기억장치가 버그 나서 거북이 먹이 주는 것도 잊어버린 죄인이니, 지금은 유구무언有口無言일 따름이다.

모욕적인 선심

생각할수록 속이 부글거려 잠이 오지 않는다. 인간이 완벽한 신이 아니니 실수를 할 수도 있다. 하지만 그 실수를 어떻게 마무리하는지가 중요하다. 진솔한 마음으로 사과하면 될 것을 얼렁뚱땅 물품 공세로 덮으려는 건 비겁하고 저속한 짓이며, 피해를 준 상대에겐 2차 가해를 하는 셈이다.

요즘 들어 곧잘 다리 근육이 뻣뻣해지고 쥐가 내리는 증세가 있어 한의원을 다니고 있다. 코로나백신을 맞은 후부터 생긴 증세다. 나이 탓도 있겠지만 고작 1시간 산책하고 다리가 아픈 건 뭔가 탈이 단단히 난 게다. 혈액순환에 좋다는 온갖 건강식품을 먹고 내과 병원을 다녀도 효력이 없어 궁여지책으로 찾은 곳이 한의원이다.

내가 다니는 병원은 매스컴도 타고 의사가 여러 명 있는 제법 큰 한의원이다. 그런데도 침을 맞는 치료실엔 1인용 작은 돌침대가 빼곡히 들어서 있어 마치 전쟁 수용소 같다. 침대가 너무 작아 키가 큰

나는 누우면 다리가 밖으로 나온다. 통로가 좁아 지나가는 간호사의 몸에 부딪혀 침대가 흔들리기도 하고, 치료기기가 들락거리면서 침을 맞고 있는 팔을 건드리기도 한다. 게다가 침대 사이엔 얇은 커튼 한 장이 유일한 가림막이다 보니, 옆의 환자가 의사와 나누는 소리까지 훤하게 들린다.

내 담당의는 갓 신혼살림을 꾸민 남자 의사다. 하지만 나이답지 않게 진중하면서도 편하게 환자를 대한다. 치료 전엔 항상 환자의 상태나 일상 안부를 자상하게 물어선 맞장구를 쳐준다. 환자가 긴장하지 않게 하기 위해서다. 그리고 전문성 있게 침을 구석구석 정성껏 놓아준다. 치료가 잘 되기 위해선 환자와 의사 간의 신뢰와 교감이 필수 조건이다. 그런 의미에서 나는 주치의를 잘 만난 것 같다고 늘 생각했다. 그런데 오늘 그 신뢰가 와장창 깨져버렸다.

여느 때처럼 예약한 시간에 한의원을 찾았다. 비가 와서 그런지 몸이 더 무겁고 아프다고 투정했더니 오늘따라 침을 평소보다 많이 놓는 것 같았다. 다리와 발 구석구석, 머리까지 침을 맞았다. 평소처럼 10분간 침을 맞은 후 간호사가 와서 침을 빼곤, 다시 엎드려서 5분간 어깨와 허리에 전기치료를 받았다. 척추 4번과 5번 사이의 협착증을 치료하기 위해서다.

그런데 치료를 마치고 옷을 갈아입으려고 일어서다가 비명을 지르며 주저앉아버렸다. 오른쪽 다리 근육이 뻣뻣해지고, 오른발을 예리한 칼로 찌르는 듯했다. 간호사와 주치의가 황급히 달려왔다. 놀랍게도 발목에 아직 굵은 침 하나가 덜렁거리고 있었다. 의사가 보더니 하필 그 위치가 아주 예민하고 아픈 곳이란다. 굵은 침을 그 대로 달고선 엎드려서 전기치료를 하고, 옷을 입는다고 흔들어대었 으니 기가 찰 노릇이 아닌가.

의사는 미안하다고, 간호사를 혼내 주겠다고 했다. 하지만 나는 일하다 보면 실수를 할 수도 있으니 그러지 말라고 말렸다. 그런데 문제는 다음의 의사 행동이다. 간호사에게 무얼 가져오라고 속삭이 길래 무슨 응급 치료를 하는가 싶어 기다렸다. 그런데 의사가 "이거 집에 가서 바르세요"라고 보여준 것은 파스 통이었다. 그래서 그게 이런 경우에 바르는 특수 파스인가 생각했다. 다리를 절름거리며 걸어 나와 진료비를 계산하면서 간호사에게 물었다. "이 파스는 어 떻게 바르는 건가요?" 그랬더니 간호사의 대답은 "그거 일반 파스 인데요."이었다.

그랬다. 자동차에 시동을 건 후 의사가 건네준 봉투를 열어보니 근육통에 붙이는 작은 파스 5장이 들어있었다. 그것도 내게는 파스 통을 보여주더니 거기서 고작 5장을 꺼내 봉투에 담은 게다. 순간 알 수 없는 모욕감이 울컥 올라왔다. 의사 눈엔 내가 파스 몇 장을 주면 해해하며 넘어갈 노인으로 보였던 걸까?

밤이 되어 귀가한 남편에게 오늘 일을 이야기했더니 "대체 당신 이 얼마나 바보처럼 행동했으면 그런 대접을 받아? 그런 병원은 당 장 인터넷에 올려 세상에 공개해야 한다."라며 길길이 뛰었다. 성격 이 워낙 다혈질인데다 나이 든 아내가 밖에서 그런 취급을 받고 오 는 게 화가 났던 게다.

살다 보면 누구나 실수를 할 수도 있다. 어두침침한 방에서 침 하나를 놓치는 실수는 있을 수 있는 일이다. 그러기에 내가 놀라고 비명을 질렀어도 그렇게 화가 나진 않았다. 하지만 의사는 환자가 당했을 놀람과 고통을 인지하고 그 자리에서 진심을 담아 사과해야 한다. 다행히 의사는 미안하다고 말했고, 나는 괜찮다고 말해줬다. 그러면 끝났다. 그런데 뒤늦게 싸구려 파스 공세로 내가 받아준 사과를 모욕으로 되돌려 준 셈이다. 철없는 의사라고 그냥 넘기기엔 내가 받은 상처가 너무도 크다.

자본주의는 개인의 경제적 자유를 존중하여 시장에서 경제 주체들이 자원의 할당과 생산을 스스로 결정할 수 있다. 따라서 개인의 창의력을 마음껏 발휘하며 경제 성장을 극도로 높일 수 있다는 게 장점이다. 하지만 그로 인해 우리 사회에 만연된 물질만능주의 사고는 때때로 인간의 고귀한 인격을 훼손시킨다.

이번 일은 한 의사의 실수가 아니라, 우리가 살아가고 있는 자본주의 사회의 한 단면이다. 무엇이든 돈이나 물질이면 통한다고 생각하는 사고다. 심지어 자신이 저지른 실수나 잘못도 대충 돈이나 물질 공세로 버무린다. 문제는 이런 행동으로 자신의 죄나 잘못이 말끔히 용서받았다고 착각하는 심리다. 이런 행동이 자꾸 누적되면 양심이란 감각은 점점 사라진다. 손가락에 굳은살이 생기듯, 심장에 두꺼운 벽이 생기며 이성을 차단하기 때문이다. 흔히 정치지도자나 사회의 리더들이 천인공노할 죄를 저지르고도 부끄럼 없이 되레 큰소리를 치는 것도 모두가 그런 연유다. 제 잘못에 상응하는 보상을 이미 물질로 다 했으니 자신은 하늘 아래 떳떳하다는 어이없는 사고인 게다.

상이나 벌도 적절해야 제 기능을 한다. 행위의 무게에 비해 과하거나 약한 상벌은 사람을 당황하게 한다. 하물며 자신의 실수나 잘못에 대해선 더 엄격해야 한다. 나의 시선이 아니라 상대방의 마음으로 생각하고 행동해야 한다. 진솔한 마음으로 사과하면 넘어갈 것을, 물질이 개입되면 상대를 더 불쾌하게 하고 능멸하는 꼴이 되니 말이다.

별것 아닌 걸로 넘어갈 일에 내가 너무 예민한 걸까? 어쩜 이 또한 나이가 들면서 점점 왜소해져 가는 내 자존감에 대한 지나친 방어 본능일 수도 있으리라. 하지만 나는 의사에게 꼭 말해주고 싶다.

"사과는 진실한 마음이면 통해요. 허튼 물질 공세를 하지 마세요."라고.

악몽惡夢

악몽을 꾸었다. 잠에서 깨어나도 꿈이 너무 생생한 게 기분이 언짢다. 교직에 나름 자긍심을 가지고 자기관리와 수업 준비에 철저하던 내가 이렇게 큰 실수를 저지르다니! 무엇보다 퇴직한 게 언제인데 아직도 이렇게 스트레스 받는 꿈을 꾼다는 게 얼마나 억울한가 말이다.

꿈에 학생들이 자유로이 토론했던 걸 보면 아마도 대학교 강의 중이었던 것 같다. 수업 종료종이 울리고 나서도 학생들이 질문을 하는 바람에 꽤 시간이 지나 강의실을 나왔다. 연구실을 향해 발걸음을 옮기는데 아차! 다음 시간 수업이 있다는 게 생각났다. 그런데 여기는 이제 고등학교다. 몇 반 수업인지 아리송해서 교무실로 가서 시간표를 보는데 사환 아이가 "선생님 이 시간 연구수업이잖아요? 참관하는 선생님들 다 들어가셨는데요."라고 한다. 숨을 헐떡거리며 교실을 향해 뛰어가면서 시계를 보니 이미 10분이 지났다.

황급히 교실 문을 열고 들어가는데 학생들도, 뒤에 앉아있는 참관 교사들도 표정이 살얼음이다. 마치 "당신 교사 맞아?"라고 질책하는 것 같았다. 시작부터 꼬인 수업은 엉망진창이 되고 어떻게 마무리했는지도 기억나지 않는다. 다만 수업 후 학교 식당에서 식사하는 장면이 뚜렷하게 떠오른다. 평소처럼 아침도 안 먹고 출근한 상태라 허겁지겁 밥을 먹었다. 그런데 한참 식사하다가 고개를 들었더니 수업에 참관했던 교사들의 시선이 다 내게로 쏠려 있다. "그래도 밥이 목구멍에 넘어가?"라고 말하는 것 같아 당황해서 국그릇을 쏟다가 잠에서 깼다.

꿈은 현실을 근거로 꾼다. 꿈은 우리가 의식하지 못한 채 실제 겪고 있는 감정과 생각들이 표출되는 창구이기 때문이다. 따라서 악몽은 현실의 고민과 스트레스, 그리고 무의식 속에서 억눌린 감정들이 형상화되어 나타나는 경우가 많다. 과거의 트라우마에서 비롯된 것일 수 있고, 현재의 삶에서 느끼는 압박감이나 불안이 반영된 결과일 수도 있다.

생각해 보니 근래에 스트레스를 많이 받긴 했다. 남편이 작년에 심장을 수술한 후 건강이 안 좋다 보니 집안일을 내가 많이 부담하게 되었다. 게다가 반려견 두 녀석 중 춘삼이가 당뇨병과 녹내장으로 치료하느라 무척 힘들었는데, 이번엔 형인 삼식이가 또 당뇨병으로 판정 받았다. 잠시 집을 비우면 배변판이 있어도 온통 거실에 배변을 갈겨놓고, 걸핏하면 이불이나 침대에 오줌을 싸대니 기가 찬다. 게다가 치매와 신부전증으로 요양원에 계신 어머니를 주로 보살피는 것도 내 임무다. 언니와 동생들이 있지만 다들 멀리 있어 주기적으로 어머니를 병원에 모시고 가고 약을 타오는 것도 내가 해야 한다. 게다가 올해는 순서상 문학단체 회장까지 떠맡았다. 그러니 심신이 노쇠한 이 나이에 몸은 늘 과부하 상태이고, 양어깨에 멘 짐이 버겁게 느껴지는 건 당연하다.

나는 성격이 활달하고 대인관계가 좋은 편이다. 그러니 사람들은 어딜 가나 자꾸 나를 대표나 반장으로 추천한다. 하지만 그건 나를 잘 모르기 때문이다. 겉으론 외향적이고 씩씩하지만 실은 나는 태생이 산골 출신으로 소심하고 내성적이다. 앞에 나서는 걸 싫어하고 사람 많은 곳에선 진이 빠진다. 어쩜 겉으로 활달한 척하는 것은 흙수저 출신으로 세상에 주눅 들지 않기 위한 호신책인 셈이다. 그래야 세상이 나를 만만하게 보지 않는다는 내 나름의 지론이다. 그러니 나는 여태 사람들 앞에서 함부로 화를 내지도 못하고, 마음껏 감정을 표출하지 못하고 살았다.

인생은 그 자체가 살벌한 전쟁터, 날마다 긴장의 연속이다. 하지만 안으로 쌓인 스트레스는 어떤 방법이든 밖으로 표출해야 한다. 그러지 않으면 속이 곪아 화병이 생긴다. 생각해 보니, 내가 늘 무언가를 배우고 몰두해온 것도 울화를 푸는 내 나름의 치료법인 셈이다. 어딘가에 집중하는 사이 시간은 흐르고, 그 사이 가슴속의 화 덩이도 눈처럼 풀리는 까닭이다.

나도 젊은 시절엔 탄력이 있어 웬만한 무게의 스트레스에는 끄떡

하지 않았다. 아무리 힘들어도 좋아하는 음악을 듣고 친구들과 한 바탕 수다를 떨고 나면 그런대로 원상복구가 되었다. 하지만 나이가 들어가면서 몸만 뻣뻣해지는 게 아니라 마음도 곧잘 경직된다. 별것 아닌 것에 놀라고 걱정이 많아진다. 제사도 없는 집안인데 명절만 되면 걱정이 많으시던 시어머님 마음이 이제야 이해가 간다. 자신이 늙고 왜소해지니 만사가 버겁고 자신이 없어지는 게다. 요즘엔 나도 명절이 겁나고, 손주가 오는 게 기다려지면서도 걱정이 앞선다. 무얼 해서 먹이며, 어떻게 해야 애들이 편안하고 행복해할까 생각하느라 밤잠을 설친다.

논어 위정편爲政篇에 '종심소욕 불유구從心所慾 不踰矩'란 말이 있다. '마음 가는 대로 행해도 법도에 어긋남이 없다'라는 뜻인데 공자도 이 이치를 70세가 되어 깨달았다고 한다. 이제 칠순이 넘었으니 나도 이제 마음 가는 대로 살고 싶다. 싫은 건 피하고, 하고 싶은 걸 원없이 하며 여생을 보내고 싶다. 그런데 아직도 밤에 악몽을 꾸며 자신을 괴롭히다니 이 얼마나 어리석고 억울한가 말이다.

'꿈은 내면을 비추는 거울'이라고 한다. 꿈이 단지 잠자는 동안의 환상이 아니라 실생활의 일면을 비추는 거울이란 의미다. 따라서 꿈속의 상징적 의미들은 현실에서 직면한 문제들을 인식하고 직시하게 해주는 중요한 메시지를 담고 있다. 결국 꿈은 우리의 내면이 치유를 요청하는 소리로, 그것을 피하거나 숨기려 하지 말고 과감하게 마주하며 그 메시지의 의미를 파악해야 하는 게다.

더 이상 악몽을 꾸지 않기 위해선 현실에서 내가 변화해야 한다.

꿈속의 두려움과 불안을 용기 있게 직시하며, 그 근원이 무엇인지 나와 진지하게 대화를 나누어야 한다. 나 스스로가 자신을 이해하고 사랑할 때 마음의 치유가 가능한 까닭이다. 더 이상 늙었다는 이유로 세상이 나를 괄시하고 외면할 거라는 피해의식을 버리고 씩씩하게 세상 안으로 걸어 들어가야 한다. 세상을 있는 그대로 인정하고 아우르며 하루하루 평화로이 살아가면 내 꿈도 자연스레 아름답게 펼쳐질 게 아닌가.

짧은 수명을 부여받고 태어난 유한한 생명체 인간! 이리 살아도 한세상, 저리 살아도 한세상이다. 매 순간이 모여 하루가 되고, 하루가 모여 한 달, 일 년이 지나간다. 그리곤 어느 날 이 세상 소풍이 끝날 터. 그러니 눈을 뜨며 맞이하는 오늘 하루가 내 생의 처음이자 마지막인 듯 매 순간을 행복하게 즐기며, 원 없이 사랑하고, 아낌없이 베풀어야 하리. 오늘 밤 평화로운 꿈을 꾸고, 먼 훗날 내가 머물다 간 자리가 아름다운 흔적으로 남기 위해서다.

위기불감증

충북 오송 지하도 참사 뉴스로 연일 나라가 어수선하다. 시민 14명이 숨지고 16명이 다친 대형 사고다. 재난 망각증이 얼마나 뿌리 깊은 고질병인지를 다시 한번 깨닫게 해준다. 3년 전에 부산의 초량 지하차도가 침수돼 세 사람이 희생되었고, 지난해엔 포항 냉천이 범람하면서 인접 아파트의 지하 주차장을 덮쳐 일곱 생명을 앗아갔다. 하지만 이런 재난도 그저 남의 일인 듯 시간이 지나면 다 잊어버리는 듯하다.

오송 참사 4시간 30분 전, 금강홍수통제소는 지하차도 동쪽 300미터에 흐르는 미호강에 홍수경보를 내렸다. 그리고 관련기관 76곳에 통지문을 보내고, 담당자들에게는 문자까지 발송했다. 참사 두 시간 전에는 관할구청에 직접 전화를 걸어 시급함을 알렸다고 한다. 그런데 어느 기관도 조치 하나 취하지 않았고, 삽시간에 6만 톤의 강물이 지하차도를 집어삼킨 게다.

맨몸으로 전쟁터 같은 지구에 떨어진 인간의 일생은 그 자체가 위태로운 여행일 터, 매 순간 뜻하지 않은 사건으로 뒤죽박죽 일상이 펼쳐진다. 그러다 보니 인간의 감정은 점점 무디어져 간다. 몸은 여기 이 순간에 살아가고 있지만 늘 내일에 대한 불안과 어제의 흔적에 사로잡혀 감각신경에 과부하가 걸리는 탓이다. 그 결과, 치명적인 위기가 몰려오더라도 그것을 짐짓 거부하고 어떤 무딘 필터 뒤에서 세상을 바라보게 된다. 이게 바로 '위기불감증'이다.

나 역시 별수가 없다. 30여 년 동안 '무사고 운전'이라고 자랑하던 내가 작년엔 연이어 두 번이나 접촉사고를 내었으니 말이다. 여태 사고가 없었으니 대충 운전해도 된다는 생각, 바로 안전불감증이다. 한번은 CD로 음악을 듣는데 취해선 어두운 지하차도에서 앞서가고 있는 차를 뒤에서 들이받았다. 속도가 그리 빠르지 않아 상대편 차는 별 자국도 없었는데, 자동차 뒤쪽 범퍼를 교체하고 운전자는 병원 치료까지 받았다고 했다. 분명히 내가 잘못한 것이니 할 말이 없지만, 세상이 참 무섭다는 생각이 들었다.

그런데 그 사고가 나고 불과 6개월 후 다시 비슷한 사고를 냈으니 기가 찰 노릇이 아닌가. 운전 중에 지인이 내게 무언가 묻는 메시지가 날아온 것이다. 마침 도로가 막혀 있는 터라 간단히 메시지를 보내고 고개를 드니, 그사이 바퀴가 스르르 움직이며 앞차를 슬쩍 들이받은 것이다. 앞차는 마트에 물품을 배달하는 차였는데 기사는 차에 흠집이 별로 없다며 바쁘게 자리를 떴다. 이번엔 운이 좋아 선한 사람을 만난 게다. 하지만 나는 내가 도저히 용서가 안 되었다.

불과 6개월 만에 같은 실수를 반복하는 내가 너무 한심하고 자괴감마저 들었다. 새삼 노인들이 대형 교통사고를 내는 이유를 알 것 같았다.

불행인지 다행인지 인간은 망각의 동물이다. 같은 우리에 있던 친구가 추수감사절에 목이 잡혀 사라지는 걸 보고도 금세 잊어버리는 칠면조처럼 말이다. 눈앞에서 보고 들은 끔찍한 사건도 시간이 지나면 기억장치에서 희미해지며, 나중엔 흔적조차 사라진다. 첫 아이를 출산할 때의 고통을 생생하게 기억한다면 또다시 둘째 아이를 가질 생각을 못할 게다. 마찬가지로 산을 등정하느라 죽을 고비를 넘긴 사람은 다시는 산행하지 않을 테다. 그런데도 산악인들은 산을 오르고 또 오른다. 어쩜 인간은 과거의 위기와 고통을 망각하는 까닭에 또 다른 도전을 할 수 있는지도 모를 일이다.

위기불감증으로 인한 재난은 다양한 형태로 나타난다. 이번 오송 지하차도 참사는 자연재해에 대한 위기불감증으로 인해 생긴 인재人災다. 지진이나 태풍, 쓰나미 등의 재해가 장기간 발생하지 않으면 대처 경험이 부족해지면서 예상치 못한 위기 상황을 인지하고 대응하는 속도가 늦어지는 탓이다.

안보 문제에 대한 불감증은 국가나 사회를 큰 위험에 빠뜨린다. 국가나 기업의 기밀이 속수무책으로 해킹당하고, 마약이나 살인 등의 중범죄가 자꾸 반복되는 것도 보안에 대한 위기의식 결핍으로 예방과 대비가 소홀해진 까닭이다.

의학적 차원에서의 위기불감증도 심각하다. 대형 전염병이 발생

했는데도 무사안일한 생각으로 초기 진단과 대응이 늦어지는 경우가 많다. 전 세계 경제와 사회를 마비시키고 인류를 절망 속으로 몰아넣은 코로나 사태가 바로 그 예다. 최근에 이런 대규모 전염병이 발생하지 않았기 때문에 그 재앙의 힘이 얼마나 심각하고 치명적인지를 잊고 살아온 게다.

어디 그뿐이랴. 지구의 기후변화에 대한 인간의 위기불감증도 이미 도를 넘었다. 지구온난화로 지구가 온통 몸살을 앓고 있는데도 다들 먼 나라 불구경하듯 한다. 지구 한쪽에선 가뭄과 홍수로 사람들이 죽어가고, 하루아침에 토네이도와 쓰나미가 마을을 통째로 삼켜버리고, 얼음이 녹아 북극곰이 둥지를 잃고 방황하고 있는데도 인간들은 자기와는 상관이 없는 일이라고 팔짱을 끼고 있다.

가장 큰 문제는 '설마 그런 일이 일어날까?' 하는 안일한 사고가 자신은 물론 애먼 목숨을 앗아갈 수 있다는 사실이다. 최근에 기업이 안전을 무시한 채 인부들에게 작업을 시켜 인명 사고가 발생 시 기업주를 처벌하는 '중대재해처벌법'이 만들어졌다. 하지만 생명을 잃은 당사자나 유가족에게 그게 무슨 위로가 되겠는가 말이다.

아이러니하게도 '빨리 빨리'를 외치며 속도와 효능을 중시하는 디지털시대에 와서 위기 상황은 예전보다 더 많이 발생하고, 그 결과 사고 발생률도 증가하는 추세라고 한다. 인간이 하던 많은 일들을 컴퓨터나 AI가 대신하다 보니 상대적으로 인간의 두뇌는 점점 퇴화하고 사고도 단순해진다. 복잡한 걸 싫어하고 무엇이든 일차원적으로 생각하고 행동하는 게 우리 두뇌는 다시 아날로그 수준으로 돌아가고 있다. 그러니 신경 또한 무디어져서 위기 상황을 인지하고 대처하는 능력과 속도가 떨어지는 게 당연한 이치다. 결과와 효능만을 중시하며 앞만 보고 치닫던 인간이 되레 기계와 AI의 노예가 되어 그 지배를 받는 시대가 도래한 것이다. 디지털 세상에서 새삼 인간의 생명과 지구의 안전을 지킬 대책이 더 시급해진 이유다.

늦었지만 집단 위기불감증으로 인해 애통하게 목숨을 잃은 오송 지하차도 참사의 희생자들과 유가족들에게 삼가 위로의 마음을 전하며, 이 땅에 다시는 이런 비극이 일어나지 않길 기도하는 마음이다.

불편한 초대

결례를 드렸나 싶어 종일 찜찜하다. 아침에 핸드폰을 열어보니, 평소 존경하는 원로작가 선생님이 따로 단체 단톡방을 만들어 나를 초대하셨다. 나를 포함해서 10명인데 내가 아는 문인은 두 명 정도, 대부분은 초면이다.

문제는 불과 보름 전에도 이런 방을 만들어 나를 초대하신 것이다. 행여 인지장애가 있으신 건지 아님, 그 방과는 다른 부류의 방을 만드신 건지 알 수가 없다. 곰곰 생각하다가 문자로 직언을 드렸다. '본인의 의사를 물어보지 않고 단톡방을 만들어 초대하는 건 다들 불편해한다'라는 취지로. 선생님과는 비교적 막역한 사이이기도 하거니와, 행여 선생님이 다른 사람에게도 계속 이런 일을 벌이실까 걱정되어서다.

실은 내가 오늘 이렇게 민감하게 반응한 데는 또 다른 사연이 있다. 얼마 전엔 팔순이 넘은 지인이 또 이런 단톡방을 만들어 나를 초대한 것이다. 이민 생활을 오래 하신 분이라 나는 그 방에 초대된 사람은 거의 얼굴도 모르는 사람이었다. 필시 그분의 생각으론 당신이 아는 사람들을 한 방에 모아두면 수월하게 국내외 소식이나 안부를 공유할 수 있겠다는 취지였을 테다. 그런데 갑자기 낯선 방에 초대된 나로선 어리둥절하고 당황스러울 따름이다. 자고 일어나보니 이상한 섬나라에 떨어져 있는 느낌, 바로 그것이었다. 저들끼리 반갑다고 인사를 하고 그간의 안부를 묻고 답하는 걸 왜 내가 송신하게 듣고 있어야 하는지 알 수가 없었다. 까칠한 성격 같아선 방을 휭하니 나오고 싶었지만, 그 방을 만드신 어르신 체면을 생각해서 그러지도 못하고 지금도 그 방 안에 갇혀있다. 그런데 더 기가 찬 것은, 그 일을 벌인 당사자는 아직도 당신이 한 일을 까마득히 모르고 계신다. 어쩜 오늘 내가 발끈한 건 그동안 참아왔던 울화와 피해의식이 터진 것일 수도 있다.

디지털시대는 하루가 다르게 세상이 바뀐다. 그런데 효율성과 속도만을 강조하다 보니 그 과정에서 존엄한 인격과 인간성이 상실되는 경우가 허다하다. 유튜브와 틱톡, 네이버, 구글 등에선 사람이 곧 돈이다. 얼마만큼의 구독자를 공유하고 있는가가 바로 수입과 직결되는 까닭이다. 과학과 기술의 발달이란 명목으로 앞만 보고 달린 인간의 야망은 결국, 자신의 가치가 지폐로 환산되는 세상을 초래한 게다.

실은 나는 입이 열 개라도 할 말이 없다. 몇 달 전에 댄스가 특출난 외손녀가 틱톡에서 정식으로 인플루언서 계정 계약을 맺고 활동을 시작했다. 손녀가 다니는 오디션 전문 댄서학원이 틱톡과 계약을 맺은 게다. 나는 원래 틱톡을 아주 싫어한다. 딴은 전직 교육자요 애국자로서 틱톡이 중국 것인 것부터 마음에 안 든다. 게다가 개인 정보 유출이 심해서 미국을 비롯한 선진국에선 이미 추방당한 앱이다. 친구들이 무심코 단톡방에 틱톡 영상을 올리면, 내가 앞장서서 주의 경고를 보내기까지 했다. 그런데 딸이 손녀 영상을 홍보 좀 해달라니 기가 찰 노릇이 아닌가. 딸에게 이런저런 이유를 들어 힘든 사정을 토로했더니, 대답이 싸늘하기 이를 데 없다.

"엄마는 애국 많이 하소. 난 우리 딸 챙길 테니……."

하지만 어쩌겠는가. 핏줄 앞에선 죽은 자도 일어선다고 하지 않던가. 결국 손녀를 위해 할미가 체면을 구기기로 작정했다. 손녀가 춤추는 영상을 보내며 잠시 들어와 팔로우만 해달라고 머리를 조아렸다. 물론 자존심을 잠시 뭉갤 수 있는 친구와 막역한 지인에게만 보냈다. 하지만 예상대로 반응은 시원치 않았다. 컴맹인 노인들에겐 틱톡의 회원 가입 자체도 난관이었고, 국가관이 투철한 사람은 사소한 정 앞에 흔들리지 않는 법이니 말이다.

문제는 그런 일이 있은 후 내 처신이 묘하게 어려워졌다. 만나는 사람마다 손녀 근황을 물으면서 협조하지 못해 죄송하다고 말하니, 부탁한 내 쪽이 더 뻘쭘하다. 다행히 손녀가 틱톡을 빨리 접고 지금은 각종 큰 대회에 나가서 수상하며 제 이름을 알리고 있어 면목이 선다. 역지사지로 생각해 보니, 어느 날 이상한 단톡방에 나를 초대해서 가둔 선생님이나 내가 다를 바가 없다. 나 역시 그들이 원하지도 않는데 친분을 앞세워 억지로 초대하려고 했으니 말이다. 그것도 의식이 있는 사람은 모두 싫어하는 틱톡에 회원 가입까지 강요하면서 초대했으니 내가 더 심각한 폐를 끼친 셈이다. "그렇게 틱톡을 싫어하는 양반이 핏줄 앞에선 무너지는구려."라고 뼈 있는 소리로 농담하는 사람도 있었던 게다.

우리네 인생은 복잡다단한 인간 그물로 엮여서 살아간다. 인간사회가 끊임없는 초대와 응답을 통해 조직과 집단을 만드는 까닭이다. 혈연적으로 맺어진 가족을 제외하고 사회의 조직이나 집단은 모두가 자기 의사에 따라 초대하고 응답하는 관계로 형성된다. 부부의 연緣 역시 일생 한집에서 함께 살기로 쌍방이 초대하고 응한 결실이다.

초대는 초대자나 초대받는 사람 모두가 진중해야 한다. '순간의 선택이 평생을 좌우한다.'라는 말이 있듯, 일순 잘못된 선택은 불행을 자초한다. 한번 초대에 응해 들어간 방을 다시 나오기가 쉽지 않은 까닭이다. 도의적인 책임을 떠나서도, 사회 조직이나 집단은 지속적인 발전을 위해 가입자를 잡아두는 시스템이 있다. 예를 들어, 원대한 포부와 꿈을 안고 회사에 입사하고 당찬 정치적 야망으로 어떤 당에 입당하는 건 자유 의지지만, 그 후엔 자기 뜻대로 되지 않는 게 현실이다. 설령 그 집단이 처음 자신이 기대한 것과는 다른 방향으로 나아가는 걸 알아차려도 쉽게 뛰쳐나올 수가 없는 게 조직의 성격인 게다.

기계문명이 발달하여 세상이 아무리 메말라가도 인간관계는 고

귀한 인격과 인격의 만남이어야 한다. 그러니 누군가를 초대할 때
는 상대를 자신처럼 귀하게 생각하고 아끼는 마음으로 해야 한다.
인간을 자신의 일시적 영리나 출세를 위한 도구로 여겨선 안 되는
게다. 진정한 성공은 독불장군이 아닌, 이해와 배려가 깃든 훈훈한
인간관계 속에서 가능하기 때문이다.

　디지털시대에 살고 있어 참으로 편리한 게 많다. 굳이 서울까지
가지 않아도 그리운 손녀 얼굴을 언제든 화상전화로 볼 수 있다. 카
카오톡의 형제 방이나 가족 방에 올라오는 메시지와 사진으로 늘
피붙이들의 일상을 알 수 있다. 단체 카톡방에선 가만히 앉아서 세
상 돌아가는 소식과 살아가는 지혜를 공유한다. 하지만 이 편리성
을 잘못 휘두르다간 공해가 되고 민폐가 된다. 인간의 두뇌로 개발
한 무기가 자칫하면 자신을 해치는 살상 무기로 전락하는 것과 같
은 이치다.

　하느님이 인간을 창조할 때 당신의 모상模像으로 육신을 빚은 후
그 거룩한 숨을 불어넣어 영혼을 만드셨다고 한다. 그러니 인간은
모두 선하고, 인격 역시 하느님처럼 고귀한 존재다. 편리함과 속도
를 목표로 앞으로만 치닫는 디지털시대에도 개인의 인격은 귀하게
존중받아야 하는 이유다.

퇴비장堆肥葬

곱게 단장한 여인이 까만 쇠 질감의 상자 위에 누워 있다. 그 위에 장례 도우미가 흙과 잡풀 지푸라기를 차곡차곡 쌓는다. 육중한 상자 뚜껑이 닫히더니 곧장 창고 안으로 들어간다. 인간과 지푸라기의 구별이 없다. 새삼 인간이 먼지 같은 존재라는 걸 깨닫는 순간이다.

저녁 뉴스에 최근 미국 캘리포니아주가 주검을 거름용 흙으로 활용하는 이른바, '퇴비장堆肥葬(Human Composting Burial)'을 2027년부터 전격적으로 허용하기로 했다는 기사가 나온다. 퇴비장은 풀, 나무, 미생물 등을 활용해 시신을 30－45일 동안 자연 분해한 뒤 퇴비용 흙으로 만드는 장례 방식이다. 일련의 과정이 끝난 뒤 유족은 거름이 된 고인의 유해를 돌려받거나 공공 토지에 퇴비로 기부한다고 한다. 인간 퇴비가 든 항아리를 받아든 유족 사진도 보여준다. 순간, 저 가족의 심정은 어떨까 하는 생각부터 든다.

퇴비장 법안은 고인과 유족에게 매장과 화장 외에 친환경적인 장례 선택권을 제공한다는 취지로 마련되었다고 한다. 퇴비장을 처음 허용한 것은 미국으로 2019년 워싱턴주를 시작으로 오리건, 콜로라도, 버몬트주로 이어졌는데 이번에 캘리포니아주가 동참하게 된 게다. 시신을 화장하는 대신 퇴비화를 시키면 대기 중에 탄소 1.4톤의 방출을 막을 수 있을 뿐 아니라 장례비용도 7,000달러 정도로 저렴하다고 한다.

인간의 장례문화는 생활 환경이나 종교 등의 영향을 받는다. 인도의 배화교와 북서 네팔 민족에게선 아직도 '조장鳥葬' 풍습이 남아있다. 죽은 자의 혼이 새와 함께 하늘로 가라고 기원하며 새가 시신을 쪼아먹게 놓아두는 방식이다. 한랭 건조한 몽골에선 시신을 야산에 두어 풍화시키는 '풍장風葬'이 있었고, 마셜제도처럼 배를 오래 타는 부족은 시신을 바다에 가라앉히는 '수장水葬'을 선호했다고 한다.

언젠가 인도에 갔을 때다. 불교에선 인간의 육체를 정화하는 의미로 '화장火葬'을 택하는데, 그 영향을 받은 힌두교 역시 화장을 선호하며 유골을 갠지스강에 뿌린다. 그들은 갠지스강을 조상의 영靈이 깃든 '어머니의 강'으로 신성시하며 어디에 가서 어떻게 살든 죽을 때는 갠지스강으로 돌아온다고 한다. 가이드의 안내로 어둑한 새벽에 갠지스강에 가서 배를 타고 소원을 적은 꽃등을 강물에 띄우고 있었다. 그런데 강의 위쪽에선 사람들이 물에 들어가 세례를 받고, 강 아래쪽에선 장작으로 시신을 태우고 있었다. 인간의 시작과 끝을 한눈에 보는 듯, 새삼 인간의 삶이 허무하게 느껴졌다.

생태계의 물질순환 차원에서 볼 때, 퇴비장은 바람직한 장례 방식인 게 틀림없다. 생태계는 광합성으로 영양분을 스스로 합성하는 '생산자'인 식물, 먹이연쇄를 통해 다른 생물을 섭취하며 살아가는 '소비자'인 동물, 그리고 동식물의 사체나 배설물 등의 유기물을 분해하여 살아가는 미생물인 '분해자'로 구성되어 있다. 생물들이 생활하면서 생긴 노폐물이나 사체死體들은 빨리 분해되어야 한다. 물질순환이 빠를수록 생태계가 건강하게 돌아가기 때문이다. 하지만 자연 생태계에서 미생물에 의한 분해 속도는 아주 느리다. 그러니 퇴비장처럼 과학기술의 힘을 빌려 유기물의 분해 속도를 높여주는 것은 생태계의 평형 차원에서도 매우 고무적인 일인 게다.

한국은 유교 사상으로 인해 최근까지만 해도 화장보다는 시신을 매장하고 조상의 봉분을 잘 관리하는 것을 효자의 덕으로 생각했다. 우리나라에선 조상의 묘지를 고를 때 '명당明堂'을 찾는다. 생물학적 차원에서 볼 때 명당은 묘지 주변에 수기水氣나 화기火氣가 없어 시신이 한 줌의 흙으로 빨리 환원하는 장소다. 그러니 우리 선조들은 이미 오래전부터 생태계의 물질순환 원리를 알고 자연의 법칙에 순응하며 살고 있었던 게다.

조물주가 인간을 창조할 때 진흙으로 빚었다고 한다. 그러니 인간이 죽어선 한 줌의 흙으로 돌아가는 건 극히 자연스러운 과정이고, 원점에로의 환원이다. 하지만 '퇴비장'이란 말 자체에 뭔가 울컥 올라오는 게 있다. 생태계의 최고 지위이자 만물의 영장인 인간이 여느 식물이나 동물과 같은 수준으로 취급받는 듯한 서글픔이다.

인간과 동물의 가장 큰 차이점은 사후死後에 드러난다. 오직 인간만이 죽은 자를 애도하고 우아하게 장례식을 치르기 때문이다. 아무리 지능이 뛰어난 동물도 죽은 가족을 땅에 묻거나 화장하지는 않는다. 죽음을 애통해하고 천국을 만들어 죽음 이후를 아름답게 상상하는 것은 만물의 영장인 인간만의 특성이고 자긍심이다.

약 40만 년 전에 출현한 네안데르탈인에게도 죽은 이를 매장하고 그 앞에 꽃을 바치는 풍습이 있었다고 전한다. 지상에서 인간의 존재가 사라져도 사후의 부활과 영생永生을 믿기에, 오늘 비록 고인을 땅에 묻지만 언젠가는 천상에서 재회할 것이라는 실낱같은 희망이 있어 덜 슬펐으리라. 그런데 퇴비장을 보면, 생태계의 우두머리 인간도 별수 없이 지푸라기 같은 신세로 전락해버렸다. 사랑하고 존경하던 부모가 지푸라기와 함께 사그라져 한 줌 거름으로 돌아온 허망한 모습을 자식들은 가슴 저리며 보아야 한다.

생각해 보면, 이 모든 게 욕심과 야망에 눈이 어두워 앞만 보고 치닫던 인간이 자행한 일이니, 누구 탓을 하랴. 제가 죽어 묻힐 땅 한 평도 남김없이 모조리 갈아엎고, 하늘에 도전하듯 공장과 빌딩을 지어 올렸으니 말이다. 얼마 전에 경험한 코로나 재앙도 마찬가지다. 코로나로 숨진 사람들의 시신이 장례식도 못 치른 채 냉동 트럭에 쌓이고, 구덩이에 팽개쳐지고, 화장실에 방치되는 아비규환의 현장을 보며 인간은 가슴을 치며 뭔가 반성하지 않으면 안 된다.

실제로 코로나 사태의 장기화로 인해 장례문화의 간소화와 친환경화 문제가 제기되었다고 한다. 발등에 불이 떨어진 인간이 자신의 존엄과 환경을 동시에 지키는 장례 방식을 고민하게 된 게다. 종교계와 일부 인권기구에선 퇴비장에 대해 인간의 존엄성을 훼손하는 법안이라며 반발이 극심하다고 한다. 하지만 장례문화 역시 지구 환경의 변화를 따를 수밖에 없다. 그렇게 불편하게 생각되던 수목장樹木葬이 보편화되더니 이제 잔디장, 바다장, 우주장, 빙장氷葬까지 등장한 마당이다. 이는 '너는 흙이니 흙으로 돌아가리라.'라고 한 성서 말씀과도 통하는 일인 듯싶다.

생태계의 최종 소비자로서 막강한 힘을 뽐내던 인간도 이제 인정해야 한다. 살아서 맘껏 누린 만큼, 죽어서는 빨리 육신을 한 줌의 흙으로 환원시켜 생태계의 물질순환에 이바지해야 한다. 하긴 어차피 썩어 사라질 육신이라면 장례 절차가 뭐 그리 중요하겠는가. 인간의 존엄성은 사후의 장례식이 아니라 그가 세상에 남기고 간 발자국과 흔적이니 말이다. 퇴비처럼 사라질 돈이나 물질이 아니라, 남은 자들의 가슴에 영원히 새겨질 죽비 같은 가르침과 사랑의 유산……

자각몽 自覺夢

그게 꿈이었다니 마냥 아쉽다. 언젠가 갔던 알프스 자락의 푸른 초원이었던 듯했다. 머리 위 먼 하늘엔 잔설이 덮인 산봉우리가 보이고, 들판 저 아래엔 푸른 호수가 있다. 꼬맹이가 아장아장 걸어가고 나는 그 뒤를 조심스레 따라가고 있다. 이름 모를 들꽃이 만발한 들판 저만치에, 지금 요양원에 계시는 어머니와 형제들이 오순도순 이야기하며 놀고 있다. 그 아이가 손주인지 아들인지 어렴풋하고, 내가 젊은 나이인지 지금의 할머니인지도 아리송하다. 신기한 건 꿈속에서도 그게 꿈이라는 걸 어렴풋이 알고 있었다. 그 순간이 너무 행복해서 영영 깨고 싶지 않다고 생각했다.

현실에서 원하고 바라던 게 꿈으로 나타난다고 하지 않던가. 사회에서 은퇴한 지도 10년이 넘었고, 아들과 딸은 제 가정을 꾸려나가 손주들까지 훌쩍 커버렸다. 그러니 이제 나를 찾는 사람이 별로 없다. 자나 깨나 반려견 두 녀석만이 나를 졸졸 따라다닌다. 그런데 그린 꿈을 꾸다니 신기할 따름이다. 아마도 직장 생활하며 어머니 도움으로 아이들을 키우느라 정신없이 보낸 그날들이 내겐 더없이 행복한 시간이었고, 그게 지금도 꿈결처럼 그리웠던 게다.

잠자는 사람이 그게 꿈이라는 걸 자각하면서 꾸는 꿈을 '자각몽自覺夢'이라고 한다. 한마디로 의식이 뚜렷한 꿈이다. '자각몽(自覺夢, lucid dreaming)'이란 용어는 1913년 네덜란드의 정신과 의사이자 작가, 에덴(Frederik van Eeden)이 펴낸 『꿈의 연구』라는 책에 처음으로 등장했다. 하지만 학계나 세상의 주목을 거의 받지 못하다가 1960년대에 뉴에이지(New Age) 운동*의 발흥과 함께 재발견되었다고 한다.

자각몽은 본인이 상상하는 대로 펼쳐지는 꿈의 세계에서 색다른 경험을 해볼 수 있는 게 특징으로, 창조적 영감과 통찰력을 촉진하고 스트레스 완화와 정서적 치유에 도움이 된다고 한다. 장자의 '호접몽胡蝶夢' 역시 일종의 자각몽이다. 그는 꿈에 나비가 되어 즐겁게 놀았는데, 잠에서 깬 뒤 자기가 꿈에서 나비였던 기억이 너무도 생생해 '나'라는 개념이 모호해지는 경험을 했다고 말한다.

자각몽에도 장단점이 있다. 꿈에서나마 원하는 걸 마음대로 해볼 수 있으니 자각몽은 분명 스트레스 해소의 창구가 되기도 하고, 예술적 영감을 얻는 원천이 될 수도 있다. 하지만 자칫하면 현실도피 수단으로 남용될 위험이 있다. 그리고 자각몽에 빠져 수면을 충분히 취하지 못해 건강에 무리가 오는 문제점도 있다.

대개는 꿈을 꿀 때 자신이 꿈꾸고 있는 걸 의식하지 못하며, 꿈의 내용도 의지대로 변화시킬 수 없다. 꿈속에서 나를 포위하고 있는 비누 거품 같은 세계는 너무나 기이하고 비논리적이다. 따라서 그 속에서 허우적대는 나는 무력한 꿈의 노예가 되어 눈앞에 벌어지는 일들을 고스란히 겪어낼 수밖에 없다. 하지만 간혹 그러한 꿈의 규칙을 무시하는 꿈을 꿀 때가 있다. 어느 순간, '이건 꿈이야! 꿈에선 내가 뭐든 원하는 대로 할 수 있어!'라는 깨달음을 얻게 되는 때다. 이 경우 나는 마치 영화감독처럼 꿈속의 상황들을 이리저리 붙여가며 스토리를 자유자재로 이끌고 나간다. 생각대로 되지 않으면 다시 반복시키기도 한다. 이게 바로 자각몽의 위력이다.

만약 꿈으로부터 얻어낸 지혜를 의식 세계로 가져올 수 있다면, 혹은 꿈의 질료를 자유롭게 빚어낼 수 있다면, 필시 가공할 힘이나 깊은 영적 깨달음을 얻게 될 게다. 그런 연유로 자각몽의 중요성을 강조하는 초자연주의자들은 깨어 있을 때의 이성을 가지고 꿈 세계를 탐험함으로써 의식의 새로운 영역, 아니 인간 정신의 새로운 가능성을 열 수 있다고 말한다.

자각몽을 꾸기 위한 요령들을 살펴보면 신기하다. 불교의 명상 훈련과도 유사하다는 느낌이 든다. 실제로 8세기의 티베트 불승들은 '꿈 요가(dream yoga)'로 완전히 깨어 있는 의식상태에서 꿈을 꾸는 훈련을 했다고 한다. 그렇다면 거꾸로, 꿈을 꾸는 상태에서도 완전히 깨어 있는 훈련도 했을 테다. 꿈속에서조차 청명한 의식을 유지하기 위해 애썼던 승려들은 과연 어떤 깨달음을 얻고자 했던 것일까? 그리고 훈련을 통해 자각몽을 꾸려고 애쓰는 사람들은 대체 무엇을 추구하는 것일까?

불교에선 이승의 삶이란 한 가닥 흘러가는 꿈일 뿐이고, 생로병사에 허덕이는 중생은 '꿈에 현혹된 미련한 영혼들'이라고 말한다. 따라서 꿈속에서도 의식을 유지하는 훈련을 함으로써 혼란스러운 꿈의 영상에 현혹되지 않는 경지가 된다면, 그다음 단계로 한낱 꿈인 우리 인생에 대해서도 현혹되지 않게 된다는 논리다.

치매 초기로 한 번씩 정신이 혼몽한 어머니를 보면 가끔은 부럽다는 생각이 든다. 그 순간 어머니는 눈을 뜨고서도 아름다운 꿈속 세계에 들어가 계신다. 어머니의 거슴츠레 뜬 눈동자는 신비로움과 행복으로 가득 차 있다. 나더러 아버지가 퇴근하실 때가 다 되었는데 구들목에 밥이 안 식었는지 챙겨보라고 하신다. 아마도 어머니 일생에 가장 행복한 시기는 아버지가 화장품 회사에 다닐 적이었는가 보다. 나이 오십도 안 되어 어린 5남매를 자신에게 떠맡기고 홀연히 떠나버린 남편과의 못다 한 사랑이 어머니 가슴엔 아직도 그립고 아쉬운 한恨으로 남아있는 게다.

코로나 사태 후 우크라이나 전쟁까지 발발하니 세상이 온통 혼란스럽다. 세계경제가 바닥을 치고 기업들이 줄도산하니 서민들은 의식주를 걱정하는 지경까지 되었다. 오늘 살아 있어도 내일을 걱정하는 시대다. 시국이 불안정해서 그런지 요즘은 곧잘 가슴을 옥죄는 꿈을 꾼다. 만약 영화『인셉션』처럼 인간이 노력으로 꿈을 바꿀 수 있고, 그것으로 인해 현실을 변화시킬 수 있다면 얼마나 좋을까? 한낱 바이러스와 우둔한 국가 지도자로 인해 지옥이 되어버린 이 세상을 다시 그 옛날 평화로운 낙원으로 돌려놓을 수 있을 테니 말이다.

비록 인간이 정해진 수명을 가지고 태어난 불완전한 존재지만, 잠시나마 현실과 꿈을 자유로이 왔다 갔다 할 수 있다면 얼마나 좋을까? 꿈속에서나마 지난날 아름다웠던 추억 한 장면을 소환해 그 시간을 즐길 수 있다면, 가시밭길 모진 세월도 수월하게 보낼 게 아닌가 말이다.

선각자들은 인간의 진정한 행복은 '영靈과 육肉의 조화로운 화합'이라고 말한다. 꿈속에서라도 그 경지에 도달해보고 싶은 마음에 나는 오늘 밤도 자각몽에 도전한다.

다시 한번 들꽃이 흐드러진 알프스 들판으로 돌아가고 싶다.

* 뉴에이지(New Age) 운동 : 20세기 말엽 나타난 새로운 시대적 가치를 추구하는 운동으로 영적인 운동, 사회활동, 문화 활동, 뉴에이지 음악 등을 종합해서 지칭함

공은 둥글다

　드디어 대한민국 축구가 2023 AFC 카타르 아시안컵 4강에 진출했다. 예선 E조에 속한 우리나라는 조 2위로 본선에 진출했다. 대표팀은 예선에선 경기가 다소 풀리지 않아 열혈 응원가들의 비난을 받기도 했다. 주장 손흥민을 비롯하여, 이강인, 김민재, 황희찬 등 세계적인 선수들이 대거 참여한 경기치곤 부진한 성적이었기 때문이다. 하지만 16강전, 8강전 본선 경기는 보란 듯이 기적의 역전 드라마를 만들었다.

　축구에 대한 명언 중에 '공은 둥글다'란 말이 있다. 공은 둥글어 누구에게나 공평하다는 의미도 있고, 둥근 공이 어느 방향으로 굴러갈지 모른다는 게다. 즉, 심판이 종료 호루라기를 불 때까지는 경기가 끝난 게 아니며, 언제든 결과가 바뀔 수 있다는 말이다. 이 명언이 그대로 적용된 게 이번 대한민국 16강전, 8강전 두 경기다.

　16강 사우디아라비아와의 경기는 상대가 먼저 공을 넣어 우리가

1 대 0으로 지고 있었다. 실망해서 마음을 삭이고 있는데, 이게 웬일인가! 전반전 로스 타임(loss time) 1분을 남기고 우리가 극적으로 한 골을 넣었다. 선수들은 물론 응원하는 우리도 사지死地에서 살아난 듯한 기분이었다. 그리곤 피 말리는 연장전 30분, 결국 득점이 없어 승부차기로 돌입했다. 심장이 쿵쿵거리고 입술이 바짝 탔다. 그런데 하늘은 우리 편이었다. 피 말리는 골 차기에 4 대 2로 결국 우리가 역전승했으니, 이건 기적이 아닐 수 없다.

오늘 새벽에 치른 호주와의 경기도 그랬다. 호주는 2015년 아시안컵 결승전에서 우리에게 1 대 0으로 이긴 경력이 있는 팀으로, 예상대로 잘 뛰었다. 결국 호주에게 선제골을 허용해 1 대 0으로 모든 경기가 끝나는가 싶었다. 그런데 후반전 로스 타임 2분을 남기고 손흥민 선수가 페널티 킥 찬스를 얻어내어 만회 골을 터뜨린 것이다. 그리곤 이어진 연장전에서 운 좋게 얻은 프리 킥을 손흥민이 환상의 돌려 감기 슛에 성공했다. 이제 2 대 1로 우리가 이기고 있으니 시간만 끌면 된다. 시계를 보며 초를 재는데 남은 경기가 왜 그렇게 길게 느껴지는지……. 드디어 심판의 종료 휘슬과 함께 대한민국의 4강이 확정되는 순간, 한밤인데도 온 나라엔 함성이 울려 퍼졌다. 넘어지고 깨어지면서도 끝내 굴하지 않는 우리 선수들의 땀과 피, 국민의 기도와 응원이 한마음이 되어 이루어낸 결실인 게다.

'공은 둥글다'란 명언을 최초로 말한 사람은 서독의 축구 감독 제프 헤어베거였다. 1954년 스위스 월드컵 결승전에서 헝가리와 서독이 만났다. 헝가리는 당시 세계 축구 최강국이었고, 예선에서 이미 헝가리에 3 대 8로 패배한 전적이 있는 서독의 승리를 점치는 사람은 아무도 없었다. 하지만 결승전이 열리기 전, 그는 인터뷰를 통해 희대의 명언을 남겼다. "공은 둥글고, 축구는 90분간 계속된다."라고. 결국 그의 말처럼 모두의 예상을 깨고 서독은 헝가리를 3 대 2로 꺾고 우승했다. 불리한 상황 속에서도 결코 주눅 들지 않고 당당한 감독의 말 한마디가 기적을 일으킨 셈이다. 승리를 확신하는 신념과 에너지가 상대 선수를 제압하고, 전세를 역전시키는 마력魔力으로 작용한 게다.

나는 체질상 과격하게 움직이는 운동을 좋아하지 않는다. 고작해야 등산, 탁구, 골프 등을 조금 할 뿐 운동 자체를 싫어한다. 특히 여럿이 모여서 하는 단체경기는 내 체질이 아니다. 그런 내가 빠지지 않고 보는 것은 국가 간의 단체스포츠 경기다. 어릴 적에 부모로부터 전수된 '애국심'에다, 누군가에게 지는 걸 죽기보다 싫어하는 선천적 DNA가 발동한 게다. 평소에 의견이 맞지 않아 티격태격하는 남편도 그땐 똘똘 뭉쳐서 '우리 편'이 된다. 그러니 월드컵이나 올림픽이 개최되면 우리 집은 거의 비상이다. 밤낮없이 돌아가는 경기 일정에 내 일과를 맞추어 응원하느라 온몸이 녹초가 된다.

스포츠의 힘은 위대하다. 월드컵 경기 시 축구나 야구 하나로 전 국민이 단합되는 걸 보면 신기하다. 이런 땐 여당·야당도 없고, 지방의 벽도 없다. 영하의 날씨에도 불구하고 거리 곳곳에 모여 대형 화면으로 경기를 보며 함께 응원하는 모습을 보면, 뭔가 위대하고 성스럽게 느껴진다. 온 국민이 어떠한 사심私心도 없이 저렇게 한마음으로 기氣와 에너지를 모으면 세상에 못 이룰 게 무엇이랴 싶은 생각이 든다.

축구 경기를 보며 인생을 배운다. 축구는 인생의 축소판이기 때문이다. 살벌한 생존경쟁에서 이기기 위해선, 죽기 살기로 상대편 골대에 내 골을 넣어야 한다. 여기엔 인정도 양보도 없다. 세상이 정한 엄격한 룰(rule) 안에서, 관중이 보는 앞에서, 한 치의 반칙이나 속임수가 통하지 않는다. 누가 더 체력이 좋은지, 누가 더 열심히 연습하는지, 그리고 누가 더 공에 집중해서 상대방 공을 빼앗아 골대로 몰아가는가에 승패가 달려 있다. 제 잘난 척 개인기를 자랑하며 혼자 득점하겠다고 욕심부려 공을 몰고 가선 안 된다. 각자 맡은 구역에서 수비나 공격에 충실하면서도, 팀원과 호흡을 맞추어 시간차 공격을 잘해야 이길 수 있다. 세상에서 혼자 성공하는 독불장군이 없는 것과 같은 이치다. 또한, 욕심이 과해 정해진 규정을 무시하고 상대를 제압하려다간 옐로카드나 레드카드를 받고 경기장에서 퇴출당하는 비극을 초래하는 것도 인생과 흡사하다.

유한한 수명을 부여받고 나약한 몸으로 태어난 피조물, 인간이란 존재의 능력엔 한계가 있다. 인생이란 공을 그럴싸하게 멋지게 굴려 보고 싶어도 그게 뜻대로 되지 않는다. 열심히 골대를 향해 공을 몰고 가고 있는데 난데없는 태클을 받아 공을 빼앗기기도 하고, 눈 깜짝할 사이에 공이 방향을 바꾸어 반대편 골대로 들어가 버리는 경우도 많다. 어디 그뿐이랴. 골대를 목표로 죽을힘을 다해 달려가고 있는데, 어느 순간 골대 자체가 사라져버리기도 하는 게 우리네 인생이다.

하지만 나는 믿는다. 공이 둥글 듯, 우리네 인생도 둥글둥글하다는 것을. 순간순간 마음에 들지 않는 방향으로 공이 굴러가지만, 낙담하지 않고 정신만 바짝 차리면 된다는 것을. 둥근 지구가 만유인력에 의해 제 궤도를 이탈하지 않듯, 일순간 늪에 빠져 허우적거리더라도, 내 중심만 잘 잡으면 언젠간 오뚝이처럼 다시 제자리로 돌아간다는 것을.

째깍째깍 70년을 달려온 인생 경주, 이제는 하늘이 덤으로 준 로스 타임이다. 하지만 인생은 둥글고 경기는 언제까지 계속될지 모른다. 결과에 연연해하지 않고, 오늘도 순간순간 최선을 다하며 열심히 달려야 하는 이유다.

장마

연일 장마가 계속된다. 설상가상으로 어제 태풍 '다나스'가 제주 지역에 상륙해서 한라산에 물 폭탄을 쏟아붓더니, 오늘은 남부지방을 관통한다고 한다. TV에선 국민들의 안전을 위해 시시때때로 태풍 진로를 보도하느라 분주하다. 이런 와중에도 나는 창밖의 빗소리를 들으며 느긋하게 커피를 마시고 있다. 비 오는 날의 고즈넉한 평화에 야릇한 행복감이 밀려온다.

하늘은 자연의 섭리를 통해 인간을 깨우치고 키워나간다. 아지랑이 넘실거리는 봄날엔 아련한 무지개 꿈을 피워 올리고, 세상을 녹여버릴 듯 작열하는 여름 태양으로 한 방울의 에너지까지 다해 일하고 사랑하는 법을 배운다. 맨몸으로 햇살과 맞짱 뜨며 광합성을 한 대가로 아름드리 추수를 거두는 가을엔, 땀 흘려 일해야 결실을 얻는다는 하늘의 뜻을 깨닫는다. 그리고 자연이 하나씩 옷을 벗고 몸을 떨며 새봄을 기다리는 겨울 혹한엔, 비움의 미학과 함께 꿈을 향한 인내와 절제의 미덕을 깨우치게 된다. 그런 의미에서 어제와 오늘이 별반 다르지 않은 지루한 일상에서, 천기와 계절의 변화는 조물주가 인간에게 내리는 선물이다. 겁쟁이 인간이 스스로 과감하게 변신하지 못함을 알기에, 하늘이 알아서 변화무상한 자연 배경을 깔아주니 얼마나 고마운가 말이다.

물은 세상의 시작이고 종말이다. 조물주가 천지를 창조할 때 맨 처음 하늘과 땅을 만들고, 그 사이를 물로 채웠다고 한다. 그리고 물을 주재료로 생명체를 창조했다고 하니, 물은 곧 생명의 근원이다. 물이 있어 지구상의 모든 생물이 살아가고 세상이 돌아간다. 그렇게 귀하디귀한 물이 하늘에서 내리는 게 비다. 그러니 장마는 하늘이 한꺼번에 내리는 풍성한 보너스인 셈이다.

나는 어릴 적부터 비를 싫어했다. 실은 비가 아니라 물 자체가 성가시고 두려운 존재였다. 내가 초등학교 다닐 때 우리 집은 산 중턱에 있었다. 아버지가 다니던 회사가 부도나서 이사한 곳이 국유지 산동네였던 게다. 그 동네 집들은 모두가 얼기설기 나무로 지은 판잣집이라 비와 추위에 무방비 상태였다. 추위는 그나마 연탄불이 있어 견딜 만했다. 문제는 갑작스레 퍼붓는 폭우였다. 일기예보도 제대로 없었던 시절, 자고 일어나 보면 옷과 책이 흥건히 젖어 있던 날이 허다했다. 새벽까지 만든 과제 노트가 퉁퉁 불어 목 놓아 울었던 기억이 아직도 생생하다. 어린 시절, 골수까지 박혀버린 비에 대한 공포증은 어른이 되고 나서도 그림자처럼 나를 따라다녔다. 일기예보에 '비'나 '장마'란 말만 들어도 갑자기 기분이 가라앉는 것이었다.

그러던 내가 언젠가부터 비 오는 날을 좋아하게 되었다. 아마 사십을 갓 넘겼을 무렵, 내가 이미 중년에 들었다는 걸 인식한 때였지 싶다. 화려한 옷이나 꽃을 보면 상대적으로 내가 너무 위축되는 느낌이 들기 시작했던 게다. 그러니 그즈음부터는 뭐든지 수수하고 눈에 띄지 않는 걸 선호했던 것 같다. 옷은 심플한 디자인에 무채색으로 고르고, 음악도 즐겨 듣던 명쾌한 팝송보단 조용한 클래식이나 가곡을 골라 들었다. 그리고 싱그러운 봄이나 정열적인 여름보단, 낙엽 지는 가을과 무채색의 겨울이 좋아지기 시작했다.

한세월을 살고 나서 깨달은 게다. 허망한 꿈의 깃대 하나 높이 걸고선, 기약 없는 내일을 향해 막무가내 달리는 일이 얼마나 고단하고 피 말리는 일이었는지를. 그러니 질식할 것 같은 마라톤 경주에서 잠시나마 숨 고르기를 시켜주는 비나 장마가 얼마나 은혜로운 선물인가 말이다. 비를 핑계로 일손을 멈출 수도 있고, 세상의 소음 대신 감미로운 빗방울 칸타타를 들으며 마음껏 멍때리기를 할 수 있으니 이보다 더한 축복이 어디 있으랴.

나는 다분히 일 중독증이 있다. 일을 미루고 스스로는 게으름을 피우지 못하는 DNA 탓에 내 몸은 항상 과부하 상태다. 그런데 비나 눈이 오면 업무를 명령하는 대뇌의 전원 스위치가 꺼진다. 이런 땐 내가 일을 안 하는 게 아니라 하늘이 말린 것이니, 일을 못해도 마음이 편하다. 하물며 오늘처럼 태풍이 오는 날이면 핑계로는 금상첨화다. 오늘 계획한 모든 일정은 컴퓨터 자판 'DEL 키'로 말끔히 지워버렸다. 반려견 미용은 다음 주로 미루어졌고, 자식의 도리를 다하기 위해 어머니를 뵈러 갈 계획을 취소해도 죄송한 마음이 안 드니 그야말로 심신이 휴식하는 날이다.

장마는 자연과 인간을 정화하는 대작업이다. 쉬지 않고 내리는 비는 땅 위의 온갖 먼지와 생명체들이 배출한 불순물을 말끔히 씻어낸다. 그 결과 조물주가 처음 흡족해하던 지구의 원래 모습을 되찾는다. 덕분에 나도 정화된다. 나지막한 빗소리가 천상에서 내려오는 감미로운 교향곡처럼 마음을 가라앉힌다. 가슴속의 온갖 상념과 찌꺼기들이 고해성사를 받듯 씻기어나간다. 비는 세상을 단절시켜주는 벽이다. 그러니 장마는 지친 영혼들을 위해 하늘이 하사한 피정避靜이다.

세찬 빗소리가 세상의 신음과 온갖 잡음을 덮는다. 대신에 흙내음, 꽃향기, 풀 내음이 창틈으로 배달된다. 자연이 통째로 내게 다가와 포옹해주는 듯한 착각에 황홀하다. 이 순간, 자연과 내가 하나가 된다. 온몸에서 풋풋한 숲 내음과 들꽃 향기가 난다. 쨍쨍한 태양 아래 늙고 왜소해 보이던 내 모습도 지금은 그런대로 우아하고 당당하다.

장맛비가 내리는 광경은 그야말로 자연의 오케스트라다. 하늘에서 비가 대지를 향해 떨어지는 순간부터 관현악단의 흥겨운 연주가 시작된다. 비의 첫 방울은 가벼운 피아노 소리다. 빗방울이 천천히 떨어지며 자연스레 음악의 흐름을 유도한다. 하염없이 하늘에서 흘러내리는 빗소리는 아름다운 바이올린 화음으로, 가슴을 부드럽게 쓸어주고 다독인다. 빗방울이 땅에 닿을 때 내는 소리는 첼로의 굵고 따뜻한 선율로, 명쾌하게 귀에 꽂힌다. 땅 위에 떨어져 반짝이는 빗방울은 점묘화 기법으로 자연의 캔버스에 유쾌한 색채를 찍는다. 그 위에 촉촉한 비의 향기가 오일 페인팅의 내음처럼 화폭을 감싸 하나의 대작大作을 완성한다. 대자연의 황홀한 라이브 공연과 예술 작품 앞에 나는 넋을 잃는다.

주르륵주르륵! 하염없이 내리는 빗소리에 영혼이 촉촉해진다. 세상에 잘 보이려고 치장하던 마음도, 허황하게 공중 부양하려던 욕심과 야망도 봄눈처럼 스르르 가라앉는다. 지금 나는 물로써 세례를 받고 있다. 이대로 영원히 장마가 계속되어도 좋을 성싶다.

등산

  아파트 뒤로 난 오솔길에 접어든 지 10분 만에 산이 나를 반긴다. 유월에 접어든 산은 온통 초록빛이다. 같은 녹색이라도 식물마다 채도가 다르다. 옅은 연두색부터 진녹색까지 수채화를 펼친 듯, 산은 지금 녹음의 향연을 펼치고 있다. 뜨거운 햇살 아래 싱그러운 젊음을 뽐내는 나무들의 기氣가 신경올실을 타고 온몸으로 스며든다.

  나는 산을 좋아한다. 항구도시 부산에 살면서도 바다보다 산이 정겨운 것은, 아마도 초등학교에 들어가기 전까지 지리산 골짜기에서 자란 탓이지 싶다. 일선에서 물러나서 마지막 둥지를 마련한 곳도 지금 이 산기슭이다. 산에 들면 그냥 마음이 푸근해지는 게, 세월이 흘러도 항상 그 자리에서 나를 반겨주는 고향 같다. 씨름판 같은 세상에서 멍들고 진물 흐르는 몸을 보듬어 주고, 기氣와 에너지를 충전시켜 주는 나의 보금자리다. 사는 게 힘들 때 언제든 달려가서 하소연과 응석을 부릴 수 있는 어머니의 품이요, 핑핑 돌아가는 디지털 세상에 현기증을 느낄 때 잠시 멍때리기를 할 수 있는 피정지도 산이다.

여고 시절에 특별활동으로 처음 들어간 게 등산반이었다. 연약한 체격이라 땀 흘리며 운동하는 건 싫어했지만, 내가 좋아하던 선생님이 등산반 지도교사였기 때문이다. 내가 등산광이 된 계기는 고교 2학년 수학여행 때였지 싶다. 당시엔 설악산에 무장 공비가 자주 출몰해 우리는 속리산으로 수학여행을 갔다. 단체로 문장대를 등반했는데, 나는 앞에서 인솔하는 학생주임 선생님을 따라 일등으로 문장대에 올랐다. 무엇이든 지지 않으려는 애살에다, 그동안의 산행으로 알게 모르게 몸이 단단해진 까닭이다.

붉은 깃대가 꽂혀 있는 바위 정상에 우뚝 서서 개미 떼처럼 올라오는 아이들을 내려다보고 있는데, 알 수 없는 벅찬 희열이 온몸을 감쌌다. 내가 일등을 했다! 항상 자신을 빌빌거리는 약골이라고 생각했는데 친구들 모두를 이겼다는 묘한 자긍심으로 어깨가 으쓱해지는 것이었다. 마음만 먹으면 무엇이든 할 수 있다는 자신감이 가슴 저 아래서 용솟음쳤다. 아마도 흙수저 출신에다 별로 내세울 게 없다는 생각에 늘 주눅 들어있던 자격지심은 그런 사소한 것에서라도 자존감을 찾고 싶었던 게다.

대학에 들어가고 나선 본격적으로 산을 탔다. 여고 친구 네 명이 친목계를 했는데, 아르바이트가 없는 일요일엔 무조건 등산을 갔다. 당시는 인터넷이 발달하지 않아 요즘처럼 산악회 정보를 알 수가 없었다. 그냥 배낭을 메고 부산역으로 가면, 근교의 산으로 출발하는 산악회 버스들이 줄을 지어 기다리고 있었다. 차량 앞에 붙은 행선지를 보며 가고 싶은 코스의 차를 골라서 타면 되었다. 대부분의 산악회가 절반은 즉석 회원으로 버스를 채워 출발한 것이다.

여자들끼리 산을 타려면 등산로도 잘 모르거니와 위험하기도 할 텐데 산악회에 얹혀서 등반하니 너무 편하고 좋았다. 연약한 여자들이라고 다들 기사도 정신을 발휘하여 도와주면서도 절대로 치근거리는 일은 없었다. 산을 좋아하는 사람들은 속세 사람들과는 다른 것 같았다. 연휴 때는 2박 3일 힘든 등정도 따라다니고, 방학 때는 우리끼리 일주일간 동해안, 서해안, 설악산, 지리산, 한라산, 울릉도 등을 돌곤 했다.

등산은 우리네 일생을 닮았다. 땀을 흘리며 힘들게 오르는 코스가 있으면, 수월한 내리막 코스가 있다. 정상을 원만하게 정복하기 위해선, 사전에 심신을 튼튼히 키우고 에너지를 가득 충전해야 한다. 이 또한 미래의 꿈을 성취하기 위해서 일찍부터 학문과 기술을 익히고 배우며 인생 기초를 탄탄하게 다져야 하는 것과 같은 이치다. 전쟁터 같은 세상에서 꿈과 목표를 쟁취하는 게 녹록하지 않듯, 산을 오를 때도 목숨을 건 투지와 인내가 필요하다. 아득히 보이는 정상을 향해 죽기 살기로 오르고 또 올라야 하니 말이다.

산을 오를 때도 인간사회처럼 준수해야 하는 무언의 약속과 규칙이 있다. 그 약속을 지키지 않으면 생태계를 훼손할 뿐 아니라, 동료들의 생명까지 위험해질 수가 있다. 다행히 우리 등산팀 넷은 모두가 심신이 건강했다. 다들 자연을 아끼고 사랑하며, 지구력과 오기가 있어 산행을 시작하면 중도에서 포기하는 일은 절대로 없었다.

덩치가 커서 그런지, 나는 산행을 시작하고 나서 처음 30분간에 제일 힘이 든다. 숨이 차고 다리가 막대처럼 뻣뻣하다. 피돌기를 해서 잠자던 신경이 일어나고 근육이 제대로 수축하는 데 시간이 걸리는 게다. 하지만 그 고비를 지나 산 중턱에 오르면서 컨디션은 최고조에 달한다. 걷는 게 아니라 그냥 몸이 저절로 올라가는 느낌이 든다. 한 번씩 내가 살아있나 싶어 살을 꼬집어보기도 한다. 뒤에서 올라오던 친구들이 나중에 말하기를, 그 순간에 내 발에 날개가 달린 듯 나풀나풀 올라간다고 했다.

정상까지 30여 분쯤 남았을 때, 친구들이 다들 주저앉고 싶다고 하소연할 때, 나는 이미 지상 사람이 아니다. 모든 감각이 사라지고 발이 두둥실 떠서 올라간다. 내가 산을 오르는 게 아니라 산이 나를 끌어당기는 느낌이다. 정상 바로 아래, 숨이 턱에 닿으면 일종의 카타르시스가 온다. 사랑하는 연인과 부둥켜안고 뜨겁게 몸을 섞듯, 의식은 몽롱하고 가슴은 희열로 가득 찬다.

그랬다. 무작정 욕심을 부려 산을 점령하겠다는 마음을 내려놓고 내 몸을 산에 모두 맡기는 순간, 산과 나는 하나가 되었다. 산이 내 몸속으로 스멀거리며 들어와 나와 합일合一을 이루었다. 들숨에도 날숨에도 온통 흙냄새와 풀냄새, 꽃향기가 어우러져 나는 그대로 산이 되었다.

드디어 정상이다. 정상 바위 위에 발을 디디고 선다. 훤하게 트인 시야를 내려다보며 목청껏 "야호!"라고 고함을 지르는 순간, 그날의 등반은 완성된다. 순간, 아찔한 현기증을 느낀다. 그런데 신기한 것은 야호, 야호라고 고함칠 때마다 가슴 저 아래에서 무언가가 왈칵왈칵 올라와 입 밖으로 쏟아진다. 시커먼 연기 같기도 하고, 누른 담 같기도 한 정체불명의 그 무엇이 끊임없이 밖으로 터져 나오는 것이다. 그러니 소리를 지를수록 머리와 가슴은 텅텅 비워지고, 몸은 새털처럼 가벼워진다.

정상에서 고함을 지르는 순간 입 밖으로 쏟아져 올라오는 게 무엇인지는 나도 알 수 없다. 전쟁터 같은 세상에서 살아남기 위해 아부하며, 차마 입 밖으로 내뱉지 못하고 꾹꾹 속으로 쟁여두었던 분노와 굴욕, 풀지 못한 울화와 스트레스가 응축되어 어혈 같은 찌꺼기로 배출된 걸까? 아니면, 내 것이 아닌데도 쉬이 놓지 못하는 권력과 물질에 대한 아집과 욕심, 남을 밟으며 올라가야 하는 아귀다툼 속에서의 양심과 자책감 등의 감정이 농염하여 누른 고름이 되어 터져 나온 것인지도 모를 일이다.

이제 내 나이 칠순, 인생 해거름이다. 마음 같아선 지금도 그 옛날처럼 뜨겁고 황홀하게 산을 타고 싶다. 하지만 어쩌랴. 지금은 힘과 에너지가 예전 같지 않아 등산코스보단 오늘처럼 호젓한 산책코스를 택한다. 등산이 아니라 입산入山으로 족足하는 게다.

누군가가 "산은 높이가 높아야 오를 맛이 있다"라고 하면, 나는 이제 당당하게 말하리라. "산은 품이 깊어야 들 만하다"고.

얼굴

시민공원에 봄꽃이 만개했다. 반려견들과 함께 산책하며 사진을 찍다가 공원 풍광이 하도 고와 셀카 사진을 찍어 본다. 그런데 사진을 보곤 깜짝 놀란다. 심각하고 암울한 노인의 얼굴! 화사한 봄의 향연에는 도무지 어울리지 않는 몰골이다.

인간은 평생 세 개의 얼굴을 지니고 살아간다고 한다. 첫 번째는 선천적으로 부모로부터 받은 얼굴이다. 아버지와 아들, 어머니와 딸을 보면 굳이 설명하지 않아도 알아본다. 같은 DNA의 붕어빵이니 말이다. 두 번째는 살아가면서 친구나 가까운 지인이 만들어준 사회적 얼굴이다. 자주 만나는 사람끼리는 얼굴이 서로 닮아간다. 긍정적이며 잘 웃는 사람과 어울리면 덩달아 웃게 되고, 징징거리며 불평하는 사람들과 어울리면 심각한 표정이 되는 까닭이다. 자기도 모르게 상대방의 표정을 따라 하는, 이른바 '거울효과'다. 세 번째는 배우자가 만들어주는 얼굴이다. 인생에서 가장 많은 시간을 공유하는 사람이 남편과 아내다. 따라서 수십 년을 마주 보며 살아가는 부부는 얼굴이 서로 닮을 수밖에 없다.

요즘 우리나라는 성형 천국이다. 오죽하면 형제자매보다 같은 성형외과에 다니는 사람끼리 더 닮았다는 말까지 나온다. 코를 높이거나 쌍꺼풀을 만들고, 주름을 당겨서 쫙 편다. 심지어 광대뼈나 턱을 깎아 얼굴을 갸름하게 만든다. 그런데 성형으로 만든 얼굴은 왠지 부자연스럽게 보이는 경우가 많다. 나이에 따라 연륜에 맞는 표정과 얼굴을 지녀야 하는데 억지로 손을 대다 보니 부드럽고 온화하던 인상이 사라진 까닭이다.

기왕이면 이쁘고 호감 가는 얼굴이 좋다. 하지만 잘생긴 얼굴과 아름다운 얼굴은 다르다. 대학 시절, 키도 작고 이쁜 얼굴은 아닌데 항상 개성 있게 치장하고 당당한 표정을 짓는 친구가 있었는데, 우리에게는 물론 남학생들 사이에도 인기가 최고였다. 잘생긴 얼굴보다 세련되고 멋진 모습이 더 매력을 끄는 게다.

그리고 생기 있고 웃는 얼굴은 아름답다. 우리 외손녀 시아가 그렇다. 그리 잘생긴 얼굴은 아니지만, 늘 밝고 생글거리는 모습이 함박꽃 같다. 그 아이를 보기만 해도 절로 웃음이 나오고 기분이 좋아지는, 그야말로 '인간 엔도르핀'이다.

웃음의 위력은 대단하다. 생텍쥐페리의 소설 『미소』에선 무심코 던진 미소가 사람의 목숨을 살린다. 내용인즉, 전투 중에 포로로 잡혀 수감되어 처형 날만 기다리던 한 남자가 담배에 불을 붙이기 위해 창살 밖에서 순시하던 간수에게 성냥불을 부탁한다. 간수가 성냥불을 건네주는 찰나, 남자는 아무 생각 없이 미소를 보낸다. 그런데 이 미소가 상대의 가슴을 따스하게 데워 서로 대화를 시작하게 되며, 결국은 측은지심이 든 간수가 감옥 문을 열어준 것이다.

나도 젊었을 땐 꽤 밝고 활기찬 사람으로 통했다. 직장 동료나 친구들은 늘 나를 보면 얼굴에 생기가 넘친다고 칭찬했다. 그런데 솔직히 말하자면, 그건 나의 가면이었다. 모든 게 자의적인 연출이었으니 말이다.

나는 세상에 늘 당당하고 싶었다. 아니 당당한 것처럼 보이고 싶었다. 따라서 아무리 기분이 언짢은 일이 있어도 집을 나서는 순간부터는 자신을 무장한다. 머리와 옷차림을 단정하고 멋스럽게 다듬고, 어깨엔 힘을 주고, 허리를 반듯하게 편다. 걸음은 무게 있게 두 무릎이 스치도록 똑바로 걷는다. 그리고 얼굴엔 당당하고 자신만만한 표정의 가면을 쓴다. 무엇이든 당당하고 잘나가는 듯 보여야 세상이 나를 깔보지 않는 법이니 말이다. 오랜 세월 그렇게 몸짓과 표정 연기를 하다 보니 어느새 그게 내 캐릭터로 굳어버렸다. 어쩜 그 모든 연출은 가난한 시골뜨기 출신으로 늘 기죽고 세상 눈치를 보던 어린 시절의 트라우마를 벗어 던지고 싶은 하나의 몸부림이었는지도 모를 일이다.

내가 처음으로 표정 관리를 하게 된 계기가 있다. 입시전쟁이 한창인 시절, 당시 '하늘의 별 따기'로 치켜세우던 부산의 K여중에 합격하고 나서다. 무리한 입시 공부로 몸이 쇠약해져 시골 할머니 댁에 내려가 쉬고 있을 때였다. 친지들이 합격 소문을 듣고선 축하하러 왔다. 그들이 내 얼굴을 빤히 들여다보면, 나는 짐짓 영특하게 보이려고 눈을 더 동그랗게 뜨고 인사를 했다. 그러면 사람들은 "얘는 눈빛부터가 다르네."라고 말했다. 그리고 명문 여중 교복을 입고 등교할 때면 동네 사람들이 모두 부러운 듯 나를 쳐다보곤 했다. 그러면 나는 어깨를 더 반듯하게 펴고 당당한 표정을 지었다. 신기한 건, 그렇게 표정을 관리하다 보니 정말로 나 자신이 제법 괜찮은 존재로 여겨지는 것이었다.

그런데 요즘 거울을 보면 아니다. 세월의 흔적으로 늘어가는 주름은 어쩔 수 없지만, 표정이 어둡다. 웃음을 잃어버린 것이다. 하긴 이 나이에 새삼 뭐 그리 좋은 게 있으랴만, 남편이 작년에 심장 수술을 한 뒤부터 더 우울해졌다. 강철처럼 탄탄하고 든든하던 보호자가 하루아침에 장애인이 되어 숨차고 힘들어하는 모습을 곁에서 지켜보니 웃음이 사라지는 건 당연하다. 하지만 이것도 핑계일 뿐이다. 사실인즉, 직장에서 은퇴하고 나서부턴 스스로 자존감이 바닥으로 떨어져 나 자신을 쓸모없는 '퇴물退物'로 자학하는 마음이 있기 때문이다.

얼굴은 자신의 인격과 살아온 인생사를 그대로 드러내는 모니터다. 생각과 감정은 물론, 세상을 대하는 가치관과 세월의 족적足跡 하나하나가 압축파일로 얼굴에 남기 때문이다. 그러니 지금의 내 얼굴은 스스로가 만든 것이요. 그 책임도 나에게 있다. 우리네 삶이 어찌 기쁘고 좋을 수만 있겠는가. 내일을 예측할 수 없는 천기天氣처럼 쨍한 날이 있는가 하면 흐린 날도 있고, 난데없이 벼락이 내리치기도 하는 게 인생이다. 다만 그때마다 어떠한 생각과 자세로 그 상황을 받아들이고 대처하는지 각자의 '마음 밭'이 다를 뿐이다. 숨길 수 없는 삶의 성적표가 바로 얼굴인 게다.

내 주변에는 멋지게 나이 들어가는 사람이 많다. 세월 따라 늙어가는 게 아니라 익어가는 사람이다. 젊었을 때보다 외모와 얼굴에서 풍기는 향기가 더 우아한 사람은 대체로 주변에 밝고 긍정적인 사람이 많다. 그런 의미에서 훌륭한 배우자를 만나고, 좋은 친구와 지인을 사귀는 건 분명 인생의 가장 큰 축복이다. 하지만 이승을 떠나기 전, 인생의 마지막 얼굴은 타인이 아닌 나 스스로가 만든다. 나이가 들어도 매일 거울을 보며 얼굴을 가꾸고, 표정을 화사하게 관리해야 하는 이유다.

이제 나도 스스로 얼굴에 책임을 져야 하는 나이다. 지구에서의 남은 소풍이 얼마인지 모르지만, 이제 날을 세워 세상과 싸울 게 아니라 세월에 순응하며 곱게 익어가야 하리.

내가 떠난 후, 세상에 남은 이들이 나를 후덕하고 밝은 미소를 띤 얼굴로 기억하게 하고 싶다.

애마를 떠나보내며

　15년을 함께 살던 내 애마가 떠나간다. 자동차가 시야에서 사라질 때까지 지켜보고 서 있는 심정이 사랑하는 연인과 영영 이별하는 것 같다. 자동차랑 신경이 연결된 듯, 가슴이 찡하더니 왈칵 눈물이 흐른다.

　나는 나이 서른이 안 되어서 일찍 운전을 시작했다. 고등학교에 재직하면서 박사학위를 받고 대학 강의를 나가던 때였다. 그동안 내 손을 거쳐 간 자동차는 수없이 많다. 남편은 거의 5년마다 새 차를 바꾸어 주었는데 대부분이 에스페로, 엑셀, 소나타 등의 중형차였다. 실은 여고 시절의 내 버킷리스트에 있던 차는 남편이 타고 다니던 검은색 세단이었다. 하지만 교직에 있으면서 그런 위용을 부릴 처지도 아니거니와 그땐 별 욕심이 없었다. 자동차는 교통수단으로서 편리하면 족하다는 게 내 지론이었던 게다.

　마흔 중반까진 교직 생활에다 아이들을 뒷바라지하며 대학원 공부까지 하느라 정신없이 살았다. 그런데 나이 오십 즈음에 우연히 부업으로 시작한 사업이 번창하면서 경제적 여유가 생기자 잊고 있던 버킷리스트가 생각났다. 작가가 되기, 딸이랑 전 세계를 여행하기, 바다가 보이는 언덕 위에 아름다운 집 짓기, 거기에다 검은색 세단을 사는 것 등이다. 그런 연유로 남편의 도움 없이 처음으로 내 손으로 장만한 차가 바로 오늘 떠나보낸 까만 색 그랜저였다. 그러니 내가 이 차에 애착과 연민을 가지는 게 당연한 게다.

학교 운동장에서 처음 애마를 대면했을 때의 기억이 아직도 생생하다. 내 눈엔 자동차가 아니라 까만 슈트를 입고 파티장에 가려고 나를 기다리고 있는 연인처럼 보였다. 머리에서 발치까지 한 치의 흐트러짐이 없이 세련되고 우아한 모습으로 반짝반짝 윤이 나고 있었다.

우리의 첫 데이트는 내가 꿈꾸던 코스, 바다가 훤히 내려다보이는 해운대 달맞이 길로 드라이브를 나갔다. 처음 타는 차인데도 전혀 어색하지 않았다. 오래된 연인처럼 익숙하고 편하고 포근했다. 아마도 오랜 세월 내가 그를 오매불망 가슴속에 품고 다녔기 때문이리라. 자동차를 세우고 분위기 좋은 카페에 들어가 커피를 마시는데 첫사랑과 데이트하는 듯 황홀했다.

실은 여고 시절의 내 꿈은 이 차를 사서 아이들을 태워 다니는 것이었다. 자동차가 귀하던 시절에 까만 세단을 타고 등교하는 친구가 무척 부러웠던 게다. 우아한 세단에 아이들을 태워 등교도 시키고, 놀이동산이나 맛집을 찾아다니며 마음껏 놀고 싶었다. 하지만 막상 이 차를 품에 안았을 땐 아이들은 이미 제 가정을 꾸려나가 어엿한 부모가 되어 있었다. 덕분에 이웃에 사는 어린 외손주 균하가 자주 그 빈자리를 채워줬다.

동생 시아가 태어나서 균하는 한동안 우리 집에 있었다. 육아가 서투른 할미가 잘하는 건 아이를 싣고 드라이브하는 것이었다. 균하가 바다를 좋아해서 우리는 송정 바닷가엘 자주 갔다. 녀석도 내 애마를 무척 좋아했다. 녀석은 차만 타면 혀를 굴리며 'I owe you'를 틀어달라고 한다. Carry & Ron의 노래, 내가 좋아하는 팝송이다. 둘이 노래를 흥얼거리며 한적한 바닷가를 달리노라면 알 수 없는 풍만감으로 가슴이 벅차올랐다. 포장 카페 앞에 차를 세우고 나는 커피를, 균하는 초콜릿 우유를 마시며 음악을 들었다. 모래사장에 내려가선 조개껍데기를 줍고 갈매기에게 새우깡을 주며 낭만을 줍기도 했다. 차에 올라 새근새근 잠이 든 손주를 보면 너무도 평화로워 그대로 시간이 멈춰도 좋을 성싶었다. 이 순간을 위해 긴 세월 그렇게 열심히 잘 살았구나, 하는 자긍심이 들었다.

이젠 그 손주마저 훌쩍 커서 초등학생이 되었으니 할미 차를 탈 기회가 별로 없다. 그 자리를 반려견, 삼식이와 춘삼이가 대신하고 있다. 딸이 기르던 녀석들을 손주들이 자라는 동안 잠시 돌봐준다는 게 어언 10년, 이제 우리 가족이 되어버렸다. 녀석들도 내 애마를 무척 좋아한다. 능숙하게 차에 올라선 창밖으로 고개를 내밀고 드라이브를 즐기는 경지까지 되었다.

애마는 내 작은 둥지이자 휴식처다. 무엇보다 예전에 타던 차보다 널찍하고 편안한 게 차를 타면 작은 별장에 온 듯한 착각이 든다. 온종일 세상에 시달려 파김치가 되었다가도 차를 타면 친정집에 온 듯 마음이 포근해진다. CD를 틀어 좋아하는 클래식까지 곁들이면 대학 시절 자주 찾던 음악 감상실로 변한다.

애마는 내 친구이자 연인이다. 파란만장한 시간을 같이 보냈으니 필시 신경이 연결되었을 터, 이 세상에서 나를 가장 잘 아는 존재임에 틀림없다. 가슴 저 아래에서 우글거리며 올라오는 넋두리나 누구에게도 말 못할 하소연도 묵묵히 들어준다. 머리가 지끈거릴 땐 세상에서 묻은 먼지 때를 씻으라며 조용한 피정지避靜地로 데려가고, 우울할 땐 시원하게 뚫린 도로를 질주하기도 한다.

하지만 어쩌랴. 세월 앞에 장사가 없다고, 저나 나나 몸에 자꾸 탈이 생기고 여기저기 부품에 고장이 난다. 우린 같이 늙어가는 인생 동반자인 게다. 애마가 늙어 조금씩 낡아가고 탈이 나는 게 나를 보는 듯 마음이 짠하다. 서로를 너무 잘 알기에 조금만 삐걱거려도 가슴이 철렁한다.

애마도 사람처럼 감정이 있다. 혹한에 겨울 채비를 제때 안 해주면 삐쳐서 시동을 거부하는가 하면, 이젠 오르막은 힘들다고 징징거리기도 한다. 화가 뻗치면 갑자기 에어컨을 망가뜨려 삼복더위에 찜질방을 체험하게 하는 녀석이다.

나이를 먹어 병치레를 자주 하는 애마를 보며 새삼 내 인생을 돌아보게 된다. 차가 정해진 차도를 달리는 것이나 인간이 제 인생길을 달리는 이치는 같은 까닭이다. 녀석 덕분에 내 수필 소재도 다양해졌다. 세상 먼지를 덮어쓰고 더러워진 차를 자동세차장에 넣고 세차할 때면, 마치 내가 밀폐된 고해소에 들어가 죄를 씻고 통회痛悔하는 느낌이 든다. 클랙슨이 고장 난 차를 한동안 몰면서, 세상을 향해 곧잘 화를 내고 불평을 터뜨리던 나를 반성하기도 했다. 한때 변속기가 고장 나서 시속 50킬로미터로만 달리는 체험을 하면서, 욕심이 과해 정해진 규칙과 속도를 무시하고 앞만 보며 돌진하던 무모한 나를 돌아보게 되었다.

자꾸 자동차에 탈이 나자 아이들이 위험하니 차를 바꾸자고 했다. 하지만 나는 차마 애마를 버릴 수가 없었다. 그건 반려견 삼식이나 춘삼이를 길거리에 버리는 것과 같았다. 나에게서 애마는 차가 아니라 추억을 공유하며 살아온 친구요, 가족이었던 게다. 어쩜 내가 애마에 유달리 집착한 이유는 이 차가 내 젊은 날의 표징이기 때문인지도 모를 일이다. 소녀 시절의 내 버킷리스트였고, 잘나가던 시절에 내 힘으로 내 품에 안은 차였으니 말이다.

하지만 어쩌랴. 슬퍼하며 구구절절 넋두리를 한들, 이제 애마는 영원히 내 곁을 떠나갔다. 애마에게 영혼이 있다면, 저도 나와 함께 한 세월이 참으로 행복했다고 생각해주길 바라는 마음이다.

모기의 임종

한 생명이 이승을 하직하고 있다. 태풍과 폭우에 조난당하고 기아에 허덕이다 결국 생을 마감하는 것이다. 마지막 떠나는 길을 아무도 지켜주는 이가 없다. '인간의 피를 빨아먹던 해충害蟲'이라는 오명汚名만을 덮어쓴 채 사그라져가는 존재가 안쓰럽기 그지없다.

연일 30도를 웃도는 폭염이 이어지더니, 어제부터 중국을 지나는 태풍의 영향으로 폭우가 쏟아진다. 그런데 어제 보니 욕실 천장에 모기 한 마리가 붙어 있었다. 다리를 떠는 게 아직 살아있는 것 같았다. 날개는 습기로 젖어 있고 며칠을 굶었는지 몸도 다리도 앙상했다. 예전 같으면 손으로 휘리릭 잡아버렸을 테지만, 어쩐지 측은지심이 들어 그대로 두었다. 그런데 녀석이 지금까지 저렇게 벽에 붙어 있는 게다.

올여름엔 몇십 년만의 폭서와 가뭄으로 인해 전국의 농작물이 바짝 마르고, 수많은 가축이 떼죽음을 당했다. 그래서 올해는 모기도 별로 없었다. 모기 서식지인 웅덩이가 다 말라버린 게다. 그런데 지금 10월 초에 늦더위가 계속되더니 모기가 보인다. 하지만 힘이 없고 날아가는 속도도 느리다. '처서가 지나면 모기 입이 비뚤어진다'라는 말이 생각난다. 그런데 대체 저 모기는 어디서 나타난 것일까? 하필 폭우가 쏟아지고 있는 이때 말이다.

모기라는 존재는 인간의 입장에선 분명 해로운 존재이니 해충이다. 피를 빨아먹고 혈액을 오염시키고, 심하면 악성 전염병까지 유발하니 말이다. 하지만 이건 어디까지나 인간을 중심으로 손익의 기준에 따라 생물을 분류한 것일 뿐이다. 모기도 나름 자신의 생태적 지위가 있고, 생존을 위해 당당히 먹이를 취할 수 있는 권리가 있다. 이런 시각으로 보면 생태계의 모든 생명은 귀하게 대우해야 한다. 먹고 먹히는 사슬 관계가 제대로 유지되어야 생태계에서 물질순환과 에너지 흐름이 원만해지는 까닭이다. 강자라고 약자를 무조건 핍박하고 무시하는 건 세상을 창조한 조물주의 뜻도 아닐 게다.

어릴 때 시골에서 자라서 나는 모기와 친숙하다. 가축을 기르고 논밭이 바로 집 가까이에 있으니 여름엔 모기와 함께 산다. 모기를 쫓아내기 위해 모깃불을 피우는 게 고작이지, 그냥 모기의 존재를 인정하며 적당히 모기에 물려주며 살았다. 그러니 도시에 와서 모기에게 조금 물렸다고 호들갑을 떠는 친구들을 보면 그게 더 낯설었다.

나는 모기에게 물리는 것보단 날아다니면서 윙윙거리는 소리가 더 싫다. 성가시고 잠을 설치기 때문이다. 신기한 것은 잠을 자면서도 곧잘 손으로 모기를 잡는다. 무슨 전투를 하는 양, 전기모기채를 들고 돌아다니는 남편보단 내가 손으로 잡는 게 더 빠르다. 모기가 비행하는 각도를 보면 손바닥을 어느 쪽으로 뻗어야 하는지 직감으로 아는 게다.

그런데 나이가 들면서 요즘엔 무엇이든 죽이는 게 싫어졌다. '살생殺生'이란 거창한 의미를 떠나 생명체 자체가 가여운 마음이 들기 시작한 까닭이다. 그런 연유로 욕실에 들어온 귀뚜라미를 내보내느라 샤워를 못하고, 창틀로 들어온 달팽이 한 마리를 안고 아파트 정원으로 달려가는 소동을 벌이기도 했다. 모기도 마찬가지다. 아무 생각 없이 손바닥으로 덮치려다 파르르 떠는 날개를 보면 손이 멎는다.

피골이 상접해서 벽에 납작하게 붙어 있는 모기를 보고 있으니 요양원에 계시는 어머니가 떠오른다. 체질성 고혈압에다 심장병과 신부전증 말기, 거기에다 인지기능까지 점점 떨어져 나날이 사위어가는 어머니 모습이다. 이제 당신이 누구신지, 어디서 왔는지도 가물가물하시는 어머니는 생의 마지막 길을 걷고 계신다. 겉모습은 아직 어머니인데 영혼은 이미 하얗게 바래고 있다. 요즘은 어머니를 뵐 때마다 어쩜 오늘이 어머니와의 마지막 데이트일지도 모른다는 생각에 무심코 던지는 말씀 하나하나를 유언인 듯 귀담아 새기게 된다.

눈앞에서 서서히 사그라져가는 모기 모습이 안쓰럽다. 너는 어쩌다가 미물로, 그것도 '해충'이란 오명을 가지고 태어났니? 기왕이면 만물의 영장인 인간이나 밀림 맹수로 태어나 약자에게 갑질도 실컷 해보고 가지. 고작 한 철을 살다가 갈 생生을, 노심초사 남의 피를 빨아먹느라 얼마나 숨 가쁜 날을 보냈으랴. 이승을 떠나는 지금, 너를 창조한 조물주와 너를 깔보고 홀대한 세상에 하고 싶은 말도 많을 텐데 어째 모든 걸 인정하고 체념한 듯 편안해 보이는구나. 어쩜 너는 이미 이 세상 백팔번뇌를 달관한 수도승의 경지에 들었는지도 모르겠구나.

한 생을 살고 보니 이제야 보인다. 눈앞에서 죽어가는 모기나 나, 우리는 모두 조물주로부터 유한한 생명을 부여받고 태어난 피조물이다. 수명이 길든 짧든, 언젠간 흙이 되어 자연생태계로 돌아갈 지푸라기 같은 존재다. 그러니 지금 잘나간다고 으스댈 것도, 못나고 덜 가졌다고 억울해할 것도 없다. 오히려 짧은 생을 살며 생존을 위한 태초 본능에만 충실했을 모기의 단순한 삶이 부럽다. '만물의 영장'이란 타이틀과 함께 덤으로 준 굴레가 너무나 무거우니 말이다. 복잡다단한 공동체 속에서 누리는 행복의 대가로 주어진 막중한 책임과 의무, 친친 얽힌 인간 그물 속에서 속 끓이고 받는 상처와 번뇌를 모기 너는 모르리라.

나 역시 내가 원해 이승에 온 건 아니란다. 나의 뜻과는 무관하게 빈손으로 망망대해 이 세상에 던져졌으니 말이다. 살아남으려 발버둥 치며 날마다 맨몸으로 폭풍과 파도와 싸우는 게 얼마나 두렵고 버거운 삶인지 너는 모르리라. 한 생生을 무장하여 사투를 벌이다 보니 이젠 녹슨 전투함처럼 사그라진 내 몰골이 모기 너와 다를 바가 없단다. 그러니 짧은 삶을 억울해하지 마라. 가벼운 몸피로 훨훨 하늘을 날며 본능에 충실히 한 생을 살다가 가볍게 이승을 떠나는 네가 부럽구나. 이승을 함께한 동료로서 마지막 작별 인사를 하고 싶구나.

"부디 편안하게 저승길을 가시게나. 미물로 이 세상에 와서 하루하루 살아내느라 수고했다. 부디 다음 생生엔 위풍당당한 밀림 사자나 인간으로 태어나거라."

합창대회

전깃불처럼 뻗어 뻗어 / 신출기몰 얍샵 얍샵 얍샵

툭! 툭! 먹구름 톡! 톡! 건드리면서 / 번쩍 번쩍 번쩍

깊은 밤을 깨는 깨는 / 번개! 파밧! 번떡! 번뜩! 치직!

오! 큰 태풍의 에너지 / 치직! 나를 겁주네 번쩍! 두렵지 않아

경남여고 총동창회 주최 제1회 합창대회에서 43회 우리 기期가 부른 '번개(Lighting)'라는 곡의 서두다. 작곡을 전공한 지휘자 L 친구가 엄선한 곡인데, 처음에 이 곡을 듣는 순간 머릿속이 하얗게 변했다. 곡은 참신하지만, 과연 우리가 이렇게 발랄하고 빠른 템포의 곡을 부를 수 있을까 하는 생각에서다. 더구나 외국곡을 번역한 것이라 가사가 당최 머리에 들어오지 않는다. '얍샵', '파밧', '번뜩', '치직' 같은 생소한 의성어, 의태어가 지뢰처럼 깔려있다.

이미 칠순을 넘긴 우리들의 목소리가 제대로 나올 리가 없다. 하

지만 이번에 총동창회 회장으로 우리가 추대한 친구 B를 응원하기 위해 모두가 한마음으로 뭉쳤다. 동창회의 경제적 여건이 어려워져 행사를 개최할 수 없는 상황이었는데도 뚝심이 강한 회장이 끝까지 이 대회를 밀어붙였기 때문이다. 매주 목요일, 부산약사회관을 빌려 합창연습을 하는데 참석 인원이 40명이 넘었다. 심지어 연습 때마다 대구에서 내려와 동참하는 친구들도 있었다.

올여름은 유달리 더웠다. 기상청 역사 이래 최고, 최장最長의 폭염이 10월까지 계속되었다. 그런데도 6월부터 10월 대회가 있기까지 무려 4개월간, 우리는 한결같이 모였다. 누구에게 지는 걸 죽어도 싫어하는 일류여고 근성으로, 눈을 반짝 뜨고 귀를 쫑긋 세워 노래하는 모습은 비장하고 숙연한 분위기마저 들었다. 모두가 전쟁을 치르러 가는 투사 같았다. 솔직히 나는 합창보단 친구를 만나는 게 더 좋았다. 바쁜 일상으로 만나기 어려운 친구들을 매주 만나 속닥거리는 자체가 힐링이었고, 함께 노래하는 시간엔 세월을 거꾸로 돌려 우리는 모두 푸릇한 여고 시절로 돌아가 있었다. 게다가 친구들이 돌아가며 제공하는 떡, 빵, 과일 등의 간식으로 매주 소풍을 온 듯 풍성하고 넉넉한 시간이었다.

피붙이 외에 여고 친구만큼 편하고 살가운 관계가 있을까? 나라가 가난하고 힘든 6, 70년대 시절에 우리는 서로 의지하며 푸릇푸릇 고운 꿈을 함께 키우던 죽마고우다. 모두가 전쟁터 같은 세상에서 억척스레 가정을 지키며 자식들을 의젓하게 키워낸 무적함대들이다. 하지만 세상은 더 이상 우리를 필요로 하지 않는다. 이미 노인

반열에 들어가 세상의 언저리에서 있는 듯 없는 듯 조용히 살아가는 나이다. 그러기에 옛 친구가 더없이 소중하고 정겹다. 소녀 시절부터 할머니가 될 때까지 다사다난한 세월을 함께 걸어왔기에, 서로의 삶과 존재를 귀하게 여기고 존중하는 까닭이다.

합창에서 내가 선택한 파트는 알토다. 목소리도 저음이거니와 알토가 음률이 제일 간단할 것 같아서다. 하지만 그건 나의 착각이었다. 알토 역시 만만치 않다. 음정에 대한 감각이 약하다 보니 곁에서 노래하는 메조소프라노나 소프라노의 친구 목소리에 곧잘 음 이탈이 난다. 게다가 박자 개념까지 없어 시도 때도 없이 들어가는 '번쩍', '번쩍' 소리를 자꾸 놓친다.

처음 한두 달간 연습한 걸 녹음해 들어보니 그건 노래가 아니라 소음이었다. 하지만 모난 돌이 바람에 깎이듯, 시간이 흐르면서 우리 노래도 궤도를 찾아가기 시작했다. 제 목소리를 죽이고 전체 화음에 초점을 두어 마음을 모은 까닭이다. 나를 죽이고 상대의 이야기에 귀를 기울이고 아우르는 마음이 있어야 조직이나 사회가 원만하게 돌아가는 것과 같은 이치인 게다.

합창은 우리네 인생을 닮았다. 합창에서 각각의 목소리가 모여 풍성한 하모니를 만들어내듯, 인생에서도 각자 다른 이들의 경험과 개성이 모여 풍부한 인생 스토리를 만들어내는 까닭이다. 그러니 합창 연습을 통해 인생을 배운다. 딴은 일류여고를 나와 여태껏 목에 힘을 주며 어디에서나 큰소리를 치고 타인과는 곧잘 불협화음을 일으키던 친구들이, 이제 아름다운 화음을 만들기 위해 제 목소리를 죽이고 친구들의 소리에 귀를 기울인다. 비록 몸치지만 틈틈이 들어있는 율동도 혼자 튀지 않게 열심히 따라 한다.

합창의 가장 큰 강점은 협력에서 일어나는 파워다. 혼자서는 엄두도 낼 수 없는 아득한 목표가, 백지장을 맞들듯 각각의 힘을 모을 때 신비한 기적이 일어난다. 개인의 힘은 미약하지만, 각자 제 위치에서 충실히 소리를 낼 때 상상할 수 없는 에너지와 힘이 방출되기 때문이다. 세상을 살아가며 혼자서는 엄두조차 낼 수 없는 높은 허들 앞에서 누군가와 함께하면 상상 못한 힘을 발휘할 수 있는 것과 같은 이치다.

드디어 한판 승부가 걸린 날! 이른 아침부터 모교 강당에 모여 리허설을 하는데 벌써 가슴이 두근거린다. 매사에 자존감이 떨어진 일흔 나이에 청중 앞의 무대에 선다는 자체가 알몸으로 거리에 나서듯 두렵다. 하지만 나는 믿는다. '최선을 다했으니 당연히 결과는 좋을 터, 일등은 우리 것이다.'라는 오기와 자신감이다.

다음은 43기 우리 차례다. 우리 팀은 복장부터가 독특하다. 하얀 백바지에 빨주노초파남보의 화려한 티셔츠가 변화무상한 번개를 연상케 하며 입장부터 단번에 시선을 사로잡는다.

드디어 발랄한 피아노 전주에 맞추어 합창이 시작된다. 노련하고 섬세한 지휘자가 빈틈없이 눈치를 주고, 소리의 강약까지 조절해준다. 내가 들어도 오늘따라 화음이 너무 좋다. 얼마나 긴장했던지 턱과 입술이 얼얼해진다. 하지만 우린 이 순간을 위해 얼마나 땀을 흘렸던가. 무대 위에서 쓰러지더라도 나는 목 놓아 노래 부르리라.

대회가 끝나고 이제 시상식이다. 우리는 최선을 다했으니 결과는 하늘에 맡긴다. 그런데 이게 웬일인가! 우리 기가 1등이란다. 대회 주최 측에서 공정한 심사를 위해 외부 심사위원을 선정했는데, 우리는 심사위원 3명에게서 모두 만점을 받았단다. 발표를 듣는 순간 가슴이 뭉클, 눈물이 흘렀다. 이 나이에 100점을 받다니! 독하게 마음먹으면 안 되는 게 없구나. 무엇이든 자신감을 잃어가는 인생 해거름에 받는 상, 그것도 사랑하는 친구들과 비지땀을 흘리며 연습한 결과이니 더 값지고 뿌듯한 상이다.

　합창대회를 통해 나이 들어 사그라져가는 자존감을 되찾았다. 그리고 덤으로 인생을 배웠다. 제 목소리를 죽이고 타인의 소리에 귀를 기울이며 서로 화합하고 하모니를 이루는 인간 세상, 하느님이 보시기에도 흡족한 게 아닐까?

제자의 출판기념회

덜컹거리는 기차에 엉덩이가 아프다. 귀가 아프게 아우성치는 엔진소리에 금방이라도 차가 정지할 듯하다. 차체車體 아래에 돌부리가 부딪치는 느낌이 마치 비포장도로를 달리는 버스 같다. 아직도 이런 기차가 있다니 의아하다. 덜컹거리면서도 천천히 쉬지 않고 제 길을 묵묵히 달리는 완행열차! 오늘 출판기념회를 가진 팔순 제자의 생生이다.

새벽부터 서둘러 KTX와 무궁화 열차를 갈아타며 충북 음성으로 달려갔다. 전 과테말라 한인회장이셨던 B 회장의 출판기념회에 참석하기 위해서다. 내가 수필가로 등단한 후 처음으로 수필을 가르친 분이니 첫 제자인 셈이다. 그도 늘 나를 '스승님'이라고 호칭한다.

내가 B 회장을 알게 된 것은 20여 년 전부터 가족처럼 가까이 지내는 J 신부님을 통해서다. 그가 바로 신부님의 매형이셨다. 그는 부산에서 고등학교를 나와 군대 생활 10년에 대위로 전역, 35세 나이에 남미로 이민을 떠났다. 그런데 10년 전 갑상선암에 걸려 치료차 고국으로 돌아와 충북 음성에 자리를 잡았다. 나의 대표작 수필 「토우」에 암으로 투병 중인 B 회장이 등장하는 걸 보면, 우리 인연이 예사롭지 않은 게다.

출판기념회 장소는 음성읍에 있는 예식장을 겸한 작은 회관이다. 하지만 행사는 과하지도 부족하지도 않으면서 뭔가 속이 꽉 찬 느낌이다. 무엇보다 올해 83세인 그가 방송통신대학교를 졸업하면서 가지는 출판기념회이니 그 의미가 더 깊다. 게다가 행사초대장부터 식 진행과 식사 등 모든 과정을 가족과 친지들, 그와 연緣을 맺은 지인들이 합심해서 준비했다고 하니 가슴이 따뜻해진다. 행사장 입구에는 각계각층에서 보내온 화환들이 입장하는 하객들을 반갑게 맞이하고 있다. 오늘 이 행사가 바로 팔순 일생을 치열하게 살아온 그의 성적표이자 결실인 게다.

깔끔하게 단장된 무대 뒤로 '○○○ 한국방송통신대학교 졸업 및 수필집『사랑의 유산』출판기념회'란 플래카드가 자랑스레 걸려 있다. 가슴 저 아래서 뭔가 뜨거운 게 뭉클 올라온다. 30여 년의 교직 생활을 마무리하면서 내 첫 수필집을 발간했던 게 10년 전이다. 그런데 어느덧 내 수필 제자가 출판기념회를 개최하니 뿌듯하기도 하면서 세월의 덧없음이 가슴에 와닿는다.

J 신부님과 나란히 행사장 앞쪽에 마련된 가족석에 앉는다. 우렁찬 색소폰 합주 공연으로 매끄럽게 식이 시작된다. 무대에서 방송

국 MC처럼 노련하게 사회를 보는 사람은 회장의 처남으로, 늘 보호자처럼 회장님댁을 관리하며 보살피고 있다. 회장이 직접 나와 가족 및 내빈소개를 하는데 다시 한번 놀란다. 이 자리를 축하하기 위해 전국 각지에서 한걸음에 달려온 친지와 지인들, 학교 동기들, 미국과 남미 등지에서 인연을 맺었던 사람들을 정중하게 차례차례 소개한다. 그중에는 에콰도르 대사를 지낸 분도 있고, 세계적인 저명 인사와 사업가도 있다. 힘든 이민 생활 속에서도 의지할 곳 없는 한인들의 대부代父 역할을 묵묵히 해온 B 회장의 삶의 발자국이 뚜렷하게 드러나는 순간이다. 그러니 비록 작은 마을에서 여는 출판기념회지만 내실은 국제적 행사인 셈이다.

회장님의 처남인 신부님의 축사는 모두의 가슴을 촉촉하게 적신다. 이민 가기 전, 신부님이 외국에서 수학受學하는 동안 당신 어머님을 지극정성으로 모시고 보살펴준 매형에게 이 자리를 빌려 다시 감사의 마음을 전한다. 덧붙여 이번 수필집 『사랑의 유산』은 힘든 세월을 당당하고 열심히 살아온 매형의 뜻깊은 유산으로, '깊은 신앙과 사랑에 바탕을 둔 인생 고백서'라고 극찬한다.

음성의 저명한 B 수필가의 훈훈한 격려사에 이어, 이번엔 작품평가 순서로 내 차례다. 작품 평이라기보단 B 회장의 작가로서의 뛰어난 자질과 수필의 특징을 설명한 후, 수필집을 펴서 각 작품의 개요를 설명했다. 그리곤 처음 내가 그에게 수필을 권했던 이유가 생각나서 덧붙였다. 그는 원래 필력이 좋은 데다, 수필가로 대성大成할 수 있는 요건을 두루 갖추고 있었기 때문이다. 그는 가난하고 척박한 시골에서 자란 탓에, 자연을 사랑하고 풀 한 포기와 나무 하나에도 애착을 둔 소박한 작품이 많다. 그리고 음악이나 미술에도 조예가 깊어 클래식을 즐겨 듣고 미술관 투어를 좋아한다. 또한 천성天性이 어린아이처럼 착하고 순수하며, 사물이나 사건을 예리하고 섬세한 시각으로 보고 느끼는 감성을 가지고 있다. 무엇보다 그의 수필에는 독실한 신앙인으로서 항상 세상을 따스한 시선으로 바라보고 보듬는 휴머니즘이 깔려있다.

수필을 쓸 수 있는 요건으로 내가 가장 중요하게 본 것은, 파란만장한 그의 인생 드라마다. 가난한 집에서 흙수저로 태어난 그는 육이오 전쟁부터 시작해서, 반세기 동안 힘든 시절의 한국 역사에 늘 동행했다. 게다가 가난을 떨치기 위해 35세 젊은 나이에 맨몸으로 아이 셋을 데리고 과감히 낯선 땅으로 이민을 떠나서 살아가는 정글 속 투쟁은 극적이고 처절하다. 말도 통하지 않는 이국땅에서 엎어지고 일어서기를 오뚝이처럼 되풀이하며 결국은 그의 이름으로 당당하게 공장을 세우고, 공장 모퉁이에 한인교회를 짓고, 한국인 최초의 가톨릭 신앙공동체를 만들어 30여 년간 한인들의 든든한 대부 역할을 묵묵히 해왔으니 말이다. 여덟 가구로 시작한 신앙모임이 겨자씨가 싹터 자라듯 활성화되면서 한국 청주교구에서 처음으로 사제가 파견되었고, 그 결과 지금은 다섯 분의 사제가 교포 사목을 위해 뛰고 있다.

제일 감동적인 건, 그가 본당 회장으로 있을 때 초대 신부님을 도와 만든 사회복지시설 '천사의 집'이다. 열악한 환경에 있는 150명의 현지인 어린이를 먹이고 입히고 재우며 교육까지 담당하는 시설이다. 지금은 200명의 마을 학생들에게 초·중등 과정을 교육하고 있으며, 고등과정을 위한 교사를 신축하고 있단다. 척박한 땅에 그가 뿌린 작은 씨앗이 아름드리 열매를 맺고 있어, 그야말로 이게 '사랑의 유산'인 셈이다. 따라서 수필집『사랑의 유산』은 말 그대로 B회장의 파란만장한 일생을 응축한 '전기傳記'라고도 할 수 있다. 그가 보여주는 삶에 대한 애착과 열정, 세월을 거슬러 꿈을 향해 도전하는 삶의 에너지는 무력하게 살아가는 노년기 독자들에게 좋은 인생 지침서가 되지 싶다.

청출어람靑出於藍이라고 했던가. 노老제자의 글엔 내가 감히 흉내낼 수 없는 삶의 내공이 속속들이 녹아있다. 참으로 장하고 훌륭하다. 새삼 무궁화호 열차처럼 불안정하게 흔들리는 세상의 파고波高에 맞서 용감하고 당차게 살아온 제자의 한 생生에 감동과 존경의 박수를 보낸다.

부디 그의 남은 삶엔 KTX 열차처럼 편하고 안락한 길이 펼쳐지길 기도하는 마음이다.

삼식이의 꿈

새근거리며 자는 삼식이 등을 토닥인다. 생각할수록 대견스럽고 이쁘다. 나이로 치면 저나 나나 노인 반열인데, 하얀 공 머리를 한 귀여운 용태容態가 아직도 아기 같다. 가족 같은 이 녀석을 영영 못 볼 뻔했다는 생각이 들자 다시 가슴이 써늘해진다.

우리 집엔 비송 반려견이 둘 있다. 올해 12살 삼식이와 10살 춘삼이로 배가 다른 수컷 형제다. 건강상 이틀마다 산책을 나가는데 대개는 가까운 사직공원으로, 일주일에 한두 번은 시민공원으로 간다. 애들이 제일 좋아하는 곳은 시민공원이다. 확 트인 잔디밭과 조경이 잘된 산책로가 저들 눈에도 좋은 게다. 게다가 거기는 산책 나온 견우犬友들이 많으니 더 신이 나지 싶다.

연일 35도를 웃도는 폭서暴暑로 인해 며칠간 산책을 못했다. 녀석들이 너무 풀이 죽은 듯해서 오늘은 작심하고 시민공원으로 데리고 갔다. 공원 근처에 접어들자 눈에 익은 풍경에 벌써 소리를 지르며 차창을 두드린다. 주차장에 차를 댄 후 승강기로 곧장 올라가 방문 자회관 1층에 내렸다. 여기서 공원 안뜰로 바로 연결된다. 공원으로 나가려다 미리 화장실엘 들렀다. 여느 때처럼 녀석들을 데리고 화장실 맨 끝 칸으로 갔다. 애들은 밖에 세워둔 채, 긴 목줄을 손에 잡고 화장실 안에 들어가 빨리 용변을 마치고 나왔다.

그런데 이게 웬일인가! 삼식이가 없다. 줄은 아직 내가 잡고 있는데 녀석의 목줄이 헐렁해서 빠져버린 게다. 순간, 머리가 하얗게 되면서 가슴이 콱 막혀왔다. 평생 우리 아이나 강아지를 잃어본 적이 없기 때문이다. 한 번도 경험이 없으니 어떻게 할지 몰라 가슴만 콩닥거린다. 발이 가는 대로 춘삼이를 끌고 다니며 혹시 머리가 동그란 강아지를 못 봤느냐고 묻는다. 다행히도 어떤 아이가 저기 공원 안으로 뛰어가더라며 손가락으로 가리킨다.

이제부턴 007 수색 작전! 공원 뜰로 들어서는데 눈치 없는 춘삼이는 지나가는 친구를 보곤 꼬리를 흔들며 따라가려 한다. 의리도 눈치도 없는 녀석이다. 지금 제 형이 사라져 영영 못 볼지도 모르는 판국에 암캐한테 정신을 팔고 있다니! 말 그대로 '개 같은 자식'이다.

반려견도 사람처럼 성격과 취향이 제각각이다. 삼식이는 동생 춘삼이보다 고작 한 살 위인데 완전 어른 같다. 성격이 아주 활달하며 머리도 좋고 감각도 예민하다. 춘삼이처럼 나를 졸졸 따라다니지 않아도, 가만히 앉아서 저 멀리 할미의 일거수일투족을 훤히 꿰뚫어 본다. 그리고 녀석은 붙임성이 많다. 사람이 마냥 좋고 소통하고 싶은 게 아마도 지가 사람인 줄 아는 게다. 틈만 나면 곁에 와서 벌렁 누워 쓰다듬어 달라고 응석을 부리거나, 공을 입에 물고 와서 같이 놀자고 끙끙거린다.

제일 기가 찬 건, 밥을 줘도 단번에 먹지 않는다. 머리를 쓰다듬으며 "오구 내 새끼, 밥 먹자."라고 하면 그제야 비시시 입을 댄다. 먹을 걸 앞에 두고도 초연한 자세를 취할 수 있는 게 보통 개와는 근본이 다르다. 그리고 춘삼이처럼 배변판을 이용하지 않고 사람처럼 화장실에 가서 용변을 본다. 문제는 자다가도 화장실에 갈 땐 꼭 나를 깨워 데리고 간다. 용변 후엔 "아이구, 잘했네."라며 제가 좋아하는 파프리카를 주니까 말이다. 조금 성가시긴 하지만 주인이 심심할 틈을 안 주는 재롱둥이, 반려견 노릇을 제대로 하는 녀석이다.

다리는 분명 땅을 걷고 있는데, 발이 허공을 딛는 것 같다. 만일 녀석을 못 찾는다면, 하는 생각이 들자 눈물이 줄줄 흐른다. 이럴 줄 알았으면 좀 더 잘해 줄걸. 니가 없으면 내가 우찌 사노? 어젯밤엔 몸살기가 있어 끙끙 앓는데 녀석이 자꾸 나를 깨워 짜증을 부렸다. 그것도 지금은 마음에 걸린다. '반려견伴侶犬'이란, 말 그대로 가족처럼 함께 살아가는 강아지다. 하물며 우리는 10년을 한 침대에서 체온을 나누며 살아왔으니, 각방을 쓰는 남편보다 가까운 사이가 아닌가 말이다.

벌써 20분이 지났다. 이리저리 헤매는데 당최 하얀 공 머리가 보이지 않는다. 마음이 조급해지니 이제 다리가 뻣뻣해진다. 급할수록 머리를 돌려야 한다. 황량하게 넓은 공원을 무작정 헤매어서는 안 될 일이다. 10년 동안 공원엘 왔으니, 똑똑한 삼식이 눈높이에서 생각해 보자. 녀석이 어디를 제일 좋아할까? 발길을 어디로 향했을까? 여기까지 생각이 미치자 퍼뜩 떠오르는 곳이 있다. 바로 잔디 허들이다.

삼식이는 어릴 적부터 운동을 좋아했다. 성격이 활달한데다 과격한 운동을 좋아해서 밖에 나가면 공 던지기나 달리기를 즐겨 했다. 시민공원에 가면 삼식이가 제일 좋아하는 게 바로 잔디 허들이다. 쇠판 위에 잔디가 심어진 초록색의 곡선 허들이 낮은 것부터 시작, 차례로 높아지다가 끝에는 경사가 아주 가파른 허들로 이어진다. 이걸 삼식이는 훈련견처럼 능숙하게 차례로 뛰어넘었다. 구경꾼들이 환호하며 박수를 치면 신이 난 녀석은 꼬리를 흔들며 더 빨리 뛰었다. 애석하게도 그렇게 좋아하던 허들 운동을 몇 년째 못하고 있다. 3년 전 허들을 하다가 슬개골이 탈구되어 수술한 후론 의사가 이 운동을 말린 것이다.

내 추측이 맞길 기도하며 허들이 있는 쪽으로 달려가 본다. 아니나 다를까, 하얀 공 머리가 파란 허들을 올려다보며 앉아있는 모습이 보인다. "삼식아!" 제 이름을 부르는 소리에 뒤를 돌아보는 녀석은 반갑다고 살랑살랑 꼬리를 흔들며 여유롭게 웃고 있다. "난 아까부터 여기 와서 기다리고 있는데 왜 이리 늦었어?"하는 투의 눈빛이다. 순간, 나보다 영특하고 침착하기 이를 데 없는 녀석 앞에서 할미는 기가 팍 죽는다.

그랬다. 삼식이는 미아가 된 게 아니고, 스스로 목줄을 빼고 여기로 달려온 것이다. 할미가 절대로 데려와 주지 않는 접근금지구역! 녀석이 아무것도 모를 줄 알았는데, 아직도 그걸 기억하다니…. 아마도 녀석은 못다 한 허들 운동이 내내 아쉽고 그리웠나 보다. 어쩜 삼식이는 나름 허들선수가 되려는 원대한 꿈을 꾸고 있었는지도 모를 일이다. 여기까지 생각이 미치자 너무 미안한 생각이 든다. 입으론 가족이라면서 그동안 내가 너무 무심했던 것 같다. '강아지가 뭘 안다고, 먹을 거나 주면 좋아하는 짐승이…'라고 생각했으니 말이다.

오늘따라 삼식이가 더 의젓하고 어른스러워 보인다. 감수성이 예민하면서도 화통한 성격, 거기다가 늘 사람을 좋아하고 인정에 목말라 하는 삼식이가 꼭 나를 닮았다. 이제 삼식이나 나는 생生의 해거름을 함께 걸어가는 길동무다. 우리에게 남은 세월이 얼마인지는 모르지만, 지금까지 못다 한 걸 마음껏 해주며 행복한 추억을 많이 만들어주고 싶다.

부디 다음 생生엔 사람으로 태어나 허들선수의 꿈을 이루려무나.

춘삼이 눈 뜨다

반려견 춘삼이가 백내장 수술을 하고 있다. 작년에 당뇨병이 오더니 그 합병증으로 백내장이 온 게다. 내가 녀석 관리를 잘못해서 비만이 되고 당뇨병이 왔으니, 백내장 또한 내 죄다. 진작 발견했으면 이 지경이 되지도 않았을 터, 보호자를 위해 대형 모니터로 수술 장면을 보여주는데 내겐 이게 고문이다.

며칠 전 일이다. 저녁에 공원에서 반려견 둘을 산책시키는데 이상하게 춘삼이가 고개를 푹 수그리고 걷는 것이었다. 워낙 별난 놈이니 땅에서 무언가를 찾는 줄 알았다. 그런데 우연히 젓가락 모양의 껌을 던져주는데 그걸 못 집고 바닥을 헤매는 것이었다. 순간 무언가 잘못되었음을 직감했다. 차에 와서 눈을 보니 까만 눈동자가 장자리에 하얀 막이 덮여 있는 게 아닌가. 이미 백내장이 상당히 진행되고 있었던 게다.

딸내미와 함께 안과로 유명한 동물병원을 찾아갔다. 정밀검사를 받은 결과 백내장 중기라고 한다. 열흘 뒤에 수술 날을 잡고 왔는데 마음이 착잡했다. 의사가 강아지 당뇨병은 유전성이 강하다고 말했지만, 그걸로 춘삼이에게 미안한 마음이 희석되진 않았다. 섣달그믐 제야의 종소리를 들으며 새해 첫 소원을 춘삼이를 위해서 기도했다. 부디 밝은 눈으로 건강하게, 제 수명을 살게 해달라고.

드디어 수술 날이다. 전날 밤에 잠을 설친 탓에 아침부터 현기증이 일고 몸살기가 심하다. 그래도 오늘은 춘삼이 눈을 뜨게 해 주는 날이니 정신을 차려야 한다. 아침부터 내가 수술하듯 심장이 두근거린다. 수술은 오후 2시인데, 검사와 사전 처치를 할 게 많다고 아침 10시에 오라고 한다. 서둘러 병원에 가서 한참을 기다렸더니, 간호사가 춘삼이를 데리고 들어간다. 그리곤 다리에 링거줄을 달고 나온다. 이제부터 녀석과 나의 전투가 시작된다.

병원 안쪽엔 링거를 맞는 공간이 따로 있다. 보호자들이 소파에 앉아 링거를 맞는 강아지를 안고 있다. 다른 강아지들은 가만히 앉아있는데 춘삼이는 다르다. 성격이 활달해 잠시도 가만히 있지 못하는 녀석을 링거줄에 묶어 안고 있자니, 저도 나도 죽을 맛이다. 자꾸 뻗대며 자리를 박차고 내려가려는 걸 붙잡는 것도 이제 힘에 부친다.

배에서 꼬르륵 소리가 나서 생각해 보니 아침밥도 안 먹었다. 그렇다고 겁에 질려 내 품에 안겨 있는 녀석을 두고 어딜 가랴. 춘삼이 목숨이 오락가락하는 마당에 까짓 밥 한 끼가 대수랴.

드디어 춘삼이 이름이 불리더니 간호사가 나와서 춘삼이를 안고 들어간다. 할미를 떨어지는 게 두려운지 춘삼이가 불안한 눈빛으로 나를 본다. 춘삼이 등을 토닥거리며 "춘삼아 괜찮아! 할매 여기서 기다릴 테니까 밝은 눈 되어서 나오이라."라고 말하는데 목이 막힌다. 조금 전 '수술 전 동의서'에 사인한 내용이 떠올라서다. 어린 것을 전신마취해서 수술하다 보면 예상치 않게 심장마비나 쇼크 등의 사고가 날 수도 있으니 그걸 인정하라는 내용이었다. 그럼 이 순간 녀석을 마지막으로 보는 것일 수도 있다고 생각하니 억장이 무너진다.

녀석을 수술실에 들여보내고 나면 벽에 기대어 조금 눈을 붙여야지 하던 사치스런 생각은 물안개처럼 날아가 버렸다. 심장이 더 쿵쿵거리기 시작한다. 무엇이든 생각한 대로 이루어지는 것! 기도를 올리며 춘삼이가 훤한 눈으로 돌아오는 모습을 억지로 상상한다. 그런데 수술실 앞 대형 모니터에 춘삼이 수술 장면이 뜬다. 보호자를 안심시키기 위한 배려이기도 하거니와, 이미 반려견 개안수술로 소문난 병원장이 자긍심을 가지고 수술 과정을 공개하는 것이리라.

녀석은 죽은 듯 누워있고, 의사 앞 작은 모니터 화면엔 춘삼이 눈동자가 커다랗게 확대되어 있다. 가슴이 조여 온다. 차라리 내가 수술대에 누워있는 게 낫지, 이건 고문이다. 수술 칼끝이 춘삼이 눈이 아니라 내 가슴을 헤집는다. 춘삼이를 비만으로 만들고, 그 결과 당뇨병을 유발하고, 그리곤 백내장까지 몰고 온 죄인임을 스스로 인정하라고 윽박지른다. 눈을 감아도 눈을 떠도 온통 춘삼이 눈동자가 둥둥 떠다닌다. 무려 두 시간이 지나서야 휴! 한숨을 쉰다. 수술이 끝났는지 간호사가 춘삼이 얼굴을 닦는 모습이 모니터에 나타났

기 때문이다.

그런데 이상하다. 수술이 끝난 지 한참이 지났는데 춘삼이가 나오지 않는다. 수술은 잘되었을까? 앞은 잘 보일까? 얼마나 신경을 썼던지 이젠 내 눈이 뻥하다. 아침부터 산고를 겪어 아이 하나를 출산한 듯, 이젠 기진맥진이다. 소파 뒤의 벽에 머리를 기대고 눈을 감는다. 한 달 전부터 생긴 비문증으로 모기 같은 게 눈에 돌아다닌다. 백내장으로 앞도 못 보는 춘삼이도 있는데 이런 걸 가지고 투정해선 안 되겠지.

"춘삼이 왔어요!" 낭랑한 목소리에 눈을 뜨니 간호사가 링거줄을 맨 춘삼이를 안고 서 있다. 아직 마취가 덜 깨어 축 늘어진 녀석을 받아 안는다. "그래, 춘삼아! 할매 여기 있다. 여기 있어!" 녀석을 안고 토닥거리는데 눈물이 하염없이 흘러내린다. 대체 내가 이 녀석에게 무슨 짓을 한 거란 말인가. 이 어린 것을 당뇨병에다 백내장까지 오게 했으니 말이다. 여간해선 아픈 소릴 내지 않는 녀석이 호흡마다 신음소리가 새어 나온다. 미안하다. 미안하다. 춘삼아, 정말 미안하다. 주문처럼 혼잣말을 내뱉으며 녀석이 깨어나길 기도한다.

한 시간이 지났을까, 춘삼이가 실눈을 뜬다. 제 이름을 부르는 소리가 할미란 걸 알아차렸는지 녀석은 다시 눈을 감고 내 품으로 기어든다. "그래, 그래, 할매 여기 있다. 이제 다시는 너 아프게 하지 않으마. 내가 죽을 때까지 널 지켜줄게."

이미 시간은 저녁 6시가 넘었다. 병원엔 이제 춘삼이와 다른 강아지 하나 있을 뿐이다. 그런데 녀석이 제대로 앞이 보이는 걸까? 때로는 2, 3일이 지나서 시력이 돌아온다고도 하지만 조급증이 인다. 마침 의사가 이쪽으로 오길래 춘삼이가 앞이 보이는지 물었다. 의사가 춘삼이 눈앞에 손가락을 왔다 갔다 흔들어보더니 "춘삼이 보이네요!"라고 하더니, 춘삼이를 안고 들어간다. 의사의 말이 천상에서 들리는 구세주의 목소리인 듯 감격스럽다.

세상에! 갑자기 간호사들이 까르르 웃어서 보니 춘삼이가 꼬리를 흔들며 병원 안을 돌아다니고 있다. 갑자기 훤해진 시야가 신기한 게다. 아직 눈알이 아플 텐데 수사반장처럼 병원 구석구석을 모니터링하느라 바쁘다. 이 얼마나 감동스런 장면인가! 저만치서 의사가 지그시 웃으며 이 광경을 바라보고 있다. 자기 손으로 눈을 뜨게 한 녀석을 바라보는 저 마음이 얼마나 흡족하랴. 고맙고 숙연한 마음에 나도 몰래 일어서서 고개를 숙여 인사한다.

"선생님 고맙습니다! 당신이 구세주입니다. 이 은혜 평생 잊지 않겠습니다."

마오리전통문화 도시, 로토루아

마오리족의 전통문화가 살아있는 뉴질랜드 최고의 관광지이자, 온천 휴양지인 로토루아(Rotorua)에 왔다. 도시를 들어서자 코를 찌르는 유황 냄새가 우리를 반긴다. '유황의 도시'를 실감하게 한다. 아름다운 호수와 울창한 숲, 부글부글 끓어오르는 유황온천, 뉴질랜드 원주민 마오리의 노랫소리와 양털 깎기 쇼 등 볼거리가 가장 많은 도시다.

식사를 마치고 10분 거리에 있는, 뉴질랜드의 전형적인 농장 아그로돔농장을 찾았다. 도착하자마자 우리를 기다리던 건장한 한국인 청년 가이드의 안내를 받으며 펌 투어(Farm Tour) 트랙에 탑승한다. 120헥타르나 되는 드넓은 목장과 키위 농장을 한 바퀴 둘러보면서 곳곳에서 풀을 뜯으며 관광객을 기다리는 양, 사슴, 소들에게 먹이를 준다. 키위 농장에 도착, 가이드 청년이 키위 와인과 꿀을 시식시켜준다. 청년의 구수한 유머와 설명에 모두 아이들처럼 깔깔거리다가 배꼽이 빠져버렸다.

   하루 3차례, 1시간 정도 공연되는 양털 깎기 쇼를 보기 위해 실내
공연장으로 들어간다. 입구에서 주는 헤드폰을 끼고 한국어를 선택
하면 한국어 설명이 나온다. 재치 있는 훈남 목동의 사회로 양을 다
루는 방법, 양털 깎기, 새끼 양에게 젖 먹이기 등 다양한 시범을 보
인다. 언젠가 호주에서 보았던 바로 그 쇼다. 실내에는 각종 양모 제
품, 기념품을 판매하는 상점이 있다. 바깥으로 나오니 양몰이 개가
양을 다루는 모습을 시범하고 있다. 개 한 마리가 재빠른 동작과 재
치로 스무 마리가 넘는 양들을 꼼짝 못 하게 한곳으로 모은다. 사람
보다 훨씬 영리하다. 문득, 어제 본 데카포 호숫가에 서 있던 양몰이
개 동상이 떠오른다.

　다음으로 방문한 곳은 한국인이 경영하는 알파카 공장이다. 17년 전, 이곳 공장에 직공으로 일하다가 이젠 어엿한 사장이 되어 자기에게 영어를 가르쳐주던 이곳 키위들을 직원으로 고용하고 있는 억척같은 한국인이다. 기존의 라마보다 세탁이 용이하고, 수맥이 차단되는 알파카의 특성을 살린 이불이나 제품 등을 개발해서 전 세계로 수출하고 있다고 한다.

　또한 그는 이곳 뉴질랜드의 관공서나 회사에 중국인, 일본인 관리자는 많아도 한국인이 없는 걸 한탄하며 한국인들에게 여행 시 어딜 가나 모국어인 한국어로 대화하기 운동을 벌이고 있는 사람이라고 한다. 그러다 보면, 한국인 관광객들의 비위를 맞추기 위해서라도 한국말을 하는 한인을 많이 채용할 것이라는 생각에서란다. 갑자기 분위기가 숙연해진다. 세계 어디를 가든 자신의 위치에서

한민족의 자긍심과 대한
민국의 위상을 드높이기
위해 애쓰는 사람들, 이들
이 바로 진정한 애국자가
아닐까 싶다. 어느 나라에
들어가면 그 나라 언어로
소통하려고 애를 쓰던 내
가 부끄럽기 짝이 없다. 그것도, 한국의 미래를 책임질 학생들을 가
르치는 교육자가 말이다.

드디어 로토루아 관광의 하이라이트, 폴리네시안 온천(Polynesian
Spa)에 도착했다. 뉴질랜드에서 가장 유명한 온천 중 하나이자 로토
루아를 세계적인 휴양도시로 만든 주인공이다. 이곳 온천수는 류머
티즘과 근육통, 피부병에 효과가 있어 한국인을 비롯한 동양인에게
특히 인기가 높다고 한다.

건물 바깥에서부터 유황 냄새가 물씬 풍긴다. 입구 사물함에 귀
중품을 보관한 후, 탈의실로 들어와 간단한 샤워를 하고 수영복으
로 갈아입는다. 실내 온천탕에선 수영하는 사람들이 북적거리고,
온도가 다른 야외 노천탕엔 전신 찜질을 즐기는 사람들이 수박처럼
둥둥 떠 있다.

여기까지 왔으니 나도 즐겨야지. 가장 안쪽, 호숫가 가까이에 있
는 노천탕을 찾아 온천물에 몸을 담근다. 흐르는 온천물에 몸을 맡

기고 로토로아 호수를 그윽하게 바라본다. 20만 년 전에 화산이 폭발한 자리가 움푹 파여 만들어진 호수다. 호숫가에선 연신 유황 연기가 모락모락 피어오르고 있다. 그 위를 갈매기와 흑조가 날고 있다. 호수에 비치는 저녁노을은 한 폭의 그림이다. 지상 어디에 이 같은 파라다이스가 있을쏜가. 뉴질랜드인들이 자국의 자연을 아끼고, 자연에 대한 자긍심을 가질 만하다.

뜨거운 온천물에 온몸이 나른해진다. 파란만장 긴 생生에 찌든 때와 여행의 피로가 유황 연기 속에 섞여 휘발되어 날아간다. 마음도 몸도 대자연 앞에 벌거벗은 채, 나를 씻는다. 영혼과 육신의 세례성사다. 몸과 마음이 새털처럼 가벼워진다. 이제 내 몸이 온천 속으로 스며든다. 자연과 나의 합체다. 온몸에 유황 내음과 풀꽃향이 솔솔 난다. 이 순간 여기서 시간이 멈추어도 좋을 성싶다.

손녀와의 첫 나들이, 오키나와

추석 연휴를 맞이해서 아들네랑 오키나와에 왔다. 손녀 주하의 첫 해외 나들이에 할미가 동행한 셈이다. 이번 여행지를 이곳으로 잡은 이유는 아들이 제가 좋아하는 고래상어를 손녀에게 보여주고 싶어서라니, 지극한 부성애에 내 가슴이 훈훈해진다.

오키나와섬(沖繩島)은 동중국해와 태평양 사이에 위치하는 난세이 제도 최대의 섬이자, 오키나와 현의 정치, 경제의 중심지다. 오키나와는 원래 류큐왕국(琉球王國)이란 이름의 독립국이었다. 류큐왕국은 일본, 조선, 중국, 대만 등 동남아시아 국가들과의 밀접한 무역을 통해 번성했고, 중국에 조공을 바치고 있었다. 메이지유신 이후 1872년, 일본은 류큐왕국을 식민지로 병합하게 된다. 그 후 오키나와는 제2차 세계대전 막바지인 1945년에 미군에 의해 점령되고, 이후 27년간 미국에 의해 통치된다. 이 기간에 미군은 군사기지를 오키나와에 건설, 현재까지 운영하고 있다. 1972년 5월 15일, 오키나와는 다시 일본 영토가 되었다. 하지만 오키나와에는 일본 내 미군 기지의 75%가 들어서 있고, 오키나와 섬의 20%가 미군 기지라고 한다.

동서로 1000km에 달하는 오키나와 열도는 연평균기온이 22℃, 최고 33℃에서 최저 9℃로서 온난 습윤기후와 아열대기후가 나타난다. 온난한 기후 탓에 바나나, 파인애플, 파파야, 멜론, 망고, 사탕수수 등도 재배된다. 오키나와는 일본열도 중 가장 남쪽 아래로, '아시아의 하와이'라고 불린다. 공장이 없으니 공기와 물이 아주 깨끗하다. 농사로선 사탕수수를 재배할 뿐, 거의가 관광 수입으로 살아간다.

우리가 묵은 곳은 오키나와 중부에 위치한 EM코스타비스타 호텔로 공항으로부터 약 50분 정도 거리에 있다. 넓고 여유로운 공간에다 사람과 자연의 이상적인 공존을 기원하는 이른바, '마음과 몸에 Slow Wellness를!' 슬로건을 호텔경영의 목표로 지향하고 있다고 한다. 이 호텔의 특징은 EM(Effective Microorganisms 유용미생물군)을 사용하여 몸에 좋고 안심하고 먹을 수 있는 음식을 만드는데, 심지어 객실과 가구에도 EM처리를 한다고 한다. 덕분에 아침에는 호텔 레스토랑에서 EM미생물공법으로 재배, 요리한 다채로운 뷔페 식사를 했다.

드디어 오키나와 관광이 시작된다. 버스를 탈 때마다 가장 헷갈리는 게 자동차의 운전석이 오른쪽에 있다. 대개 영국 같은 섬나라에서 운전석이 오른쪽에 있는데 일본은 영국을 따라했다고 한다.

거리마다 늘어선 자판기가 눈길을 끈다. 일본은 1억 3000만 명 인구 중, 50명 당 한 대꼴로 자판기가 있다고 하니 놀랍다. 게다가 자판기에 맥주까지 들어있는 게 신기하다. 오늘도 날씨는 거의 30도를 웃돈다고 한다. 한국은 이제 가을에 접어들었는데 여기 와서 마지막 여름 바캉스를 한 번 더 즐기는 행운을 얻었다고 생각하기로 한다.

버스로 제일 먼저 도착한 곳은 **만좌모**. 만좌모는 18세기에 류큐왕인 쇼케이가 '만 명이 앉아도 족한 벌판'이라며 감탄했다고 하여 붙여진 이름으로, 코끼리의 코 모양을 한 절벽의 모습과 바다의 풍경이 일품이다. 이곳이 오키나와의 바다가 가장 아름답게 보이는 곳이라고 한다. 과연 주변의 기괴한 형상으로 침식된 류큐 석회암의 절벽과 그 위로 펼쳐지는 잔디밭 광장이 어우러져 한 폭의 그림이다.

버스에서 내려 유모차에 주하를 앉히고 해안 쪽으로 걸어간다. 내리쬐는 따가운 햇살이 잊혀져가고 있는 지난여름의 땀과 고통을 환기시킨다. 여행의 새로움은 고국의 계절과는 다른 걸 즐기는 것. 비록 덥지만, 초가을의 한국과는 다른 게 이국땅에 온 걸 실감 나게 하니 싫지만은 않다. 도로를 벗어나자 바다가 보이기 시작한다. 주하가 바다를 향해 손을 흔든다. 주하와 바다와의 첫 대면식! 주하가 세상에 태어나서 처음으로 보는 바다다.

사람들이 사진을 찍으며 서 있는 곳에 다가가자, 관광안내서에서 보던 거대한 코끼리 절벽이 바다 위에 서 있다. 코끼리 등 위로 펼쳐지는 잔디밭은 이름 그대로 수만 명의 사람이 앉고도 남을 듯하다. 가이드가 우리를 기다리다가 가족사진을 찍어준다. 모두 활짝 웃으며 이 순간을 앨범에 담는다. 우리 주하가 이 사진을 보며 추억할 때쯤이면, 나는 이미 호호백발 할미가 되어 있을 테지. 어쩜 그때 나는 이 세상 사람이 아닐지도 모른다고 생각하니, 이 순간이 더없이 소중하고 아쉽다.

절벽 위에서 바라보는 광활한 태평양이 아름답기 그지없다. 절벽 아래 해안 주변엔 호텔과 수상시설이 보인다. 저 건너편엔 인터 컨티넨탈 아나 만자비치가 보인다. 절벽 주변 잔디 위를 한 바퀴 둘러 버스 타는 곳으로 돌아간다. 여기까지 와서 하루 만에 떠난다는 게 아쉽다. 주차장 자판기에서 뽑은 시원한 음료수로 목을 축인다.

버스는 다시 해안도로를 따라 북쪽으로 올라간다. 이번에 도착한 곳은 **오키나와 국영기념공원**으로, 1975년에 개최된 국제해양박람회 공터에 조성된 국영 테마파크다. 아열대공원으로서는 일본 최대의 규모를 자랑하며, 넓은 공원 내에 다양한 취향으로 꾸며진 시설이 자리 잡고 있다. 꽃과 숲으로 장식된 광대한 관내에는 세계 3대 크기의 츄라우미 수족관이 있으며, 각종 난과 아열대식물이 화려하게 피는 열대드림센터, 독특한 돌고래 쇼 등 볼만한 게 많다.

　주차장에서 내려 엘리베이터를 타고 내려가자, 바다 쪽 언덕 아래로 거대한 공원이 펼쳐진다. 오늘의 하이라이터인 츄라우미 수족관을 견학하기 위해선 저 아래로 내려가야 한다. 관광객들이 위에서 아래로 이동하기 좋게 곳곳에 에스컬레이터가 있다. 하지만 유모차는 에스컬레이터 탑승이 안 된다. 유모차를 끌고 아들이 먼 거리를 돌아서 내려온다. 주하가 유모차를 안 타려고 떼를 쓰면, 며느리가 유모차를 접어서 들고 따라간다. 어린 딸에게 색다른 경험을 해주기 위해 제 아빠와 엄마가 저렇게 고생하는 걸 주하는 알 리가 없다. 그래도 성가신 표정 하나 없이 마냥 행복해 보이니, 저들도 이젠 살뜰한 부모가 된 게다.

　수족관으로 이르는 길이 참으로 아름답다. 수령이 수백 년은 되었음 직한 아름드리 수목들과 꽃들 사이로 갖가지 상어, 고래 등 물고기 모양의 조형물이 서 있다. 곳곳에서 뿜어져 나오는 분수와 물 안개 등이 어우러져 역동적인 풍광을 연출한다.

츄라우미 수족관은 '아름다운 바다 수족관'이란 뜻으로, 세계 3대 수족관이며 동양 최대 규모다. '쿠로시오(일본난류)의 여행'이란 주제로 꾸몄다고 하는 수족관 안은 7미터나 되는 초대형 고래상어와 초대형 가오리 등을 세계 최고의 아크릴 패널을 통해 그대로 감상할 수 있어 오키나와에서 가장 인기 있는 관광지라고 한다.

수족관 안의 물고기를 보며 환성을 지르는 손녀를 보며 아들과 며느리가 행복해하니 나도 즐겁다. 동화책에서 보던 바다의 동물들이 차례로 등장하니 이게 바로 살아있는 교육의 장인 게다. 길이를 재기도 힘든 거대한 랍스타와 금빛, 은빛, 형광빛 물고기들을 보며 주하는 손뼉을 친다. 우리는 타임머신을 타고 주하와 함께 동화의 세계로 빠져든다.

물고기를 구경하며 한참을 내려가자 수족관 앞의 반달형 스탠드에 사람들이 빼곡히 앉아 있다. 바로 여기가 길이 7미터가 넘는 고래상어들이 노는 곳이라고 한다. 마침 상어와 돌고래들에게 먹이를 주는 시간이라 그 모습을 생중계로 설명하고 있다. 애살이 많은 아들이 주하를 안고 수족관 제일 아래로 내려간다. 어린 딸이 조금이라도 더 생생하게 바다 속을 보게 해주고 싶은 부성애가 눈물겹다.

스탠드 옆에는 한꺼번에 사람 열 명은 족히 삼킬 것 같은 상어의 이빨 화석이 있다. 모두들 그 안에 들어가 환하게 웃으며 사진을 찍는다. 죽은 후에도 제 골격을 포토 존으로 제공하는 생명체! 인간들을 위해 육신을 자연 학습 도구로 남기고 간 상어에게 새삼 고맙고 미안한 마음이 든다. 호랑이는 죽어 가죽을 남기고 상어는 죽어 이렇게 뼈를 남기는데,

사람은 죽은 후 무엇을 남기는 것일까? 아마도 한 줌의 흙이 되어 자연으로 돌아가고 나면, 남은 이들의 가슴 속에 남는 건 그 사람에 대한 향기와 기억이 아닐까 싶다. 새삼 한 생生을 선하게 살고 마무리를 잘해야겠다는 생각이 든다.

몬트리올의 성요셉성당을 찾아서

캐나다 여행 3일째, 오늘은 아침부터 마음이 바쁘다. 여행 출발 시부터 기다리던 일정이 들어있어서다. 바로 몬트리올의 세계 가톨릭 성지, 성요셉성당을 참배하는 날이다. 나에게서 이 성당은 특별하다. 8년 전 겨울, 남편과 함께 이 성당을 방문해서 가졌던 진한 감동이 아직도 가슴 저 안에서 신앙의 불쏘시개 역할을 하고 있기 때문이다.

내가 처음으로 캐나다 동부를 방문했던 그해 겨울은 너무나 추웠다. 살을 에는 듯한 혹한 속에 캐나다 여행을 감행한 자체가 모험이었던 게다. 영하 20도의 날씨에 하얀 눈이 지붕까지 쌓인 겨울, 꽁꽁 언 몸으로 아무 생각 없이 들어간 게 성 요셉성당이었다. 이미 추위로 몸이 꽁꽁 언 상태인지라, 성당은 그 자체가 어머니 품처럼 따뜻하고 포근했다. 그런데 거기서 안드레 수사 신부님의 일생을 듣고, 그분이 일으킨 기적으로 환자들이 두고 간 목발을 보곤 가슴 저 안에서 뭔가 용암처럼 불끈 솟아오르는 걸 느꼈다.

평범하다 못해 출신과 환경, 몸까지 부실한 신부님이 오로지 믿음과 확신 하나로 환자들을 치유하고 이렇게 큰 요셉성당은 지었다는 사실 그 자체가 나를 감동시켰다. 유명한 성직자나 성인·성녀는 처음부터 하느님으로부터 특별한 재능과 소명을 부여받고 태어난다고 생각하던 나의 고지식한 신앙관에 죽비를 친 것이다. 그날의 뜨거운 감동의 열기는 내 가슴 저 밑바닥에 둥지를 틀어, 작은 세파에도 하늘거리는 내 신앙의 등불에 꺼지지 않는 심지가 되었다.

　성 요셉성당(Oratoire Saint Joseph)은 캐나다 몬트리올 로얄산 기슭에 자리하고 있으며, 캐나다 수호성인으로 추앙되는 성 요셉에게 헌정된 교회로는 세계 최대 규모의 성당이다. 성당 건설을 추진한 인물은 당시 수도사로서 활동하며 환자들에게 치유의 기적을 일으켰던 앙드레 신부(Brother Andrē : 1845-1937)다. 하지만 그의 출신과 이력을 보면 빈약하기 짝이 없다. 그러기에 그분의 업적이 더 위대해 보이고 감동을 주는 게다.

　앙드레 수사의 원 이름은 알프레드 베쎄트(Alfred Bessette)였다. 그는 1845년 8월 9일 태어났으나 몸이 너무 허약하여 생존 가능성이 희박하다고 여겨져 바로 다음 날 유아세례를 받았다고 한다. 부친은 벌목공으로 일하다가 알프레드가 9살 되던 해에 나무 밑에 깔려 사망하고, 40세에 10명 자녀의 가장이 된 어머니도 3년 후 폐결핵으로 돌아가셨다. 급기야 알프레드 가족들은 뿔뿔이 흩어져 살아야만 했다. 알프레드는 몸도 허약한데다 겨우 기도문이나 읽고 자기 이름이나 쓸 수 있는 실력이었으니 제대로 된 직업을 구할 수가 없었다. 결국 그는 부실한 몸으로 막노동을 하며 생계를 이어갔다. 건축 현장이나 농장에서 허드렛일을 하거나, 양철공, 대장장이, 제빵공, 구두 수선, 마부 등 몸으로 할 수 있는 것이면 무엇이든 가리지 않고 했다. 그는 회고하기를 "열악한 신체조건이었지만 작업장에서 남들이 나를 능가하는 걸 허락하지 않았다."라고 했다. 체력의 한계에도 불구하고 맡은바 자기 일에 최선을 다했음을 알 수 있다.

그는 1870년 몬트리올에 있는 성 십자가회에 수련자로 지원했으나 윗사람들은 그의 건강을 이유로 성소를 의심하며 거절했다. 하지만 하느님은 당신이 필요한 도구를 결코 버리시지 않는다. 결국 그의 성실한 삶의 모습과 주변 사람들의 칭찬과 격려 덕에 나중에 'Andrē'란 수도자 이름을 받았다. 그의 첫 소임은 노트르담 중학교의 수위였다. 하지만 그는 수위 직과 더불어 수도원의 마루 청소와 등잔 닦기, 장작 들여오기 등의 잔잔한 심부름까지 자진해서 했다고 한다.

안드레 수사는 확신과 믿음으로 환자들과 고통 받는 자들에게 의사들의 수호성인인 성 요셉에게 기도할 것을 권하기 시작했다. 그리고 기도에 응답받은 사람들이 속출하기 시작했다. 25년 동안 그는 자신의 작은 접수실이나 수위로 근무하던 학교 앞, 전차 역의 작은 접견실 등에서 하루에 8시간씩 환자들을 만났다고 한다. 의사들이 포기한 환자들까지 치유하면서 그의 소문은 국내외에 널리 퍼졌다. 그리고 그가 기적을 행하는 사람으로 소문이 나기 시작했다. 그러나 그는 늘 이렇게 말씀하셨다고 전한다.

"저는 아무것도 아닌 사람입니다. 다만 하느님 섭리라는 손에 달린 도구에 불과하며, 요셉 성인의 작은 도구일 뿐입니다. 치유해주시는 분은 제가 아니라, 하느님과 요셉 성인이십니다."

앙드레 신부는 고통 받는 환자들과 함께 기도하며 치유의 기적을 일으켰다. 그리고 신자들과 함께 요셉 성인에게 기도할 수 있는 오라토리오(Oratoire, 기도실)를 짓기 위해 일생을 보냈다. 결국 그의 기도와 열정, 헌신으로 성 요셉성당이 세워졌고, 이는 세계 최대의 성 요셉께 바치는 성지 성당이 된 것이다.

성당 안에는 앙드레 신부의 유해가 묻혀 있으며, 매년 순례자들은 성당 앞 300개의 계단을 무릎을 꿇은 채 올라온다고 한다. 성 요셉 대성당은 커다란 돔이 매우 인상적인데, 이는 로마 바티칸의 산 피에트로 대성당 다음 가는 높다. 외관은 파리 몽마르트 언덕에 있는 샤크레쾨르대성당을 본떠서 지었으나 내부는 외관과는 상반되게 현대적이다. 현대적 감각으로 꾸며진 성당 내부에는 당시 앙드레 신부님이 치료해준 환자들이 성당에 버리고 간 목발 컬렉션이 전시되어 있다. 작은 박물관에는 앙드레 신부의 심장이 보관되어 있고, 그가 살았던 지하의 침실과 부속 경당이 일반인들에게 개방되고 있다.

함께한 일행들은 의미 있는 관광지라는 생각에 사진 촬영에 여념이 없다. 하지만 나에게서 이곳은 눈으로 보는 관광지가 아니라 가슴으로 느끼는 성지다. 8년 전 그날의 감동을 다시 떠올리며 1층 입구에 환자들이 두고 간 목발 앞에 서 본다. 목발과 지팡이가 모양이나 크기가 다양하다. 연령과 신분의 귀천을 떠나 저 목발들의 주인은 모두가 이 성당을 찾아 치유의 은사를 입은 자들이다. 아울러 저들은 모두가 굳건한 신앙의 소유자들이다. '믿고 구하면 반드시 얻으리라.'라는 주님의 말씀을 확실하게 믿고 의지하며 기도한 자들! 새삼 겨자씨 같은 믿음마저도 곧잘 흔들거리는 나 자신이 부끄러워진다. 맨몸으로 태어나 그렇게 많은 걸 받고도 감사하기는커녕, 조금만 힘들면 투정을 부리고 원망하
며 살고 있으니 말이다.

교회 건물 2층에는 작은 박물관이
있다. 살아계신 듯한 모습으로 집무
하는 앙드레 수사의 형상과 생전에
입으시던 검은 수단을 볼 수 있다.
금방이라도 신부님께서 우리를 반
기며 걸어 나오실 것만 같다. 그분이
쓰시던 침대와 작은 문갑이 딸린 침
실도 공개되어 있다.

이 박물관의 하이라이트는 아직
도 썩지 않고 그대로 보관되어 있다는 앙드레 수사의 심장이 있는
밀실이다. 심장이 들어있는 투명한 밀실 공간은 마치 지성소至聖所
처럼 성스럽기 그지없다. 믿음과 봉헌으로 무장한 분이기에 하느님
의 선물로서 치유의 은사를 받으신 분이다. 태어나서 죽기까지 심
장이 뛸 수 있는 횟수는 정해져 있다. 누구를 위해, 무엇을 위해 심
장이 뛰는가가 다를 뿐이다. 오로지 나와 가족들의 안녕과 평화만
을 간구하며 노심초사 심장을 두근거리는 나와는 대조적인 삶을 사
신 분이다. 죽어서도 이렇게 썩지 않고 남아서 모두에게 감화를 주
는 성인의 심장 앞에서, 나는 지금 파르르 떠는 하루살이가 된다.

3층의 성전은 화려하면서도 우아하다. 유리창의 스테인드글라스
의 성화들이 저녁 햇살을 받아 아름답게 빛난다. 성전에 앉아 눈을

감고 묵상하며 기도를 드린다.

　변변찮은 환경과 성치 않는 몸으로, 세상의 온갖 노동과 고초를 속에서도 오로지 믿음과 기도로써 고통 받는 이들을 치유하는 기적과 이 성전 건축의 기적을 만드신 안드레 신부님! 발에 부딪히는 작은 조약돌에도 믿음이 휘청거리는 저에게도 당신 같은 신앙의 믿음과 확신의 은총을 간구해 주소서! 그리하여 이제부터는 나 아닌 다른 이들을 위해 내 심장이 아프고 고동치게 하소서!

광야

35년 교단생활을 마무리하며 명퇴 기념으로 2000년 전 예수님의 숨소리와 발자취를 찾아 이스라엘 성지순례를 떠났다. 삶의 절반을 훌쩍 넘겨버린 인생 해거름에 육신의 삶의 여정을 한 단락 지으면서 영혼 또한 맑게 씻고 싶은 마음이다. 앞만 보고 치닫던 인고의 긴 세월, 어쩜 누군가에게 이제껏 고생하며 잘 살았다고 위로받고 싶었는지도 모르겠다. 이번 여행을 통해 남은 인생 여정에서도 당당하고 활기차게 걸어갈 수 있는 영성靈性과 기氣를 채우고 싶다.

새벽 4시에 기상, 호텔에서 싸준 도시락을 들고 어둠을 뚫고 시나이반도를 향해 출발했다. 모세가 이스라엘 백성을 출애굽 시킬 때도 필시 이렇게 서둘렀을 테다. 아침 해가 떠오르고 7시경에 황량한 광야의 휴게실에 들른다. 작은 휴게실인데도 카이로 홍보 사진들이 전시되어 있다. 지나가던 길손이 휴게실 소파에서 새우잠을 자고 있다. 여기는 숙박시설이 없어 저렇게 노숙할 수밖에 없단다.

버스에서 아침 기도를 드린 후 이곳에서 유명한 망고 주스를 사서 도시락을 먹는다. 마른 빵을 씹으며 새삼 성지순례는 구약의 선지자들과 예수님의 십자가 고행의 길을 동참하는 것이라는 걸 절감한다. 하지만 광야의 만나를 생각하며 이 빵과 음료를 감사하는 마음으로 먹어야 하리. 그저께 한국인 납치사건으로 인해 카이로에서 예리코로 가는 광야의 지름길에 통행금지령이 내려서 우리는 시나이반도를 빙 둘러 예리코로 간다고 한다.

드디어 **마라의 샘**에 도착한다. '마라'는 '쓰다'란 의미로, 모세가 이집트에서 이스라엘 백성을 탈출시켜 나와 사흘 동안 물을 찾지 못해 헤매다가 발견한 샘물이다. 물이 써서 주님께 부르짖어 나뭇가지 하나를 얻어 물에 던졌더니 단물로 변했다는 성서 속 얘기의 그 우물이 3개나 있다. 우물 아래를 내려다본다. 물은 이미 말라 그 옛날의 구원역사만이 바래진 흑백필름처럼 바닥에 흔적으

로 남아있다. 홍해가 저만치 보이는 사막 광야에 베두인들이 손수 만든 민예품들과 조잡한 장식품을 파는 가게들이 천막 아래 엉성하게 늘어서 있다.

광야 한 모퉁이 나무 아래서 '성령강림 대축일 전야' 미사를 드린다. 여기가 바로 이스라엘 구원역사가 시작된 곳으로, 여기서 하

느님은 이스라엘 백성과 첫 계약을 맺으셨다. 하느님의 말씀을 잘 듣고 주님의 눈에 드는 옳은 일을 하며 그 계명을 잘 지키면, 하느님은 이스라엘 백성의 주님이 되겠다고 약속하신 것이다. 임시로 차린 야외 제단 위에서 햇빛 가리개를 해주고 있는 고목은 해풍에 허리가 휘어져 있다. 파란만장했던 그 옛날 모세의 구원역사 현장을 묵묵히 지켜본 증인이리라. 바람에 휘날리는 모래 역시 그 옛날엔 자갈이나 바위의 모습으로 하느님의 숨결을 느끼고 들었을 터, 바람에 자신을 깎고 부수어 지금 저렇게 몸피가 가볍게 하늘을 날고 있는지도 모를 일이다.

눈물이 흐른다. 구약의 그 광야에 지금 내가 서 있다니! 앞만 보고 달려온 모진 세월, 내 인생의 험난한 광야를 거쳐서 이제 여기에 서서

주님께 나를 봉헌하고 있다. 질곡 많고 파란만장한 날들 역시 나에겐 황량한 광야였다. 사막 같은 거친 환경에서 잡초처럼 자랐고, 가난을 숙명처럼 머리에 이고 살아왔다. 나 역시 젖과 꿀이 흐르는 가나안땅을 향해 무작정 달리며 배고픔과 갈증에 시달렸다. 하느님에 대한 믿음이 흔들려 당신께 반항한 적도 많았고, 세속에 눈이 멀어 금송아지를 빚으며 자만하기도 했다. 아흔아홉에 마지막 한 개를 채우려고 억척을 부리며 하느님의 뜻에 어긋난 길을 걷기도 했다. 그리고 나 또한 주님 사랑에 목말라하면서도 하늘에서 만나와 메추라기가 내리기 전까진 그 사랑을 의심도 했다.

하지만 이스라엘 민족에 대한 하느님의 특별한 선택과 사랑이 있었듯이, 나에게도 항상 하느님의 특별한 선택이 있었고 주님의 은총이 따랐다. 앞이 캄캄한 어둠 속에서도 언제나 저 멀리서 훤한 불기둥이 앞서가며 나를 이끌었고, 갈증에 허덕이는 내 머리 위엔 늘 시원한 구름 기둥이 따라다녔다. 당신 가호로 이스라엘 백성이 홍해를 무사히 건넜듯이, 나 역시 깎아지른 절벽과 망망대해도 당신 손바닥 위에서 가뿐히 넘길 수가 있었다.

이 마라의 샘에서 이스라엘 백성은 하느님과 재계약을 했다. 그들은 여기서 당신께 대한 믿음과 사랑을 다시 고백했고, 당신 역시 그들에게 하느님 백성으로서의 믿음과 사랑을 약속하셨다. 길고도 긴 세월, 엎어지고 깨어지며 달려온 나의 광야. 이제 나도 여기서 하느님과의 약속을 재확인하고 싶다. 그분의 사랑이 얼마나 깊었던지 이제야 깨닫는다. 내가 잘나서 내 노력의 대가로 당연히 성취했다고 자만했던 그 모든 결실이 실은 당신의 뜻이었고, 엎어지고 깨어지며 달려온 지난 세월 역시 모두 당신 손바닥 위에서 펼쳐진 내 짧은 인생의 단막극이었음을……

　머지않아 나의 '가나안 땅'으로 들어가야 할 터, 이제 당신이 부르시는 그날까지 당신 뜻에 따라 남은 길을 충실히 걸어가야 하리. 성령이 임해서인지 걷잡을 수 없는 눈물이 가슴 저 아래서 용솟음친다. 고달프고 서러웠던 한 생生의 회한과 회개, 하느님께 대한 감사와 찬미가 섞인 눈물이리라. 인생의 해거름, 먼 길 돌아 돌아 이 거룩한 광야에 와서 당신 사랑을 재확인하며 나를 봉헌하나이다. 주의 이름은 세세 영원토록 친미와 영광 받으소서.

사해에서 영혼을 씻다

요르단 계곡의 도시 예리코를 둘러본 후 이번 여행에서 가장 고대하던 사해에 도착, 사해 체험의 시간을 가지다. 사해死海는 이름과는 달리 실제는 이스라엘과 요르단, 팔레스타인 요르단강 서안 지구 사이에 있는 소금물 호수鹽湖다. 길이가 약 75킬로미터, 폭이 16킬로미터로 서울특별시와 비슷한 면적의 거대 호수다. 구약에서 '소금 바다'라고 불리는 이곳은 생물이 전혀 살지 않아 '사해死海'라고 불리며, 염분 농도가 무려 34퍼센트로 보통 바다의 대여섯 배 정도 짜다고 한다. 또한 사해는 해수면보다 430미터 낮은 지점에 위치하고 있어 지구에서 가장 낮은 곳이기도 하다.

요르단강을 비롯한 여러 지류로부터 황과 질소 성분을 함유한 수만 톤의 물이 여기로 쏟아져 들어와 다른 곳으로 흘러가지 않고 고여 고농도의 화학물질이 쌓이고, 폭염에 의해 증발되어 화학물질의 침전 현상이 일어난다고 한다. 연구 결과에 의하면 무려 10억 미터

톤에 해당하는 염화칼슘과 마그네슘, 나트륨, 칼륨 등의 광물이 사해에 녹아있어 피부병, 관절염, 신경통 등의 치료와 화장품 재료로 쓰인다고 한다.

　입구 테이블에서 귀중품을 모아 가이드에게 맡긴 뒤 다들 수영복으로 갈아입고 물가로 내려간다. 조용하고 육중한 호수 앞에서 가슴이 두근거린다. 어릴 적부터 나는 백야만큼이나 사해를 그리워했다. 선천적으로 물을 겁내던 나로선 저절로 몸이 둥둥 뜨는 바다는 달나라 신비에 가까웠기 때문이다. 죽은 생태계인 사해가 내려다보이는 언덕 위에는 아름다운 카페와 레스토랑이 즐비하게 늘어서 있다. 여기서 사람들은 낭만을 노래하며 식사와 커피를 즐긴다. 생生과 사死의 영역이 교차되는 곳이다.
　호숫가엔 선탠 침대가 줄을 지어 있어 리조트 분위기를 자아낸다. 생각보다는 물이 차갑지 않다. 발을 디디자 바닥에 뻘이 밟힌다. 발이 잘 빠지지 않아 걸음을 옮기기가 어렵다. 머드의 부드럽고 찐득한 느낌이 좋다. 오랜 세월의 풍화작용으로 자갈이 모래가 되고, 모래가 이렇게 진흙 뻘이 되었으리라. 비바람 풍상에 자신을 깎고 녹여 작고 고운 입자, 모두에게 안기고 자양분이 되는 귀한 물질로 변한 게다.
　우리의 가이드 신부님이 수영복 차림으로 바다에서 부영浮泳을 선보이고 계신다. 여기선 사제도 신자도 알몸이다. 나도 질세라 친구 손을 잡고 부영을 시도해본다. 눈에 짠물이 들어가는 비상사태를 생각하니 무서워서 몸을 뒤로 눕힐 수가 없다. 하지만 여기까지 왔는데다 해봐야지. 무엇이든 겁내지 말고 자연에 맡기고 순응하라. 힘을 빼고 스르르 물에 몸을 맡겼더니 앉은 자세로도 몸이 둥둥 뜬다. 너무 신기하다. 누워서 책을 보는 장면의 사해 홍보 사진이 생각난다.

발바닥에 밟히는 머드 덩이를 손으로 집어낸다. 천연 머드팩 덩이니, 한국으로 공수하면 얼마나 비싼 미용 재료가 될 것인가. 신부님은 어느새 온몸에 까맣게 진흙을 바르고 일광욕을 즐기고 계신다. 비싸고 귀한 건 신부님도 다 아시나 보다. 우리도 질세라 온몸에 머드를 바른다. 친구랑 진흙 칠하기 싸움을 한다. 순간, 모두가 초등학생 개구쟁이가 된다. 이젠 머드를 잔뜩 바르고 선탠 침대에 누워본다. 사해의 푸른 하늘 아래서 머드팩과 일광욕을 즐기며 색다른 이국적 낭만을 주워본다. 천국이 따로 없다.

하느님이 이렇게 짠물 호수를 만들고 그 바닥에 검은 진흙을 모아둔 이유는 무엇일까? 어쩜 별것 아닌 걸로 서로 싸우며 힘겨루기를 하고, 제 잘났다고 으스대며 살아가는 인간들에게 여기 와서 무언가를 깨닫는 시간을 가지게 하고 싶으셨는지도 모를 일이다. 짠물에 들어가면 누구나 지푸라기처럼 둥둥 뜨는 가벼운 존재란 것, 그리고 태초에 진흙으로 빚은 인간이 모두 같은 존재이듯, 검은 머드를 칠하면 잘난 이와 못난이의 구별이 없다는 것을 말이다.

눈에 짠물이 들어가면 빨리 씻어내고, 물에서 20분 이상은 있지 말라는 가이드의 경고에도 아랑곳하지 않고 늙은 개구쟁이들은 노느라 여념이 없다. 진흙을 던지며 싸우고, 몸을 뒤로 눕힌 채 수박처럼 호수 위를 둥둥 떠다닌다. 잠시 노닐다 가기엔 너무도 아쉽다. 그 얼마나 그리워하던 사해인가 말이다. 시간이 여기서 그대로 멈춰도 좋을 성싶다.

죽은 생태계, '죽은 바다'에 와서 긴 세월, 세속에 찌든 영혼을 말끔히 씻는다. 진흙과 진한 소금물로 거행하는 세례갱신식이다. 하늘에서 거룩한 목소리가 들리는 듯하다.

"너희는 내가 손수 진흙으로 빚은 유한한 생명체다. 그러니 이 세상 소풍이 끝나면 여기 한 줌의 머드로 다시 돌아가리라."

갈릴래아호수

오늘 일정은 아침부터 종일 갈릴래아 순례다. 갈릴래아는 예수님의 복음 선교활동의 중심지이자 공생활 활동의 주 무대였다. 예수님은 갈릴래아호수를 중심으로 12개 마을에 선교활동을 시작하셨으며, 제자들 대부분도 이곳에서 부르심을 받았다. 베드로, 안드레아, 야고보, 요한, 필리보와 마태오 등 여섯 명의 제자가 이곳 갈릴래아 출신이다. 베드로가 살던 집도 이 갈릴래아 해변의 가파르나움 마을이고, '오천 명을 먹이신 기적'을 행하신 들판도 갈릴래아호수의 북쪽 연안이었으며, 그 유명한 '산상수훈 진복팔단'의 설교를 하신 곳도 여기 언덕에서였다.

드디어 예수님 시대의 배에 승선, 갈릴래아호수를 체험한다. **갈릴래아호수**는 '티베리아호수'로도 불리며 하프 모양으로 생겨 히브리어로 하프란 말의 '키네레트호수'라고도 불린다. 이 호수에는 잉어,

정어리, 메기, 숭어 등 어종이 풍부하며 지금도 물고기를 어망으로 잡는다고 한다. 수면이 거울처럼 깨끗하고 고요하다.

이제는 관광지로 바뀌어 호젓한 옛날 모습은 잃어버렸지만, 이 호수가 바로 베드로가 그물을 치고 예수님이 물 위를 걸으시던 호수라 생각하니 벌써 성령을 받은 느낌이다. 마음이 조용히 가라앉는다. '자연의 야망'이라고 일컬어지는 호숫가의 언덕과 생동하는 골짜기에서 예수님은 하느님 나라를 가르치기 시작하셨다. 성서에 기록된 대부분의 활동과 가르침, 기적을 행하신 곳도 여기다. 베드로를 비롯한 제자들을 부르신 곳이고, 베드로의 배에서 군중들을 가르치고 풍랑을 잠재우시며 많은 이들의 병을 고치신 곳이기도

하다.

　배가 출발하자 재치 있는 선장이 우리나라 태극기를 게양하곤 애국가를 틀어준다. 모두가 자동 기립해선 국기를 보며 애국가를 열창한다. 예수님의 고향 갈릴래아호수에서 애국가를 부르다니, 가슴 저 아래서 무언가 울컥하며 올라온다.

　이어서 가이드 신부님이 태극기 아래에 서서 마태오복음을 낭독하신다. 예수님이 호수 위의 풍랑을 잠재우시는 장면과 예수께서 물 위를 걸으시자 베드로가 따라 걷다가 거센 바람을 보고 놀라 물에 빠지는 대목이다. 호수 위에서 성서를 들으니 실제상황인 듯 그 장면이 생생하게 떠오른다.

잔잔하던 호수에 돌풍이 불어 배가 뒤집힐 지경이라면 필시 나도 제자들처럼 겁에 질렸을 테다. 긴 세월, 세상 파도를 넘나들며 바람과 풍랑이 거칠어지는 순간순간 위기마다 나 역시 믿음이 흔들려 바다에 빠지고 허우적거렸으니 말이다.

　갈릴래아호수는 어쩜 우리가 살고 있는 세상인지도 모를 일이다. 잔잔하고 따스한 햇볕이 드는 날도 있지만, 때로는 비가 오고 풍랑이 치고 매서운 칼바람에 배가 뒤집히기도 하기 때문이다. 하지만 묵묵히 제 그물을 짜며 하느님께 자신을 내맡기고 노를 저어가면 세상에 그 무엇이 두려우리. 세찬 바람이나 풍랑에 지레 겁을 먹을 리가 없을 게다. 땅 위의 풀 한 포기조차도 귀하게 여기시는 그분께서 다 알아서 해주시니 말이다.

　가져온 빵을 쪼개어 던지자 갈매기들이 손에 잡힐 듯 몰려든다. 다들 광활한 호수를 배경으로 사진을 찍느라 분주하다.

　　갈릴래아 호숫가에서 고기를 잡던 사람들
　　바람결 따라 들려오는 주의 말씀 들었네
　　나를 따르라 나를 따르라 그 그물을 버리고
　　나를 따르라 나를 따르라 그 그물을 버리고
　　이제 너희가 사람을 낚는 어부 되게 하리라
　　이제 너희가 사람을 낚는 어부 되게 하리라

김정식 곡의 '나를 따르라' 성가가 갈릴래아호수 위에 울려 퍼진

다. 성가를 따라 부르는데 눈물이 흐른다. 저 멀리 그물을 치고 있는 예수님 제자들이 아른거린다. 처음 온 호수이지만 여기가 고향인 듯 정겹다. 오늘 여기 이 자리로 오기 위해서 긴 세월, 그렇게 멀고도 험한 길을 돌고 또 돌았나 보다. 지금 나는 갈릴래아호수 위에서 피정을 하고 있다. 새삼 이 거룩한 순례 여정을 준비해주신 우리 가이드 신부님이 고맙고 존경스럽다.

오늘 점심 메뉴는 특식으로 여기서 유명한 '베드로고기'다. 참붕어 모양의 '베스' 종에 속한다는 커다란 물고기가 한 마리씩 접시에 올라온다. 노르스름하게 기름에 튀긴 게 먹음직하다. 생각보다는 맛이 담백하다. 도미 맛 같기도 하고, 부새조기 맛 같기도 하다. 맛보다는 눈으로 보는 게 더 감동적이다. 이게 그 유명한 '베드로고기'란 말이지.

베드로! 단숨에 고기 잡던 그물을 던져버리고, 자신의 모든 걸 포기한 채 곧장 예수님을 따라나선 제자다. 그러기에 예수님으로부터 천국열쇠를 받고, 모진 박해에도 굴하지 않고 순교해 '교회의 반석'이 되었다. 그 은덕으로 오늘날 가톨릭교회가 있고, 그가 잡던 물고기마저 '베드로고기'란 이름으로 귀한 대접을 받고 있으니 베드로의 일생이 헛되지 않았다는 생각이 든다. 새삼 한 인간의 평가는 살아생전이 아니라 그가 떠난 후 세상에 남긴 흔적이란 걸 깨닫는다.

폐허 속에 창조를 꿈꾸는 도시

경쟁하듯 하늘을 찌르며 올라가는 마천루의 숲, 현란한 맨해튼의 야광 불빛 아래 흥청거리는 거리! 뉴욕을 연상하면 항상 화려하고 패션스럽고 현대적인 것만 생각한다. 하지만 이러한 도시 안에서 못 쓰는 공간과 건물을 활용해서 리뉴얼시킴으로써 핫이슈로 떠오른 곳이 있다. 바로 하이라인파크와 첼시마켓이다.

하이라인파크(High line Park)는 1980년대에 중단된 고가철도高架道路 노선을 길이 1마일, 지상 9미터의 시민들의 휴식공원으로 재탄생시킨 곳으로 여행업계와 건축업계, 디자인업계 모두가 뉴욕의 대변신과 노력에 찬사를 보내고 있다고 한다. 관광지에서 발생하는 수익은 중간 브로커들에게만 이익이 돌아간다. 그런데 여행지 현지인들의 수익과 생활을 배려하고, 지구의 환경까지 걱정하는 게 최근의 핫이슈다. 기기에 맞춰 기존의 미니 카페와 매점을 그대로 보존하면서 시민들이 산책하고 롤러스케이트를 탈 수 있는 공간까지 확보한 신개념의 공원이 탄생한 게다. 우리나라 서울역 앞에 있는 해안 고가도로도 이것을 랜드 마킹해서 만들었다고 한다.

2009년 6월에 오픈한 이 공원은 1억 5230만 달러 예산으로 10년간 계획, 3년 이상의 공사 기간을 거쳐 완성되었다니 얼마나 공을 들인 것인지 짐작이 간다. 이곳은 1999년 'Friends of high line'이란 단체를 통해 미국 역사상 최초로 철도의 역사와 생태환경을 재조성한 공원이란 점에서 의의가 깊다. 철로를 그대로 살려두고 그 사이사이에 아름다운 화초와 수목을 조성함으로써 싱그럽고 전원적인 분위기가 물씬 난다. 놀랍게도 이 공원 전체를 설계 조성한 자가 한국인 여성이라니 뿌듯하다. 그래서인지 공원 곳곳에 섬세하고 정갈한 손길이 느껴진다. 소박하고 정겨운 풀꽃, 들꽃들이 마치 고국의 들판을 거니는 듯한 착각이 든다.

모처럼 가슴을 활짝 열고 뉴요커들 속에 끼여 공원을 산책해본다. 공원 아래는 푸른 허드슨강이 유유히 흘러가고 엠파이어스테이트 빌딩 등의 마천루, 첼시 지역의 모습이 어우러져 색다른 뉴욕의 풍광을 만든다. 공원 벤치에는 여유롭게 앉아 담소하는 노인들, 손을 잡고 데이트하는 젊은이들이 보인다. 가까이 있는 화려한 마천루와 타임스 스퀘어 거리와는 대조적이다. 버스킹으로 악기를 연주하는 거리 악사들, 손금을 보는 사람, 길거리 주스 가게와 먹거리 가게가 늘어선 서민적인 공원 모습은 뉴욕의 두 얼굴을 보는 듯하다.

이곳은 신분과 나이를 떠나 모든 이의 휴식터요, 숨을 고르는 쉼터다. 젊은이들은 도심 속 자연에서 낭만을 줍고 사랑을 속삭이며, 지친 노동자들은 정신없이 돌아가는 삶의 쳇바퀴를 빠져나와 하루

의 땀을 식히며 에너지를 충전하는 공간인 게다. 어쩜 미국이 전 세계를 지배할 수 있는 힘은 바로 이렇게 버려진 것을 주워서 재활용할 줄 아는 지혜가 아닐까? 거기에 더해서, 숨 가쁘게 돌아가는 디지털 사회에서 한 걸음 물러서 호흡을 고르

고 자신을 다독일 수 있는 여유로움이 아닐까 싶다. 그런 의미에서 하이라인파크는 지친 뉴요커들의 노고를 풀어주는 청량제요, 고단한 몸을 포근하게 안아주는 어머니 품속이다. 덕분에 이방인 나도 길거리 커피 한 잔을 사서 벤치에 앉는다. 이곳에 앉으면 누구나 이렇게 평화롭고 가슴이 넉넉해지는 걸까? 석양의 허드슨강이 서럽도록 붉다.

휴식을 취하고 건너간 곳은 바로 가까이 있는 **첼시마켓(Chelsea Market)**이다. 이곳 역시 하이라인파크처럼 폐허가 된 과자공장을 퓨전 쇼핑몰로 탈바꿈해 뉴욕의 최고 인기 관광지로 부상된 곳이다. 여기가 바로 1900년경 세계적으로 유명한 쿠키 브랜드 '오레오(Oreo)'를 만든 회사 '나비스코'가 세운 공장이 있던 곳이다. 그런데 공장을 확장, 뉴저지로 이사하면서 이 건물이 사라질 위기에 놓이게 되었다. 다행히 한 업체가 이곳 공장 부지를 매입, 다양한 식품업체들이 입점하면서 차츰 뉴욕에서만 볼 수 있는 색다른 공간으로

변모했다고 한다.

여기까지 왔으니 어디 한번 놀아볼까? 여유롭게 지하 동굴 같은 마켓 안을 어슬렁거려본다. 생각보단 아늑하고 편안한 분위기다. 오래전에 사용하던 인테리어와 장식들이 그대로 남아있어 당시 뉴요커들의 생활상은 엿볼 수 있다. 간단한 기념품과 액세서리를 파는 가게, 카페, 빵집, 과일가게, 무엇보다 서민들을 위한 다양한 먹거리 가게와 편안하고 고풍스런 분위기의 맥주집이 눈길을 끈다. 가이드 말로는 이 안에도 뉴욕에서 꽤 알아주는 맛집들이 있어 비싸지 않게 식사를 즐기며 놀 수 있는 곳이라고 한다.

마켓 구석구석에 그 옛날 뉴요커들의 숨결과 체취가 배어있다. 맨해튼 타임스 스퀘어 광장의 현란한 조명 아래 흥청거리던 젊은이들도 여기 와선 고인이 된 할아버지와 할머니의 숨소리를 들으며 자신을 다독이지 싶다. 오래되어 조상들의 손때가 묻어 있어 더 정겹고 편안하게 느껴지는 공간, 바로 그들의 마음의 고향 같은 곳일 테니 말이다.

가이드의 권유로 고소하고 진한 커피 맛으로 유명하다고 하는 'Nine Street Espresso'에 들어간다. 알바생으로 보이는 20대의 훈남 청년이 환한 미소를 우릴 접대한다. 음식의 맛과 향은 장소와 분위기에 따라 달라지는 법! 구수한 아라비카커피에 싱그러운 젊은 뉴요커의 기氣가 첨가되니 여기서만 맛볼 수 있는 신 메뉴 커피가 탄생한다. 향기로운 한잔의 커피로 이 밤, 나도 행복한 뉴요커가 된다.

빙하와 피오르드의 나라, 노르웨이

드디어 북유럽 여행 일정 중 내가 제일 고대하던 노르웨이 관광이 시작된다. 빙하와 피오르드, 바이킹의 나라 노르웨이! 역마살이 강해 어디든 돌아다니는 걸 좋아하는지라 나는 인간의 손이 덜 미친 광활한 자연을 좋아한다. 몇 번을 가도 자꾸 발길이 끌리는 남미 아마존강의 원시림과 폭포, 사막과 빙하 등이다. 이번엔 그토록 보고 싶던 노르웨이의 빙하와 피오르드를 원 없이 볼 걸 생각하니 벌써부터 가슴이 설렌다.

노르웨이는 대자연의 경이와 아름다움을 마음껏 즐길 수 있는 매력적인 나라다. 지구 최북단에 약 25만 개의 섬으로 이루어진 국토의 전체 면적은 남한의 4배 크기다. 작은 섬들은 조류의 서식처가 되고, 내륙까지 깊숙이 파인 피오르드는 빙하기에 만들어진 것으로 이 나라의 보물이다. 피오르드 해안선의 길이는 2만km로 지구 반 바퀴의 거리에 이른다니 상상이 가질 않는다. 피오르드 도처에 있는 낙차가 큰 폭포와 거울 같은 호수는 피오르드의 풍경에 한껏 정취를 더해준다.

피오르드(Fjord)는 지금부터 4-5만 년 전에 이 지역을 덮고 있던 두께 1-2km에 이르는 빙하가 그 무게를 이기지 못하고 내려앉으면서 거듭된 침식작용으로 만들어진 U자 또는 V자 형태의 계곡을 의미하며, 그 계곡으로 바닷물이 유입되면서 오늘날과 같은 특이한 모습을 가지게 되었다. 수십억 년 전부터 지구상에는 4번의 빙하기가 있었는데 이곳 피오르드는 마지막 4기 빙하기에 만들어진 것이다. 지구상의 피오르드는 노르웨이, 뉴질랜드, 칠레만이 가지고 있는 희귀한 지형으로 자연이 인간에게 내린 선물이지 싶다. 노르웨이의 3대 피오르드로는 송네 피오르드, 하당에르 피오르드, 게이랑에르 피오르드가 꼽히고 있다.

오슬로에 있는 호텔에서 잠을 자고 출발, 1952년 동계올림픽의 스키점프 경기가 열렸던 릴레함메르를 둘러보고 중식을 한 후 버스는 계속 달린다. 식곤증으로 졸고 있는데 모두 소리를 질러 창밖을 내다보니 아름다운 호수가 이어진다. 요스테달 빙하에서 흘러내린 물이 이런 호수를 만든다고 한다.

요스테달 빙하(Jostedal Glacier)는 노르웨이 서안의 노르피오르드(Nordfjord)와 송네피오르드(Sognefjord) 사이의 고원지대를 형성하고 있는 빙하로 유럽대륙에서 가장 거대한 규모로서 이 주변 지역은 1991년 요스테달스브렌 국립공원으로 지정되었다. 이곳에선 빙하의 역사와 웅장한 자연환경을 간접 체험할 수 있는 영상과 전시물을 볼 수 있다. 요스테달 빙하는 낮은 기온보다는 주로 고산지역의 많은 적설량에 의해 유지되고 있으며, 쌓인 눈의 압력으로 다져져 육지 일부를 뒤덮고 있다. 여름철에 주변 지역의 얼음은 계절에 따라 얼고 녹기를 반복하면서 요스테달렌 계곡을 향해 천천히 흘러내린다.

해발 1,000m의 정점을 찍은 뒤, 버스는 해발 0m에 위치한 게이랑에르 피오르드의 페리 선착장까지 사정없이 달려 내려간다. 꼬불꼬불한 길을 아슬아슬하게 내려가는 게 우리나라 대관령이나 속리산 말티고개를 연상케 한다. 피오르드가 시작되는 해안까지 내려가는 이 도로는 무려 70 - 80 도의 경사에 지그재그로 내려가는 게 독수리만 날아서 넘을 수 있다 하여 '독수리길'이라 불린다고 한다.

게이랑에르 피오르드(Geiranger Fjord)는 '노르웨이의 보석'으로 불릴 정도로 아름다운 게이랑에르 도시 주변을 둘러싼 수많은 산 사이로 광활하게 펼쳐진다. 가이드의 안내에 따라 페리를 탄다. 여름인데도 으스스한 기온이 빙하를 실감 나게 한다. 어느 쪽이 경치가 더 좋을까 자리를 찾느라 마음이 부산하다. 바람이 강해 2층을 오를 땐 모자가 날아가지 않게 조심하라는 경고 방송이 나온다.

드디어 배가 움직인다. 그토록 그리던 노르웨이 피오르드 위에 내가 떠 있다고 생각하니 가슴이 뭉클하다. 게이랑에르에서 헬레쉴트까지 총 25km, 70분 정도 소요되는 피오르드 구간은 유네스코 세계문화유산으로 등록되어 있을 만큼 경치가 빼어나다. 전체 길이가 1000m가 넘는 산으로 둘러싸인 피오르드는 높은 산 위에서 수직으로 떨어지는 수많은 절벽 폭포로 인해 웅장함을 더해준다.

저 앞에 유난히 아름다운 폭포가 보이더니 안내방송이 나온다. '7자매폭포'란다. 82m의 거대한 폭포 줄기가 암반 절벽을 타고 일곱 줄기로 쏟아지는 이 폭포는 게이랑에르 피오르드 관광의 극치다. 7자매폭포의 맞은편에는 '총각폭포'가 큰 물줄기를 이루며 떨어지고 있다. 한국어 안내방송을 통해 7자매폭포에 관한 전설이 나온다. 옛날 이곳 해안 왼쪽에 사는 총각이 맞은편 일곱 자매에게 차례대로 구혼을 청하였으나 모두 거절당하자 상심한 나머지 술로 세월을 보내다가 마침내 폭포로 변했다고 하며, 지금도 폭포 중간에는 술병 모양의 무늬가 선명하게 남아있다고 한다. 그 소식을 들은 7자매도 모두 폭포로 변해 7자매폭포가 되었다는 말에 다들 실소를 자아낸다.

가파른 절벽 위, 사람이 살지 못할 것 같은 높은 곳에 농가가 있다. 지금은 비어 있지만 그 옛날에는 농부가 양을 치며 살았는데, 세무공무원이 세금을 매기기 위해 양의 숫자를 실사하러 농장을 찾아올 때면 사다리를 걷어 올려 못 올라오게 했다고 한다.

시원한 해풍을 맞으며 배는 앞으로 달려간다. 내 생生에 가장 즐겁고 경이로운 날! 이대로 시각이 멈추어 좋을 듯하다. 하지만 어쩌랴. 아름답고 환상적인 항해는 끝나고, 종점인 헬레쉴트(Hellesylt)에 도착한다. 아쉬운 마음을 알아차린 듯, 웅장한 폭포들이 폭죽처럼 쏟아지며 우릴 반긴다.

노르웨이 관광 3일째. 빙하가 만든 피오르드 마을, 인빅에 위치한 호텔에서 투숙하고 일어나 아침 산책을 한다. 호수인지 바다인지

구별이 안 되는 그야말로 천연액자 속에 들어와 있는 기분이다. 이런 곳에 별장을 지어 여생을 보내도 좋을 듯하다.

아침 식사 후 호텔을 출발, 버스로 40분 정도 이동한 후 우리를 기다리고 있는 전동차를 탄다. 흡사 7인석 군대 지프차 같다. 놀이동산 차를 탄 듯 기분이 좋다. 15분 정도 흔들거리며 달리더니 우리를 하차시킨다. 도저히 빙하가 있을 지형이 아닌 것 같다. 하지만 어쩌랴. 가이드를 믿으니 인내심을 가지고 한참을 걸어가자 저 앞에 빙하가 보이기 시작한다. 허리가 잘록한 모습이 관광사진에서 본 바로 그 브릭스달 빙하다.

브릭스달 빙하(Briksdal Glacier)는 북유럽 최대 규모의 빙다. '유럽의 푸른 눈'이라 불리며, 해발 1,450m에 있는 요스테달빙하(Jostedal Glacier) 국립공원 내에 있다. 1,200m 높이에서 나무가 무성한 좁은 브릭스달계곡으로 급습한 모습이 그대로 남아 있다. 해마다 30만 명이 넘는 관광객이 이곳을 찾는다고 한다.

빙하는 지구상에 10%가 남아 있는데 그중에서 1%가 노르웨이에 있고, 노르웨이 빙하의 80%가 이곳 브릭스달에 남아 있다. 노르웨이에 있는 빙하는 곡빙하로 평균 두께가 560m이며, 1일 최대 2m씩 움직인다고 한다. 아마도 먼 훗날 이곳을 찾는 우리 손주들이 보는 빙하의 모습은 이보단 덜 웅장할 게다. 빙하에 들어있는 석회석 성분으로 인해 계곡에 흐르는 물은 푸른 우윳빛을 띠고 있다.

빙하가 흘러내리는 계곡물에 손을 담근다. 얼음물처럼 차갑다. 빙하가 녹은 귀한 물이라며 물을 음료수통에 담아가는 친구도 있다. 가파른 계곡 위를 쏟아지듯 흘러내리는 빙하 모습과 아름다운 옥빛 물을 배경으로 사진을 찍는다. 사진은 그대로 한 장의 그림엽서가 된다.

브릭스달에서 간단히 중식을 한 후 버스에 몸을 싣는다. 나른한 식곤증에 졸음이 오지만 끝도 없이 이어지는 차창 밖의 빙하호수 풍광에 눈을 감을 수가 없다. 2시간가량을 달려 만헬러에 도착한다. 여기서 버스와 함께 페리호에 승선, 20여 분간 송네 피오르드 일부를 보면서 포드네스로 간다고 한다. 아쉽게도 이곳 여행상품의 피오르드 관광은 게이랑에르 피오르드를 충분히 즐긴 후 송네 피오르드는 간단히 일부만 본다고 한다.

송네 피오르드(Sogne Fjord)는 약 100만 년 전 빙하시대에 빙하의 압력으로 깎여진 피오르드로, 노르웨이에서 가장 길고(204km) 깊은(1,309m) 피오르드다. 세계에서 가장 인기 있는 이 피오르드는 좁은 협만 사이로 장엄하고 숨 막히는 대자연의 경관이 펼쳐지는 게 특징이다.

드디어 배가 움직인다. 여름인데도 산꼭대기엔 하얀 잔설이 덮여 있고, 절벽 곳곳엔 은색 리본 같은 폭포수가 조용히 피오르드의 해면을 타고 흘러내리는 절경이 한 폭의 수채화다. 마냥 경이롭기만 하다. 웅장한 대자연의 위용 앞에 새삼 인간은 유한한 수명을 가지고 태어난 미물임을 자각하게 된다. 그렇게도 그리던 피오르드 위를 연일 달리고 있다니 꿈만 같다. 다만 송네 피오르드 전체 풍광을 볼 수가 없어 아쉬움이 남는다.

영원히 머물러도 싫증나지 않을 것 같은 신비한 피오르드와 빙하 호수의 나라 노르웨이! 언젠간 다시 이 나라를 찾으리란 다짐으로 나를 위로한다.

이동소 수필집

세상의 흔적

초판1쇄 발행 2025년 7월 25일

지은이 이동소
펴낸이 이길안
펴낸곳 세종출판사

주소 부산광역시 중구 흑교로 71번길 12 (보수동2가)
전화 051 – 463 – 5898, 253 – 2213~5
팩스 051 – 248 – 4880
전자우편 sjpl5898@daum.net
출판등록 제02-01-96

ISBN 979-11-5979-800-9 03810

정가 17,000원

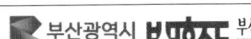

본 도서는 2025년 부산광역시, 부산문화재단 〈부산문화예술지원사업〉의
지원으로 제작되었습니다.